狂信者

江上　剛

幻冬舎文庫

狂信者

目次

プロローグ

広い庭には、芝生の緑の絨毯が敷きつめられている。その上に少年は立っていた。十歳ぐらいだろうか。身体の重みで小さな運動靴は芝生に包み込まれていた。

少年の目の前には、木造二階建ての洋館がある。明治時代に造られた建物だが、外観だけを残し、中は快適に暮らせるように改築されていた。

二階には、庭に向かって大きな窓があり、その先は広いテラスになっている。数本の太くて丸い柱が、テラスを支えている。アメリカ南部の富豪の家のようだ。

そこには、藤蔓で編んだロッキングチェアーが置いてある。あれは少年の父のお気に入りで、よくパイプを燻《くゆ》らせながら身体を預けていた。テーブルの上にはいつもたっぷりのブランディが注がれたグラスが置かれていたが、今はあとかたもない。

庭で遊ぶ少年の名を呼ぶ父の声が風に乗って耳に届くと、少年は、遊びを中断し、父を見上げる。楽しそうに笑っている父の姿が目に入ると少年は「お父さん」と手を振ったものだった。

洋館の周りには、高い木々が葉を茂らせている。欅《けやき》や胡桃などの広葉樹だ。秋には実を鈴なりにつける。風が葉を揺らす。少年は目を閉じ、耳を澄ました。木の葉の擦れる音や自然が奏でるメロディに身を委ねる。

突然、犬の吠える声がして、少年は目を開けた。洋館の玄関から勢いよく犬が駆けてくる。フレンチブルドッグ。白と黒の斑の模様。小太りな身体。短い脚を必死で動かし、身体を揺らし、駆けてくる。

「マック！」

少年は、犬の名を呼び、しゃがみ込む。両手を差し出すと、犬は少年の手の中に飛び込んだ。あまりの勢いに少年は芝生に尻もちをつき、仰向けに倒れた。

犬は、少年の身体の上に乗り、舌で顔を舐める。少年の顔が犬の唾液で濡れて、光る。

「マック、マック、やめてよ」

少年は笑いながら言う。ようやく起き上がった少年は犬を抱きしめる。犬は、まだ少年を舐めるのをやめない。

「ぼっちゃま、そろそろ行かねばなりません」

少年の頭の上で掠れた声がした。見上げると、いかめしい顔をした女が少年を見つめていた。女は葬式帰りのような黒いスーツを着ていた。痩せて骨ばった身体にそれは、少し大きいように思えた。カラス。そう、少年は、彼女を見るたびにカラスを思い出した。

「マックを連れていきたい」

少年は、女に懇願する。犬は、まだ少年の顔を飽きずに舐めている。犬も少年と別れたくないと必死で訴えている。

「ダメです。新しいおうちは狭くて犬は飼えません」

「どうしても？」

「どうしてもです」

少年の目に涙が溢れてくる。

少年は立ち上がり、犬を芝生の上に下ろした。

「マック、お別れだってさ。新しい飼い主に可愛がってもらうんだよ」

犬は、少年の足元を離れようとしない。

「ねえ、どうしてこの家を出ていかなくちゃならないの」

少年は、非難するように女を睨んだ。

「お父様とお母様がお亡くなりになったからです」

少年は下を向く。あの日の記憶がよみがえる。父を探して父の書斎に入った日のことだ。

父の姿は机にはなかった。その代わりに本棚側の天井から何か大きなものがぶらさがっているのが目に入った。天井には荒削りの木材の梁《はり》が渡されていて、それにロープが結わえられていた。大きなものは、そのロープにぶらさがっていた。

少年は、最初、それが何か分からなかった。恐る恐る近づいていく。そしてそれがガウンを着た父だと知った。父は、遊んでいるのかと思った。天井の梁にロープを渡して、ターザンのように身体を揺らしているのだと。

「お父さん、お父さん」

少年は呼びかけた。しかし父は答えない。むくみ、青ざめた、いつもと違う険しい顔をしていた。

身体が急に震えだした。恐怖とも悲しみとも、どう説明していいか分からない気持ちが押し寄せてきて、少年は耐えきれず、大声で泣いた。

その声を聞きつけて、母が飛んできた。続いて女も……。

母は、父の姿を見るなり、空気を引き裂くような悲鳴を上げ、その場に倒れた。

「お母さん、お母さん」

少年は泣きながら、倒れた母にすがりついた。

「どうしましょう」

女が動揺した声で言った。

それからの少年の記憶はあやふやだ。多くの人がやってきて、忙しく動いているような景色を見た記憶があるのだが、はっきりしない。

気がついた時は、庭の真ん中で犬に顔を舐められていた。

翌年、母も病で亡くなった。

父の後を追ったのだと言う人がいた。多くの人が泣き、暗い顔で少年に「頑張るのよ」と言った。

「お父さん、お母さんがいなくなると、どうして僕はここから出ていかなくてはいけないの？」

「ぼっちゃま一人、お住まいになるには広すぎます」

「僕は構わないよ。一人でも」

「でも……」

一瞬言いよどんだ女は意を決したように震える声で言った。

「暮らしていくお金がありません」

「僕、貧乏になったの」

「そうです。貧乏になられたのです」

「お父さんは、貧乏になって死んだの？」

少年の質問に女は、目を見開いた。その目は涙で潤んでいた。

「ご立派でした。お父様はお仕事に失敗されましたが、ご自分の命と引き換えに責任をおとりになったのです。ぼっちゃまは、そんなお父様を誇りに思わないといけません」

女はひざをついて、少年の頬を両手で包んだ。少年は眉根を寄せた。彼女の手が乾いていたからだ。

「これからどうなるの？　僕は」

「私が立派にお育てします」

女が嗚咽を洩らした。

「先生と一緒に暮らすの？」

少年は女を先生と呼んだ。彼女は、少年の家庭教師だった。

少年は、もう一度洋館を見た。父母と楽しく暮らした思い出が詰まった屋敷だ。

燃やしてしまいたい。もう暮らせないのなら、何もかも。

本気で思い、少年は目を閉じた。

赤い炎が、洋館を下から上へと舐めるように広がっていく。やがて全体が炎に包まれる。ごうごうと炎が広がる音がする。やがて何もかもが崩れ落ち、灰になってしまう。幸せだった思い出が灰になる。

　少年は、何かを摑むしぐさをした。

「ぼっちゃま、如何されましたか」

　女が涙を拭いながら、訊いた。

「おうちを燃やしてしまったの。これがその灰だよ」

　少年は、手を広げた。そこには実際には何もなかったが、二人の目にはくすんだ色の灰が見えた。

　女は、少年を強く抱きしめた。

「ぼっちゃま、大きくなられたら、立派になってこの家を取り戻しましょう。絶対に取り戻しましょう」

　少年は、息が苦しくなった。彼女が、あまりにも強く抱きしめるからだ。

「約束するよ。そうしたらマックも戻ってくるね」

　少年の足元では犬が靴を舐めている。

「はい。マックも必ず戻ってきます」

　女は、また強く抱きしめた。

　少年の額に冷たい滴が落ちてきた。雨が降っているのかと思い、顔を上げた。雨ではなかった。女の瞳から大粒の涙が溢れだしていたのだ。

少年は、洋館を睨むように見つめ、他人の手に渡るなら、本当に自分の手で燃やしてしまおうと誓った。

第一章　フリーライター

1

銀座和光と三越のビルが向かい合う中央通りと晴海通りが交わる銀座四丁目交差点。銀座の象徴としていつも多くの人でにぎわっている。

腕を組んで歩く恋人たち。買い物袋を両手いっぱいにぶらさげて息を切らせている中年女性。洒落たジャケットを着て、若い女性と並んで歩いているロマンスグレーの紳士。カメラを銀座和光のビルに向けてシャッターを押している観光客らしき外国人等々。

「いいなぁ。みんな楽しそうで……」

ここを歩く人々の表情には幸せという言葉がよく似合う。三愛ビルにあるル・カフェ・ドトールのテラス席に肘をつき、堤慎平《つつみしんぺい》は、ため息混じりに呟いた。

この場所からは、銀座四丁目の交差点を行き交う人たちを眺めながらコーヒーを飲むことができる。幸せそうな笑みの人を見ているだけで自分も幸せな気分になれる、慎平の好きな空間だ。

しかし、今日の慎平はため息ばかりでテーブルに置いた飲みかけのカフェオーレをスプーンで所在なげに回している。

「ごめん、お待たせ」

明るい声が聞こえてきた。黒地に茶のストライプが入ったトートバッグが慎平のテーブルに勢いよく置かれた。

カフェオーレのカップとソーサーがかしゃりと揺れた。

「美保《みほ》、そっと置けよ。乱暴だな」

「ごめん、ごめん」

慎平の目の前に現れたのは、緩やかにウエーブのかかった栗色の長い髪にやや濃いめの眉をした華やかな顔立ち。美人と言っていいだろう。

細身の身体にブルーの襟つきのブラウスを着て、グレーの薄手のジャケットを羽織り、すらりと伸びた足にはラインがよく分かるホワイトのストレッチパンツ。如何にも動きやすいOLスタイルだ。

国本《くにもと》美保。慎平の大学時代の同窓生であり、学生時代からの恋人だ。

美保が現れただけで、それまで沈滞した雰囲気だった慎平の席が急に晴れやかになった。

周囲で休んでいる客たちの視線が、一瞬、彼女に集まった。

「相変わらずイケてんなぁ」

　慎平は美保を上から下まで眺めた。

「春らしくていいでしょう？　でも慎平は、相変わらずシケてんなぁ」

　美保は慎平を見つめた。

　淡いブルーのストライプのワイシャツにジーンズ。濃紺の少し厚手のジャケットが椅子にかかっている。床に置いているのは、やたらと背負い紐の多い、黒のバックパックだ。

「シケてて悪いね。どうせ非正規労働者だからね」

「えらくご機嫌斜めじゃない」

　美保は、椅子に腰を下ろし、長い脚を組んだ。

「何、飲む？」

「私もカフェオーレにする。おごってくれるの」

「ああ、いいよ。非正規雇用の俺が、正規雇用の美保におごるなんて矛盾だけどね」

「そういう矛盾なら大歓迎よ」

　美保が笑う。

「じゃあ、頼んでくるから待ってて」

　慎平が席を立った。

美保は、バッグの中からノートパソコンを取り出して、テーブルの上で画面を広げた。長い指がキーボードの上をリズミカルに動きだす。

「カフェオーレだよ。どうぞ」

慎平が美保の前にカップを置いた。

「ありがとう」

美保は、パソコンの画面に目をやったまま、カップを手に取った。

「記事を書いているの？」

「日銀総裁の会見があったんだけど、それをちょっとまとめているのよ」

美保は、経済専門の大手新聞である産業日報新聞の経済部記者だ。入社七年目の二十九歳。遊軍的な仕事をしているが、日銀や金融庁が専門だ。

「総裁は、何か面白いこと発言した？」

「ぜんぜん。記者がね、欧州の債務危機をきっかけに金融緩和競争と言うべき事態になっているが、日本でさらに金融緩和をする考えがあるのかって訊いたらさ」

「当然の質問だな。で、何て答えたの」

「我が国は、十分に金融緩和をしており、これ以上の緩和は必要と思えない。かえって混乱を招く可能性が高い。今後も金融情勢を注視したい……」

美保は、日銀総裁の口真似をして、重厚な口調で話した。

「記事にならない奴だな。地味すぎる」

慎平は、残ったカフェオーレを飲みほした。

「そうね。全く地味。金融緩和を続けているんだけど、世間に対してインパクトがないし、こういう発言をする時は必ず緩和による弊害について触れるんだよね。バブルになるとか、国債価格が安定しないとかね」

慎平は、美保の言葉に日銀総裁の顔を思い浮かべた。子どもの頃からものすごく勉強ができましたという、如何にも賢そうな顔だ。先生に叱られたり、悪戯なんてしたことがないタイプなんだろう。

「この薬を飲んだら、絶対に病気が治りますって言ってくれると嬉しいけど、治るかもしれないけど、別の副作用で苦しむかもしれないと言われたら、効果半減だし、飲むのをためらうよな」

「まあね、よくやっているんだけど、円高は収まらないし、景気は盛り上がらないし……。日銀だけが悪いわけじゃないけどね」

美保は、慎平と話しながらも指を動かし続けている。

どういう頭の構造をしているのかと慎平は不思議そうに美保の指先を見つめた。

「しかしさぁ、景気が良くならないと俺、干上がっちゃうからね」

慎平は、フリーライターだ。自由業と言えば聞こえはいいが、仕事の依頼がなければ、ただのフリーターだ。

大学を卒業した時、どうしてもマスコミに行きたいと思い業界各社の試験を受けた。しかし、どの会社にも採用されなかった。

そこで一般企業に方向転換すれば良かったのだが、マスコミへの夢を諦めきれなかった。たまたま飲み屋で出会ったノンフィクション作家に誘われて、仕事を手伝うようになった。慎平本人としてはマスコミのはしくれにとっかかりができたことを喜んだのだが……。

その作家の下で何年か仕事をして、三年ほど前からインタビューや取材記事を堤慎平の名前で雑誌に書くことができるようになった。しかし、まだまだ満足に生活ができるレベルではない。ぽつぽつと単発の仕事が入る程度だ。

「仕事、少ないの」

美保が手を休めた。

「雑誌が軒並みダメだからね」

慎平のようなフリーライターが活躍できる雑誌が次々と廃刊になっている。

「みんなネットにやられてる。新聞だって同じね。斜陽産業になってきたわ」

「ネットがいくら盛んになってもまともな原稿料をくれるところ少ないからなぁ。ああ、いい仕事、ないかな」

慎平が、両手を広げて大きく背伸びをした瞬間、慎平のジャケットに入れた携帯電話が鳴った。

「携帯鳴っているよ」

慎平は、ジャケットのポケットから慌てて携帯電話を取り出した。着信画面を見ると、知り合いの編集長からだ。

「仕事？」

美保が見つめた。慎平はうなずくと電話に出た。

「もしもし、堤です」

美保の耳に慎平の携帯電話から男の声がもれ聞こえてきた。慎平が真面目な顔で聞き入っている。

「はい、今すぐですか？　はい、分かりました。参ります」

慎平が携帯電話をしまった。

「ちょっと行かなくちゃ」

「仕事が入ったの？」

「そう」

「今日の私との食事は？」

「すぐ済むさ。簡単な打ち合わせだけだから。現地集合でいい？」

「忙しい私が、わざわざ時間を空けて、暇な慎平に付き合ってあげて銀座をぶらぶらした後、食事をしようと思っていたのに」

「ぶらぶらはなしってことで。食事は、美保のおごりだったよね。ご馳走になります」

慎平は、ジャケットに袖を通した。

「銀座の矢部《やべ》っていう店。高級だからね。博品館の近く。六時半よ。遅れないで」

美保は、今にも飛び出そうとする慎平に念を押した。

「了解！」

「ところでどんな仕事？」

「詳しくは聞いていないけど、『毎日が投資』っていう雑誌で、湯浅晃一郎《ゆあさこういちろう》っていう投資顧問会社の代表をインタビューするんだって。記事広告みたいなもんじゃないかな」

慎平は、バックパックを背負うと美保に「じゃぁ、後で」と言い残して消えた。

「えっ。あのユアサ投資顧問？　ちょっと慎平待っ……」

美保は、慎平の背中に声をかけたが、他の客たちの声にかき消されてしまった。

2

細かな雨が降ってきた。

四月に入ってから寒い日、暑い日、晴れた日、雨の日とめまぐるしく天候が変わる。三寒四温とはうまく言ったものだが、まさにその通りだ。

慎平は、ジャケットの襟を立てた。この程度の雨ならずぶ濡れということにはならないだろうが、バックパックに折りたたみの傘を入れ忘れたことを悔やんだ。

永代通りと銀座から続く中央通りの交差点にＣＯＲＥＤＯ日本橋がある。その前で立ち止まり雨をやり過ごすことにする。今から行く会社は、ここから少し歩いたところのビルにある。

慎平は、霧のような雨にけぶる通りを眺めていた。

灰色の空を背景にビルが並んでいる。中央通りと並行して昭和通りが走り、それに沿うように兜町という街がある。証券の街として名高く、かつては幸せそうな家族連れの買い物客より、金を稼ごうと目を血走らせる証券マンが似合う街だった。

東京証券取引所の周りには、多くの証券会社の本社があった。取引所の中にある、株を売買する立会場には、証券各社の場立ちと呼ばれる人々が数百人も溢れ、声を嗄らし、手を挙げ、指で符牒を作り、株取引を行っていた。場立ちが終了するとそこには大量の注文票の白い紙が山のように積もり、人が動くたびに舞い上がった。

証券マンたちは大いに縁起を担ぎ、同じ理髪店で、多い時は一日二回も髪を切り、昼には必ず鰻を食べたという。

喫茶店には、早朝から情報を求める証券マンが溢れ、煙草の煙で店内が霞んで見えた。彼らは、とっておきのネタを摑むと脱兎のごとく店から飛び出していき、客と会い、取引を結実させた。

騙し、騙され、客に大損をかけ、自分も痛い目に遭う。客に土下座したり、時には腹を剝き出して切腹すると叫ぶ。勿論、狂言だ。嘆き、わめく。その代わり、大きく稼いだ時は呵々大笑し、派手な女と銀座に繰り出す。熱い汗が飛び散り、冷や汗が掌《てのひら》に滲み、血の涙を流す……。

そんな景色も一九九九年に証券システムがコンピュータ化されたことで、消えてしまった。

時代はものすごい速さで変わっていく。

証券会社の仕事は今やインターネット取引が主になった。証券マンが、髪を振り乱し、目を血走らせて兜町にいる必要がない。どこかの街のビルの一室にインターネット環境を整えるだけで客を集められるのだ。もはや株の街、兜町というのは象徴的な意味でしかない。大手証券の本社機能も兜町から大手町など、より都心に移ってしまった。

　取り壊し中のビルがある。地場証券のビルだ。地場証券は二〇〇八年のピーク時三二五社から二〇一二年には十五％減少し、二七六社になった。証券マンは一九九一年のピーク時十七万人から二〇一二年には九万人に減った。ほぼ半減した跡地は、高層ビルに変わり、証券マンの汗の臭いを消していく。

　そのうち慎平が雨宿りしているＣＯＲＥＤＯ日本橋が中心となって家族連れや買い物客でにぎわう銀座のような街になるかもしれない。男の野望が溢れた街から、女性や家族で溢れる幸せな街になっていく。

　雨が上がった。

　慎平は、首都高速江戸橋ジャンクションの方向に歩く。野川証券のビルが見える。昭和五年に建築されたという歴史的な建築物だ。七階建てで外観は落ち着いた濃い茶色をしている。四角いビルだが、ビルを形作る線が柔らかく、気品が漂う。

　野川証券を見下ろすように建つ二十階建てのビルの十階に、目指すユアサ投資顧問が入居している。

「ここだな」

　慎平はビルを見上げて、大きく息を吐いた。

3

三日前のことだ。慎平は、「毎日が投資」という投資雑誌の編集長高林雄三《たかばやしゆうぞう》に呼び出された。仕事の依頼だった。

「ユアサ投資顧問の湯浅晃一郎を取材してくれ。まあ、うちの雑誌の常として記事広告のようなものだけどな」

高林は、鼻の下に伸ばした髭を撫でた。丸顔で頭髪は薄く、どちらかというと若く見られる。それを嫌って髭を伸ばしているのだが、あまり似合っているとは言えない。アザラシかセイウチに見えてしまう。

慎平に初めて原稿の依頼をくれたのが高林だった。企画もので地方都市で収益をあげている企業を取材するものだった。十回の連載の内、三回分を慎平に任せてくれた。この記事がきっかけになって仕事が舞い込むようになった。言わば恩人だった。

高林が言った記事広告というのは、記事の体裁をした広告だ。読者は、記事として読むが、実は広告だというものだ。一般的な広告より、情報を多く盛り込めるし、信用もある。

「どんな会社ですか」

慎平は訊いた。

「年金運用の投資顧問なんだが、このご時世にものすごく安定した運用利回りをあげているんだよ」

「へぇ、すごいですね。そんな会社があるんですね」

「うちの雑誌は、年金基金の人たちも多く読むからね。取材したいと言ったら、基本的に取材は受けないと言うんだ。そこをぜひお願いしたいと頼み込んだ。何とかオーケーになった上にさ、バーターで広告も出してくれる約束を取り付けた」

「さすが編集長ですね」

「ただ雑誌を作っているだけじゃこのご時世やっていけないんだよ」

「年金運用とか年金基金とか投資顧問とか難しそうだなぁ」

　慎平は、眉根を寄せた。

「あれ？」

　高林が首を傾げた。

「金融は素人なんですよ」

「そうだっけ？」

「そうです」

「その方がいい。なまじいろいろなことを知っているより記事が面白くなるから。まあ、湯浅にインタビューして、人が投資したくなるような記事を書いてくれ」

「いい加減ですね」

慎平が苦笑した。

「バカ、いい加減なものか。読者目線に立っていると言いなさい」

高林が笑った。


年金について調べようとしたものの、用語が難しすぎて途中で断念してしまい、特別な準備もせずに取材日を迎えてしまった。

今、慎平は、エレベーターに乗り、十階に向かっている。

高林は、読者目線で記事を書いてくれと言ったが、そうはいうものの金融に関しては全くと言っていいほど知識がない。その辺のおじさん、おばさん以下だ。ましてや運用するような金を一度も持ったことがないから、余計に金融には足を踏み入れていない。

「いったいどうなることやら」

誰もいないエレベーターの中で慎平は呟いた。

ユアサ投資顧問が入居しているビルは、濃く青みがかった大理石で覆われ、落ち着いた外観をしている。高さこそそれほどでもないが、周辺の高層ビルに見劣りしない高級な印象を与えるビルだ。

「確か、湯浅晃一郎って俺より八つくらい上じゃなかったか？」

慎平は、手帳を取り出した。湯浅晃一郎、生まれは一九七五年二月十四日。出身の記載はない。

「たいしたものだな。今、三十七歳かよ。その若さでこんなビルに会社が入っているんだ」

金を稼いでいる人間が偉いなどと単純なことは考えない。しかし、本音では金が欲しい。自分の懐具合の寂しさを思うと、慎平は気が重くなった。

手帳に控えているのは、誕生日だけ。その他の情報はない。調べても何も出てこなかった。もう少し他の情報があってもいいだろうと不思議に思った。

「まあ、いいか。湯浅の個人インタビューでもないしね。会社の紹介だから」

エレベーターのドアが開いた。いよいよだ。

ユアサ投資顧問は、十階の全フロアを使っていた。ビルの表示によると、十一階の一部も使っている。十階と十一階を合わせるとかなりの広さになるだろう。

会社の入り口の大きなガラスドアが見えた。通常、ビルの中にある会社は、灰色のドアで閉め切られているのが普通だが、ここは客が入ってくることが前提になっているのだ。

ガラスドアの向こうに受付がある。ブース状に囲まれた受付の背後に木目調の重厚な看板が掲げられている。ユアサ投資顧問という文字が見える。

受付に女性が一人座っている。髪の毛の長い、若い女性だ。電話を受けながら、メモを取っている。

慎平はジャケットが雨に濡れていないか気になった。手で肩や腕の辺りを触ってみる。大丈夫のようだ。

ドアを押し開けた。女性がこちらを見た。笑顔だ。慎平は、女性に歩み寄った。

「湯浅社長にインタビューをお願いしております、『毎日が投資』の堤と申します。お取次をお願いします」

慎平は、やや緊張気味に言った。

「お伺いしております。どうぞこちらへ」

女性は立ち上がると、受付を離れた。受付の隣にセキュリティシステムを設置したドアがある。そこがオフィスへの入り口になっているようだ。彼女は、入り口のロックに首から下げたカードキィを接触させた。

「どうぞ」

彼女はドアを押して中に入った。慎平はその後に従った。廊下とオフィスとはパーティションで仕切られている。上半分がガラスになっているので、歩きながらオフィスを眺めることができる。

机が整然と並び、それぞれの上にパソコンが置かれている。白いワイシャツ姿の数人の男性が机にはりつき、パソコンの画面を真剣な目つきで見つめていた。

室内は、驚くほど整然としている。男性たちの机の上や部屋の壁に本棚が見えるが、どこも乱れていない。

壁には、各種相場の指標ボードがある。電光掲示の数字が目まぐるしく変化する。音や話し声は聞こえなくても、ガラス越しに覗き見ているだけで室内の緊張感が伝わってくる。

「ここでは何をしているのですか」

慎平は、先を歩く女性に訊いた。

「資金運用部です」

「資金運用部ですか」

慎平は、女性の言葉を繰り返した。資金運用部が具体的に何をしている部署なのか、イメージできないのが情けない。しかしこの真剣さをガラス越しにでも感じ取れることは、この会社にやってくる顧客たちを安心させ、信頼を高める働きがあるのではないだろうか。

「他に、このフロアにはそれぞれパーティションで仕切られた上で運用企画部などのセクションがございます。各部署に仕切りをしておりますのは情報のファイヤーウォールのためでございます」

彼女は、淀みなく説明する。

「ファイヤーウォール？　ああ、インサイダー取引など不正な取引を防止するために情報隔壁を設けているってことですね」

慎平は言った。女性は、わずかに振り返って「その通りです」と答えた。

突き当たりに階段がある。緩やかにカーブし、十一階に続いている。

中で十一階に繋がっていることに、慎平は驚きを覚えた。ビルを自分の好みに改築しているところを見ると、ユアサ投資顧問は十分な収益があがっているのだろう。

女性が階段を上がっていく。慎平は黙ってついて行く。上り切ると、フロアの雰囲気が一変した。

「こちらが応接室となっております。社長室は十階ですが、社長はこちらの応接室で執務をされることも多いのです」

十一階のフロアの一角を区分して部屋にしたのだろうが、壁は全て木目になっている。無機質なビルの一室とは思えない。

「すごい」

慎平が声を洩らすと、女性が振り返った。得意げに微笑んでいる。

「ウォールナットという米国産の胡桃の木の板です。壁に一枚一枚貼りつけてあります。とても落ち着きますでしょう？」

「ええ、邸宅のリビングというか、ホテルの貴賓室のような雰囲気がありますね」

床から壁、天井に至るまで同じ色調の板材で仕上げられている。まるで木の中に取り込まれたような錯覚に陥る。

「湯浅社長の好みです。木がお好きなのですよ」

「十一階フロアの全部は使用されていないのですね。壁の向こうは何があるのですか」

「はい、アポロ証券という証券会社様が入居しております」

床に厚手のペルシャ絨毯が敷かれている。テーブルは二枚の板をくさびで繋ぎ合わせる特殊な技法を使っている。椅子は座る部分が低く、背もたれには円筒形に削られた細い柱が何本も走っている。

「この部屋にある家具は全てアメリカの有名な家具作家だったジョージ・ナカシマという人のデザインです。日系の方ですが、米国大統領の執務机もデザインされた方です」

「素敵だなぁ」

慎平はテーブルに触れてみた。自然そのものがテーブルから伝わってくる気がする。

「お座りください」

女性に勧められるままに座ってみると、膝の高さが丁度いい。座る部分も一枚の板だが、決して硬い感じがしない。座ってみると椅子が低いだけに天井が高く感じられ、開放感がある。

女性が部屋のカーテンを開けた。慎平はふたたび歓声を上げた。十一階にもかかわらずテラスがあり、そこが庭になっている。驚くべきことに、そこには緑の芝生と緑の葉を風に揺らしている二本の樹木が植えられていた。花ミズキだろうか。樹木の葉がまだ若いところを見れば、芽吹き始めたところなのだろう。

慎平は、すっかり寛いだ気分になった。仕事をする場所というより、風を感じながらブランディでも傾けたい気分だ。

「ただいま、飲み物を持って参りますので。コーヒーでよろしいでしょうか」

「ええ、お願いします。ところであのぉ、湯浅社長は……」

「すぐに参ります」

女性は、言い残すと部屋から退出した。

しばらくすると女性がコーヒーを運んできた。一緒にテーブルに置かれた皿には高級チョコレートが二個載せられている。

コーヒーを味わいながら、慎平は湯浅を待っていた。周りにあるサイドボード、本棚など、あらゆるものが来客者を落ち着かせる。都心のビルの一室にいるのを忘れさせてくれる。

「お待たせしました」

慎平は声のする左手の壁の方向を振り向いた。ウォールナットの壁が開き、そこに男が立っている。壁かと思っていたが、別の部屋に続くドアがあったのだ。男の背後に覗き見えたのは木の部屋ではなく、パソコンが置かれた金属製らしき大型机だった。そこが実際の社長室なのだろうか。

慎平は立ち上がった。

男が笑顔で近づいてきて、手を差し出してきた。

彼が、湯浅晃一郎か……。

4

ユアサ投資顧問は、投資顧問業だ。主に客に対して投資助言や運用を行う。業務を開始するには金融商品取引法に基づき内閣総理大臣宛てに業者として登録しなければならない。

さらに投資一任業務という、客の資金を預かり、資金運用を行う業務については、平成十九年に金融商品取引法が施行されて以来、内閣総理大臣の認可が不要となり、金融当局への登録だけで可能となったものの、客の大切な資金を預かるために金融庁から厳しく会社や経営者の信用がチェックされることには変わりない。

投資顧問会社は、運用助言が成功した場合や資金を預かり運用収益をあげた中から一定額を報酬として受け取るなどして収益を生み出している。

湯浅が慎平の目の前でコーヒーを飲んでいる。細くてしなやかな指でカップを包むようにして持っている。

顔立ちは目元が涼やかな二枚目だ。微笑むとえくぼができる。三十七歳相応に見えるとも言えるが、もっと若い印象だ。素晴らしい光沢のある濃紺のスーツ。上品な淡いピンクストライプのワイシャツの袖はきっちりとシルバーのカフスで留められている。その腕にはロレックスが輝いている。ピシリと筋の通ったスラックスの先にはよく磨かれた革靴。何もかもに隙がなく、高級品を身につけているのは一目で分かるが、嫌らしくない。

湯浅の全身から発散している優雅さの賜《たまもの》だろう。金融の世界に生きているからもっと欲望が前面に現れたギラギラした人間かと思っていたが、全くそうではない。やはり若くして成功した人間は違うと慎平は思った。

「お忙しい中、取材をお受けいただきありがとうございます」

湯浅は取材嫌いで有名らしい。投資顧問や年金関係のマスコミにもほとんど登場したことがなく、過去の記事を探してみたが全く見つからなかった。今回は異例中の異例だと言っていい。そんな貴重な取材に自分が起用されていいのかと慎平は不安になる。高林の期待に応えるためにも心して取材しなければならない。

「基本的に取材をお受けしていないんです。でもあまりにも熱心におっしゃっていただきましたのでしかたなく……」

湯浅が微笑んだ。

「申し訳ありません。本当にありがとうございます。では始めさせていただきますが、最初に確認だけ。ユアサ投資顧問は、湯浅晃一郎氏、あなたが二〇〇一年に投資顧問業として独立されて設立された。その後、二〇〇四年に当時、有価証券に関わる投資顧問業規制法に基づく投資一任契約業務の認可を受けていたアポロ証券を買収し、資金を預かることができる投資一任業務に進出され、現在は企業厚生年金などの資金運用を主たる業務としている。これは御社のホームページから抜粋したデータですが、これでよろしいでしょうか」

「結構です」

「私は早稲田卒なんですが、失礼ですが、湯浅社長は個人の経歴を一切開示されないのでしょうか」

「必要でしょうか？」

湯浅が微笑みを浮かべた。

「いえ、今日の取材には特に必要ないですが、ちょっと変わっているかなと思いまして……」

「変わっていますか？」

「ええ、これみよがしに経歴を掲載する人が多いですからね」

「私、大学は東京大学です。経済学部ですが……。九七年に卒業しました。その後は、アメリカに渡りましてそこで証券の仕事をしました。投資銀行ではなく、それほど有名でもない証券投資専門の会社です」

「ええっ、本当ですか。東大ですか。それにアメリカ！　すごいですねぇ」

「それほどでもありません。この世界は実績ですから、そんなことは全く無意味です。それに私は個人投資家を相手にしていませんから、宣伝の必要がないので経歴の開示をしていません」

「せめて東大卒って書いていいですか？」

「今回の趣旨とは関係がないですから、遠慮していただけたらと思います」

「そうですか。残念ですねぇ。信用がアップすると思いますが……」

慎平は恨めしそうに言った。

「率直なお方ですね。まあ、そのことはいいでしょう。本題に入ってください」

湯浅が話を先に進めるように促した。

「社長は、今の日本経済をどのように見ておられますか。最初にマクロの話からお伺いします」

湯浅は、落ち着いた様子でコーヒーを飲んだ。

「そうですね」と湯浅は、言葉を探すように上目使いになり、バブル崩壊後の日本経済の低迷について語った。世界がグローバル化している中で、それに対応した減税や労働規制の緩和など、思いきった企業支援策を講じなければ、復活は無理だと言った。

湯浅が強調したのは、リーマンショック後のことだ。二〇〇八年九月にリーマンブラザーズというアメリカの老舗証券会社が倒産し、世界が不況に陥った。

「リーマンショック後、世界は金融緩和競争に突入していますが、日本はそれに対して従来から金融緩和を続けていると言い、何も対策を講じようとしない。これでは世界の流動性資金が、比較的安定した通貨ということで円に向かい、円高になる一方です。円高、株安では、私どもの主たるお客様の年金基金も運用に困ってしまいます。政府は、もっと大胆になるべきです」

日本経済の景気の指標と言うべき日経平均株価は、二〇〇八年九月のリーマンショック以前には辛うじて一万千円から一万二千円をつけていたが、十月には一気に八千円台にまで下がり、その後も低迷を続けている。

とはいえ、日本経済はリーマンブラザーズの倒産による直接的な被害は少なかった。湯浅が指摘する通り世界経済が不安定化し、比較的安心な通貨ということで円が買われ、七十円台という超円高に突入した。これが輸出産業の業況を悪化させ、株価低迷、景気沈滞という悪循環に陥らせてしまったのだ。湯浅は、日本経済が低迷から抜け出すためにはもっと大胆になるべきだと主張する。

この辺りまでは、どんなインタビュアーでも質問することだ。いわばジャブみたいなもの、これからが本番だ。なぜユアサ投資顧問が素晴らしい運用利回りをあげているのかを訊かねばならない。

「株価が低迷し、どの投資顧問も運用利回りの低下に苦労しています。例えば、大手証券系列の投資顧問でさえ二〇一一年度は通期でマイナス二・三%と散々な成績でした。ところが御社は六%以上の運用利回りをあげている。どうしてこの差になったのでしょうか？」

慎平は、いきなり核心をつく質問をした。

これに対する答えさえ聞けば、記事は書ける。

湯浅が慎平の方へぐっと身を乗り出した。

「それは、私が新しい運用手法を開発したからです。他社はそれを知らないし、やっていないだけのことです」

　湯浅は、輝くような目で慎平を見つめた。

「そこをぜひ教えていただきたいんです。編集長から、とにかく御社の良さが注目されるような記事にしろと言われていますので。申し訳ありませんが、私に分かるようにご説明をお願いします」

「私どもは厚生年金基金という運用のプロの方々を相手にしておりますので、その方々には詳しく説明しておりますが、お宅の雑誌の読者にはいささか複雑すぎるかと……」

　湯浅は、慎平にやや困惑した表情を向けた。

「承知しておりますが、そこを何とかお願いします」

　慎平は強く言った。説明を受けなければ記事にならない。

「弱りましたね。高林編集長には、広告掲載を頼まれておりますよ」

　湯浅は慎平を一瞥した。その表情は暗に詳しく訊かないで適当に書けと言っているようだ。

　だが、慎平はそれを無視して話を続けた。

「伺っております。それはさておき、御社が扱っておられる投資ファンドのアポロ・ミレニアム・ファンドは、設定以来、三十五・六%、十八・九%と相当高い利回りで、さらに直近数カ月は株価が低迷する中でさえ六・四％です」

「当社だけが良いわけではありません。他社だっていい成績をあげているところはあります」

湯浅は、具体的に数社の名前を挙げた。それによると他社の中にもユアサ投資顧問並みに優れた運用利回りをあげているところがある。

「御社だけじゃないんですね」

慎平の情報不足だった。

「当社の優位な点は、運用が安定しているということです。他社はエンハンスト・インデックス運用を行っていますでしょう？」

「はぁ？　エンハン……？」

慎平は湯浅の言っていることが理解できない。記事広告でいいと言われて事前リサーチを怠ったツケが早速、回ってきた。

「インデックス運用とアクティブ運用を組み合わせてミドルリスクに抑える方法ですよ」

「はあ」

慎平は、メモを取る手が止まった。湯浅の顔を見つめる。彼の表情が緩んでいる。

「あなたは正直な人のようですね。分からないというのが、そのまま顔に出ています」

湯浅が笑った。

「お恥ずかしい。どうして投資顧問の取材が私なのか、今、ものすごく後悔しています」

慎平は頭をかいた。

「要するにリスクをあまり冒さないという運用ですね」

「御社はリスクを冒しているんですか」

慎平の質問に湯浅は、声を上げて笑った。

「おかしなこと訊きましたか」

「お客様の大切な資金ですよ。リスクを冒すわけにはいきません。私どもは、スプリット・ストライク・コンバージョンという手法を開発しました。これは複雑な方法です」

「スプリット・ストライク……」

「投資資金を分散して損失を防ぐ方法ですが、株式や債券等を主体に構成しつつ、プットオプションやコールオプションをこまめに組み合わせて、損失を極小化する手法です」

「プットオプション、コールオプションは少し分かります。プットは、将来の一定期日までにあらかじめ決められた価格で売る権利、コールは、逆に買う権利ですね」

慎平はほっとした顔をした。

「その通りです」

湯浅の笑みは少年のようにまっすぐな印象だ。

「プットオプションを購入していれば、将来、株価が値下がりしても、値下がり前の価格で売ることができますし、同時にコールオプションを売っておけば、その代金を手に入れることができます。それでまたプットオプションを購入しておくのです。この操作を繰り返しますと、市場に関係なく一定の利益を確保できる可能性が限りなく高くなるのです。オプションを基本としながら相場を見て、現物も上がりすぎたら売り、下がりすぎたら買うということを繰り返します。とにかく市場の声に耳を傾け、市場の動きに身体を沿わせるのです。そうすれば安定した利益が確保できるのです」

分かりますかという表情で湯浅は慎平を見つめた。澄んだ目だ。分からないとは言えない。

「運用は日経平均株価に基づく日経２２５オプションや大手上場企業などの優良銘柄ですか」

「いえ、違います。伝統的な四資産と言われる国内株式、国内債権、外国株式、外国債券による現物運用にばかり頼っていては市場がマイナス十％ならマイナス八％でも良かったでしょう？　ということになります。これではマイナスであることには違いがなく、お客様にご迷惑をおかけします。私どもは、国内現物市場と関係の低い商品や他国の市場なども駆使して、ベストミックスを図ります。それがスプリット・ストライク・コンバージョン、すなわちSSC戦略手法です。とにかく私どものファンドマネージャーは優秀で……」

湯浅は、熱弁をふるい続けた。

慎平が質問するたびに意気揚々と答えてくれた湯浅だが、慎平は、彼が話す内容をほとんど理解できなかった。しかし、その情熱溢れる話し振りにいつの間にか聞き惚れてしまっていた。

彼は、自分たちが如何に客を大切にし、少しでも客の資産を安定的に運用することに日夜、腐心しているかを説明した。

「ありがとうございます。何とか記事を書けると思います」

いつの間にか一時間余り、湯浅の弁舌を聞いていた。

「そうですか。私も久しぶりに投資手法について話ができて、頭が整理できました。ありがとうございました。ところで……」

湯浅が、改まって慎平の方を向いた。

「何でしょうか？」

慎平は訊いた。あれこれと記事に注文をつけるのだろうか。

「どうしてジャーナリストになられたのですか？」

「ジャーナリストというほどのことはないのですが、信念を持って仕事をしたいと思いまして。でも母子家庭で母には苦労をかけてきましたので、母からすればちゃんとした会社に勤めて欲しいと思っているようです」

慎平は苦笑した。

「そうなのですか……」と湯浅は遠くを見るような目つきになり、「でも素晴らしい。信念を貫くのは大事なことです」と強く言った。

「湯浅社長は子どもの時から神童で、とんとん拍子で成功されたのでしょうね」

慎平は羨ましそうに湯浅を見た。

「さあ、どうでしょうか。ところで、フリーでお仕事されているのでしたね」

「はい」

妙なことを訊くと身構えた。

「収入は如何ですか？」

「はあ？」

「収入です」

湯浅は真面目な顔をした。

「たいしたことはありません。不安定で母が心配するほどですから」

慎平は正直に言った。

「あなたお金は欲しくありませんか？」

急に湯浅の顔が脂でてかてかと光ったように見えた。

「そりゃ……」

慎平は戸惑いを覚えた。湯浅の質問の意味が分からない。

「あなたのようなジャーナリストはお金が全てだとお考えでないことは承知しております。しかし、お金があれば自由に考え、行動できることは事実です。逆にお金がなければ何もできない。残念ながら、資本主義の世界ではお金を持っている人間が絶対的な勝利者です。そう、思いませんか」

湯浅が顔を近づけてきた。

「そういう考えもあると思います」

慎平はわずかに身を引いた。

湯浅は慎平の憶した態度に薄く笑った。

「まあ、いろいろなお考えはあるでしょうが、それはさておき、もし良ければ我が社で私の仕事に協力していただけませんか。実は今、広報や企画の人材を必要としているんです。あなたとは気が合いそうです。こんなに私から話を引っ張り出した人は今までいませんからね」

「仕事に協力?」

あまりの突然の申し出に慎平は混乱した。

「お聞きになった通りです。仕事に協力とは、我が社に入社して欲しいということです。あなたはなかなかの人のように思えます。お世辞ではありません。こんな私ですが、これでも多くの人を見てきて、採用し、一緒に働いてきたのですから。あなたは非常に素直なお人柄のようで、また好奇心が旺盛なところも大変気に入りました」

「いや、私は金融は素人ですし」

「その方がいいんです」

突然の展開に慎平が戸惑っていると、湯浅があっさりと言った。

「年収は、とりあえず最初は一千万程度で如何でしょうか？　ご活躍次第では五千万はお支払いできると思います」

湯浅の腕のロレックスが光った。

「一千万！　五千万円！　ですか」

急に喉の奥が渇き、引きつるような感覚がし、慎平は唾を飲み込んだ。

第二章　投資顧問

1

いつの間に時間が過ぎたのだろうか。外は暗く、闇の中に街が沈んでいた。

湯浅は窓の近くまで歩いていき、外を眺めている。

「この街が大好きなんですよ」

湯浅が振り向き、慎平に言った。

「何か理由があるんですか？」

慎平は、外が暗くなっていることに驚いた。時間をかなりオーバーしてインタビューをしてしまったようだ。

湯浅の弁舌に翻弄されているうちに時間が過ぎていった。

「ここには成功が落ちているからです」

「成功が落ちている？」

「兜町は証券の街ですが、この日本橋一帯は、江戸時代から成功を夢見る男たちが集まってきました。貧しさから抜け出したいと願っていた男たちです。彼らによって乾物や魚、野菜、いろいろなものの相場が立ち、目ざとい男たちが成功し、大金持ちになっていきました。武士たちがいる街とは一線を画していたのです」

湯浅は静かに話す。

「成功を拾いに来たのですね。湯浅社長もその男たちの仲間ですか」

慎平の質問に湯浅は微かな笑みを浮かべ、

「そうです。官庁街に住んでいる連中には分からない喜びです。ところですっかり暗くなってしまいましたね。話し込みすぎました」

「こちらこそ、長時間ありがとうございました。マスコミ嫌いと伺っていましたが……」

「取材の意図は満たされましたか？」

「ええ、まあ、話が十分に理解できたとは言いませんが、湯浅社長が年金の運用に情熱を傾けておられるのはしっかり理解したつもりです」

「それを理解してもらえれば結構です」

「原稿はすぐに書きますが、ゲラのご確認は一週間後になります。よろしいでしょうか？」

「お任せします。それよりも」

湯浅は、笑みを浮かべながら慎平に近づいてきた。

　慎平は、緊張した。入社の話を蒸し返されるのではないかと警戒したのだ。取材の途中だったので真剣に答えずにやり過ごしてしまったが、慎平が動揺したのは事実だった。動揺したのは、心を動かされたからだ。何せ当初から一千万円の年収、働きぶり次第では五千万円だという。慎平でなくても頬をつねりたい話だ。

「何もそんなに硬くならなくても結構です。捕って食べたりしませんからね」

「ああ、すみません、どうも……」

「我が社への入社の件、真剣に考えてください」

「あのぉ、どうして私なんですか？　あんな年収を提示されるほど能力は高くありません。何度も言いますが、本当に金融については素人なんです……」

　慎平は情けない表情を浮かべた。しかし、本音だった。

「我が社は良い人材を求めています。大きく発展するためには人材が必要ですからね。リクルート関係の会社に依頼したら大変な費用がかかりますし、日々忙しい中、あまり時間を割きたくない。いい人に出会った際に、こうやって声をかけているんです。あなたとは気が合いそうだ。こうやって話していると何だか昔の自分を見ているようで懐かしい気持ちになるんですよ、世代が近いですしね。私と一緒に飛躍しましょう」

　湯浅は真剣な表情で言った。

「会う人、誰にでも声をかけているんでしょう？」

慎平は揶揄《やゆ》するように言った。

「そんなことはしません」と湯浅は、少し怒った表情になったが、すぐに笑みを取り戻し、「ところで食事をご一緒に如何ですか？　できれば、私たちの仕事をもっと知ってもらいたいですから」と言った。

「いいんですか？」

「ええ、ご遠慮なく。今日は、社会保険庁出身のコンサルタントの先生と一緒に食事をする予定ですから」

「そんな場所にお邪魔でしょう？」

慎平が遠慮がちに言った。

「構いません。我が社の顧問のような立場の方ですから。ご紹介します」

湯浅は、気楽な調子で言った。

慎平は、少し躊躇したが、これも取材の一環だと思い直した。

「それじゃあ、行きましょう。ちょっと待ってください。店に一人追加を連絡しますから。美味いすき焼きですよ」

湯浅は、携帯電話を取り出した。今から行くという店に連絡をするのだろう。慎平は、いつの間にか彼に惹き込まれていく自分に驚いていた。

2

地下鉄溜池山王駅近くの首相官邸と反対側にある通りに湯浅と慎平を乗せたハイヤーが止まった。

「降りましょうか」

湯浅が言った。

「本当にご一緒していいんですか？」

慎平は、ここまでハイヤーに同乗しておきながら、まだ一緒に食事をすることに躊躇していた。

「遠慮しなくていいですよ。あなたのリクルート費用だと思えば、安いものです。さあ、行きましょう」

運転手がドアを開けた。湯浅が外に出て、慎平はそれに続いた。

「どこかで待機していてください」

湯浅は運転手に命じた。

運転手は、わかりましたと言い、深々と頭を下げた。

目の前のビルの一階に「巌松亭」という小さな看板がかかっていた。看板の脇の入り口から入ると、階下へ降りる階段がある。絨毯でカバーされている階段を降り切ると重厚な木製の戸がある。

初めての客なら尻ごみをしてしまうような重厚さがあるが、湯浅は、その戸をこともなげに開けた。

「お待ちしていました」

和服姿の年配の女性と若い女性が並んで迎えた。

「すごい店ですね」

ビルの中とは思えない。料亭のように、入り口から廊下が奥へと続いている。個室が幾つかあるようだ。

「来てる？」

湯浅は、馴染みなのか気楽な調子で年配の女性に訊いた。

「お見えでございます。部屋でお待ちになっております」

彼女が答えた。

「堤さん、この人、女将さん。昔、すごい美人だったんですよ」

湯浅が笑いながら紹介する。

「昔、美人だなんて湯浅さんはお口が悪い」

彼女は、六十歳は過ぎていると思われるが、湯浅の言う通り昔は相当な美人だったと思わせる整った顔立ちだ。

「こちらは雑誌の記者さん、堤さんです。よろしくね」

湯浅は女将に慎平を紹介する。女将は、「こちらこそ、ご贔屓にお願いします」と頭を下げた。

「よろしくお願いします」

慎平も頭を下げたが、もう二度とこんな高級店には来られないだろう。

若い女性の案内で部屋に入る。

「先生、どうもお待たせしました」

湯浅は、部屋に入った途端に畳の上に膝をつき、頭を下げた。

慎平は、湯浅の動きについてゆけず、ぼんやりと立っていた。

湯浅が先生と呼んだ男は、掘りごたつ形式になったテーブルの上座に座っていた。

白髪で、眼鏡をかけ、学校の先生のような堅さを漂わせている。

慎平は、室内の様子にも驚いた。数寄屋風の和室、坪庭には白い小石が敷きつめられ、苔《こけ》生《む》した岩が配置され、その傍らに立派な松の木が枝を伸ばしていた。店名の通りまるで荒々しく波が打ち寄せる日本海があり、その岩壁の松の風情だ。

「堤さん、こちらは現代年金研究所の所長の崎山徹《さきやまとおる》先生です」

湯浅が慎平に言った。

慎平は、慌てて膝を折り、ジャケットのポケットから名刺を取り出し、崎山に渡した。崎山は、座ったままそれを片手で受け取った。

「フリーライターさんですか？」

崎山は、少し眉をひそめるようにして慎平を見つめた。

「今日、私の取材をしてくださったのです」

「ほう、マスコミ嫌いなのに珍しいですね」

崎山は、自分の名刺を慎平に差し出した。

所長の肩書きの隣に年金コンサルタントとあった。

「すっかり堤さんと意気投合しましてね。先生にご紹介しようと思いましてお誘いしたのですが、よろしいでしょう？」

「私は一向に構わないよ。若い人と話をするのは、楽しいからね」

「さすが先生は懐が深い。堤さん、良かったですね。素晴らしい方ですから、きっと今日の出会いに感謝されると思いますよ」

湯浅は慎平に言いつつ、実際のところはさりげなく崎山を褒めていた。

「さあさ、挨拶が終わりましたから、堤さんはあちら、私はこちらに座りましょう」

湯浅は、部屋の入り口近く、下座に座った。慎平は、崎山に向かい合う形になり、気まずい思いが湧き起こった。

「よろしいんですか」

慎平は湯浅に訊いた。

「今日はお客様ですからね。どうぞ、ごゆっくり。ここの肉は最高ですよ。A5ランクの超特級ですからね。舌先でとろけるような霜降り肉です。先生がお好きですからね」

「本当にこの店の肉は美味いからねぇ」

崎山が相好を崩す。

「先生にここを紹介していただいて以来、使わせていただいております。先生はグルメでいらっしゃるので、店の選択には苦労致します」

湯浅は媚びるような目つきで崎山を見た。

「何がグルメなものか。湯浅社長にはかなわないさ」

崎山は湯浅に持ち上げられ、気分が良いのか、笑みが絶えない。

慎平は湯浅のあまりのそつのなさに驚き、感心していた。

「ここは首相官邸や霞が関、政治家の官舎にも近くて、店の作りが個室になっていますから、他人に顔を見られることもありません。役人と飯を食べながらちょっと話し込むのに丁度都合が良いんです」

湯浅が店のことを話している間、和服の若い女性が、すき焼きなべに肉を入れ、割り下で煮ている。自分では何もすることはない。見事な霜降り肉が美味しそうな音を立てて煮えていく。

「先生は、最初からワインで良かったですね。堤さんはどうされますか？」

「お任せします」

慎平は、緊張して声がなめらかに出てこない。

湯浅が、若い女性に赤ワインを持ってくるように命じると、どうやって連絡したのか分からないが、女将が赤ワインのボトルとグラスを運んできた。何もかもが予定されていたかのように進んでいく。

グラスに赤ワインが注がれた。

「乾杯しましょう」

湯浅がグラスを掲げる。

「それじゃ、湯浅社長のますますの活躍に」

崎山が笑みを浮かべる。

「それは恐縮です。私の方は、先生と堤さんのご活躍に、乾杯！」

湯浅が声をかけた。

慎平は、緊張したままで「乾杯」と唱えた。赤ワインを飲む。適度な酸味が舌を刺激する。食欲が湧き上がる。

「どうぞ、召しあがってください」

若い女性が慎平に肉を取り分けてくれる。

「いただきます」

慎平は、溶いた生卵をたっぷりと絡めて肉を口に入れる。甘く、馥郁とした香りが口中に広がり、そして肉汁が溢れ、嚙むまでもなく肉が雪のように消えていく。あまりの美味しさに身体が震えそうだ。慎平は、肉の名残を惜しむように目を閉じた。

「美味しいでしょう？」

湯浅は目元に満足そうな笑みを浮かべた。

「ええ、幸せです」

3

「社長は救世主です」

赤ワインで顔を赤く染めた崎山が強い口調で言った。

「先生、言いすぎです」

湯浅が恥ずかしそうに苦笑する。グラスの赤ワインが減っていない。酔ったような雰囲気を醸し出してはいるが、あまり飲んでいないのだろう。酒に弱いのか、それとも心得て飲まないのか。

「いやぁ、言いすぎでも何でもない。お若いのにたいしたものだ。あなたは年金の救世主だよ。感心しているんだ」

崎山は繰り返した。彼は相当な健啖家だ。最初の皿に盛られた肉は既になくなり、追加が来たのだが、それも残り少なくなっている。

「救世主とはどういう意味ですか？」

慎平が訊いた。

崎山がじろりと音が出るのではないかと思うほど目を動かして慎平を睨んだ。

慎平は、どきりとして肉を摑んでいた箸が止まった。

「あなたはサラリーマンの経験はあるのですか」

「いえ、ずっとフリーで、個人事業主のままですね。まあ、事業と言えるほどの収入はありませんが」

慎平は、そう答え、肉を口に運んだ。いくら食べても満腹にならないほど美味い。椎茸や糸こんにゃくなども煮えているが、それらには箸が向かわない。ここで食べておかねば、この先、いつこんな高級な肉を味わえるか分からない。

「そうなると国民年金はちゃんと払っていますか？」

またじろりと見つめる。

「さあ、まあ、どうでしょうか。なかなか収入が安定しないもので……」

慎平は言葉を濁した。

「そうでしょうな。国民年金保険料の納付率は、最近、六十％を下回っている。特に二十代の若者では五十％を切っていますな。それは非正規雇用者が増え、収入が安定しないことに加え、年金なんてもらえないという、制度に対する信頼感がなくなったからだ。これはエラいことになります。年金というのは貯金とは違いまして世代間の助け合いだよ。現役世代が、今まで頑張ってくださった高齢者に感謝しながらその生活を支える。美しいねぇ。日本人の絆だよ」

崎山は自分の言葉に酔いしれているかのように赤ワインを飲み、瞼を閉じた。

「誰しもが年金に不信を抱いていますからね」

湯浅が同調する。

「国民年金は、国の年金制度なんだが、私が相談に乗るのは企業年金。会社が積み立てている、サラリーマンの年金なんだ。これも危機に瀕している、というかもう破綻していると言ってもいいだろうね。だから湯浅社長は救世主だと言ったんだよ」

「そのことは湯浅社長を取材する際に、少しは理解しました。企業年金の運用利回りが低すぎてどうしようもないのでユアサ投資顧問を頼りにするわけですよね」

慎平の言葉に崎山は、「その通り」と大きく頷いた。

「サラリーマンの年金はね、三階建てになっている」

「三階建てですか？」

「そう、一階は国民年金。これは基礎年金とも言われ全ての人が加入するものだね。君もこれに加入しているし、サラリーマンの奥さんは第三号被保険者と言ってね、直接的には保険料を支払っていないが、これに加入していることになっている」

「二階は、何ですか？」

「これは厚生年金だね。基礎年金と厚生年金は国の年金なんだ」

崎山は、話に熱がこもってきたのか、ワイングラスが空になったのに気づかない。すかさず、湯浅がワインを注ぐ。

「では三階は？」

「これが企業年金なんだ。これは会社が従業員のために独自に運営してくれる福利厚生制度だ。ありがたいよね。国の年金では足らないから企業が応援してくれて安心して働きなさいと言ってくれているんだ」

「サラリーマンはいいですね。羨ましい」

慎平は、大げさに言った。何の保障もないフリーランスの自分と比べた場合、サラリーマンの生活の安定は、羨ましいを通り越して嫉妬、妬みにまでなってくる。

「それがそうでもない」

崎山が暗い顔になって、ふたたび空になったワイングラスを差し出した。湯浅が、ワインを注ぐ。崎山は、渇きを癒すかのようにひと飲みにしてしまった。

「企業年金にはね、確定給付企業年金や４０１ｋと言われる確定拠出年金、適格退職年金などがありますが、厚生年金基金が最も一般的なんですよ」

湯浅が口を挟んだ。

「その厚生年金基金が問題なんだ」

崎山はさらに暗い顔になった。

「厚生年金基金？　厚生年金と名前が似ていますが、民間なんですね」

慎平が訊いた。

「その通り、民間なんだけどね。でも厚生年金と関係が深い。切っても切れない関係にあると言える。まあ、それがまた問題を複雑にしているんだ」

「複雑になればなるほど、問題が大きくなればなるほど先生が儲かる仕組みですね」

湯浅がからかうような口調で言う。

「社長、それは口が過ぎるよ」

崎山が苦笑する。しかし、まんざらでもない様子だ。

「失礼しました。酔って、つい本音が……」

湯浅がまた崎山のワイングラスに赤ワインを注ぐ。彼はほとんど飲んでいない。崎山の機嫌が良くなることだけに注力しているのだ。彼の気配りには老獪ささえ感じる。

「ちょっと難しいのだが、代行という言葉を聞いたことがあるかい」

崎山は慎平に訊いた。

「ええ、耳にしたことはありますが、詳しくは知りません」

慎平は答えた。

「国の厚生年金の一部を厚生年金基金が代わって運用することなんだが、何でこんなことをするのかというとね」

「はい」

慎平は真剣に耳を傾けた。器の中に肉が入っていたが、崎山の話を聞かねばならないという気持ちになっていた。

「厚生年金である国の資産を厚生年金基金に代行という形で移せば、会社は多くの資産を運用できるから、より多くの運用収益をあげることができる可能性がある。もし国が厚生年金の利回りとして期待している五・五%を上回る利益があがれば、掛け金の引き下げにもなるだろう。さらにだ。社員に若い人が多いと、年金をあまり払う必要がないから、代行部分の受け取りの方が多くなる……」

「いいことばかりじゃないですか」

「経済が右肩上がりで、株価も上昇している時は、これで良かったんだ」

崎山が、天を仰いで嘆息をついた。

「官僚が考えることはいつもそうですね」

湯浅が腹立たしそうに言った。

「どういうことですか」

慎平が訊いた。

「代行というのは、国が厚生年金基金制度を進めるために用意した飴だったんだな。ところが経済が低迷すると、この飴が毒の飴になったんだよ。そもそも国のお金を借りてきて基金が運用するわけだね。儲かれば、その収益は基金のものだ。だから当然、損をしてもその損は基金のものということになる。それに気づいた時には、多くの基金は損失にアップアップすることになったわけだ」

「当てが外れたんですね」

慎平は言った。

「そんな気楽なものじゃない」

崎山が厳しく言い放った。

「すみません」

慎平は頭を下げた。

「政府は、代行を返上してもいいよって言ってきたんです。平成十四年四月以降、基金が預かっていた国の資金、代行部分を返上できることになった。これが代行返上ということです」

湯浅が説明する。

「それで問題解決ですか？」

慎平は、わずかに首を傾げた。またポイントのずれたことを話しているのではないかと心配になる。

「返上するには、それまでの損失を全て清算しなければならない。それができるのは、単独型や連合型と言われる大企業単独やグループの基金だけだ。彼らは損失を清算できる金があるからね。今や基金の数は、ピーク時の千八百強から五百八十余りになってしまって、その八割が総合型と言われる同種、同業の集まりの基金で、そのほとんどが中小企業だ。それらの資金は、返上もできない、解散もできない資金不足、すなわち代行割れになっている。八割以上が、そんな状況だというデータもある」

「どうすればいいんですか」

慎平はだんだん話題に引き込まれていった。日本経済の大きな問題に触れていると思ったからだ。

「給付金減額や掛け金の引き上げが課題なんだがね」

崎山は、苦悩がさらに増すかのように赤ワインを一気に飲んだ。

「大変ですね」

慎平は同情した。

年金は働く人たちの老後の拠り所だ。それを維持するために不況で少なくなった給料から、今まで以上の年金掛け金を徴収するなどというのは不可能ではないだろうか。

それにせっかく支給されている年金給付金を減額することにも抵抗が強いだろう。

両方の道とも非常に困難なことは慎平にもよく理解できる。

「だから湯浅さんが救世主なんだよ。この不況の時代にも安定した運用収益をあげてくれる。もし湯浅さんがいなければ、もっと多くの年金基金が苦しんでいるはずだ。それは労働者の希望を失わせることでもあるからね。まさに湯浅様々です。私は年金コンサルタントとして湯浅さんのような優秀な投資顧問会社を各地の厚生年金基金に紹介・斡旋するのが使命だと思っている」

崎山は、湯浅を見て、やっと明るく微笑んだ。

「先生、難しい話はそこまでにしまして、そろそろ店を替えましょうか」

湯浅はにこやかに言った。

「おお、行きますか？」と崎山は言い、「堤君、君も一緒に行こう」と慎平を誘った。

「はい……」

慎平は戸惑いを浮かべ、湯浅を見た。湯浅は、小さく頷き、笑みを浮かべていた。

4

慎平たちを乗せたハイヤーは、銀座の街中に着いた。

「ここでいいです。止めてください」

助手席に乗った湯浅がハイヤーの運転手に告げた。

「さあさ、先生、みんなが待っていますよ」

湯浅は、崎山に言った。崎山は、先ほどの真剣な顔をどこかに忘れてきたように相好を崩している。

「これで何か食べてください」

湯浅はハイヤーの運転手にチップを渡した。

「ありがとうございます」

運転手は、湯浅から差し出された一万円札に驚きながら、嬉しそうにしまい込んだ。

慎平は、その時、湯浅の財布を覗き見た。いったい幾ら入っているのだろうか。あの厚さから想像すると百万円以上はあるのかもしれない。財布は、親指の太さくらいの厚みがあり、そこには一万円札が身動きできないほどぎっしりと入っていた。

慎平はハイヤーを降りた。どこに行くのだろう。今日は、単純に湯浅の取材で終わると思っていた。それが食事に誘われ、そのまま銀座に案内された。フリーである以上、記事を締め切りまでにあげれば、何の問題もないのだが、ここまで取材対象と一緒に過ごしていいのか、迷ってしまう。

記事は、湯浅を追及したり、告発したりするものではない。広告のようなものだと高林が話していた。だから湯浅とはとことん付き合ってもいいだろうと自分を納得させた。

湯浅は、崎山と並んで歩いている。その後ろを慎平は歩いていた。湯浅が、崎山に何か渡している。封筒のようだ。崎山は、それを無造作にポケットにしまい込んだ。現金でも渡しているのだろうか。

「さあ、着きましたよ」

日航ホテルの裏辺りにある雑居ビルの前に来た。湯浅は、小走りにエレベーターに走っていく。上のボタンを押し、エレベーターのドアが開くと、「さあ、先生」と崎山を中に入れた。慎平も乗り込んだ。狭いエレベーターの中は、男三人で一杯になる。エレベーターは静かに上昇し、五階で止まった。

崎山の表情が明らかに違う。自然と笑みが洩れている。気持ちが浮き立っているのが手に取るように分かる。

目の前に会員制クラブ「ミューズ」という文字が見えた。

崎山が重厚なドアを開けた。

「先生、いらっしゃい」

事前に湯浅が来店の意向を伝えていたのだろう。和服姿のママらしき女性が待っていたかのように崎山に声をかけた。

「さあ、先生、どうぞ」

湯浅は崎山に奥に進むように促す。胸の大きく開いた赤いロングドレスの女性が近づいてきて崎山の荷物を預かる。もう一人、フリルのついた短いスカートからすらりとした足を見せている女性が、慎平のバックパックを持った。

「重い！」

女性が、笑みを浮かべながら甘えるような口調で言った。

「すみません。パソコンや資料が入っているものですから」

慎平は謝った。

「おい、マユちゃん、重いなんて言ったら叱られるぞ。有能なジャーナリストさんなんだから」

湯浅が言った。慎平を見て、笑っている。

「有能だなんて……」

慎平は苦笑した。

「かっこいい」

女性は、バックパックを抱えたまま、慎平に身体を寄せてきた。鼻孔を甘く刺激する香りがする。

中は意外と広い。カウンターとテーブルが幾つか並んでいる。それぞれがボックスのようになっているため、他の客の視線を気にしなくて良い。

客は、別の席に二人いるだけだ。その周りに数人の女性たちが座っている。

崎山は、慣れているのかすぐに入り口から最も離れた席に座った。彼を左右からマユというホステスと、赤いロングドレスのホステスが挟んだ。

「堤さんもそこに座ってください」

湯浅が言った。慎平はボックスの端に座った。湯浅は、まだ座っていない。立ったままだ。側に和服のママらしき女性が来た。彼女の耳元で話している。彼女が、しきりに頷き、時折、崎山に視線を移している。

和服の女性が、慎平の前に座って、名刺を出してきた。

「ママの城山忍《しろやましのぶ》さんです。堤さん、よろしくね」

湯浅が紹介した。

慎平は、硬い表情で「堤です」と言った。

慎平の側にも女性が座った。胸の大きな女性で、身体にぴったりとした白い服を着ているため、胸元や太股が露わになっている。慎平は、目のやり場に困った。

「おお、堤君、良い娘《こ》が側に来てくれたね」

崎山は、ウイスキーのロックを既に飲んでいる。

「リエと言います。よろしく」

隣の女性が名刺を渡してきた。慎平はそれを受け取って、ジャケットのポケットに入れた。

「何かお作りしましょうか」

リエが訊いた。

「それじゃあ、水割りをお願いします。ウイスキーなら何でもいいです。薄くしてください」

「薄くなんて情けないことを言いっこなしですよ。濃くしておいて、リエちゃん」

湯浅が、慎平をからかうように言った。

「社長に言われたら、しかたないですね。濃くても大丈夫ですか？」

リエが訊いた。

「ええ、お任せします」

慎平は答えた。

リエが慎平に水割りグラスを差し出した。慎平は、それを一口飲んだ。かなり濃い。顔をしかめた。

「濃すぎましたか？」

「大丈夫です。ゆっくり飲みますから」

慎平は、湯浅と崎山を見ていた。湯浅は、やはりボックスの端に座り、側には女性はいない。城山というママと言葉を交わしているだけだ。薄めに作ってもらった水割りを飲んでいる。

崎山は、もう二杯目だ。ポケットから封筒を取り出した。先ほど湯浅が渡したものだ。

崎山はにやにやして、それをテーブルの上に置いた。封筒の中から、小さな祝儀袋が三つ出てきた。

「先生、何をするの？」

マユが崎山にしなだれかかっている。

「ここに祝儀袋が三つある。この中には、三万円、四万円、五万円と入っている」

崎山は、ホステスたちに気を持たせるような言い方で話し始めた。

「すごい！　みんな私に！　先生！」

マユが、崎山の頬にキスをする。

「ダメだよ。マユちゃん。ユキエが怒るから」

崎山は、嬉しそうに隣の赤いロングドレスの女性を見た。ユキエというらしい。真っ白で雪山のように膨らんだ胸元が慎平の目を釘づけにする。

「そうよ。マユちゃん」

　ユキエが睨んだ。

「公平に三人でジャンケンだ。勝った人が祝儀袋を受け取ることができるんだ」

「早く、早く、やりましょうよ」

　マユがやる気十分で手を動かす。

「その代わり、三万円の場合は、ウイスキーをロックグラスで三杯飲むんだぞ」

「ええ、ひどい。飲めない」

　マユが甘えた声を出した。

「飲めなきゃ失格だ」

「全部、勝ったら十二杯も飲むの！」

　マユが驚いた声を出した。

「そうだ！　さあ、やるぞ」

　崎山は拳を上げた。

　リエが躊躇している。動こうとしない。

「やらないんですか」

　慎平は訊いた。

「やりますけど……。好きじゃなくて」

リエは眉根を寄せ、小声で言った。

「おい、リエ、どうした」

崎山が言った。

「リエさん、参加しないとマユにみんな持っていかれるよ。私もやろうかな」

湯浅が言った。

マユ、ユキエ、リエとも拳をテーブルの方に突き出した。

「最初は、グー」と崎山は言い、「ジャンケンポン」と声を張り上げた。

「盛り上がっていますね」

黒いスーツの男が現れた。

「理事長、待っていましたよ。さあ、ここへ」

湯浅が席を立った。

理事長と言われた男は、マユの隣に座った。

ママがおしぼりを手渡すと、かけていた眼鏡をテーブルに置き、無造作に顔を拭いた。男は六十歳を過ぎている印象はあるが、顔は引き締まっており、眼鏡を外した目が厳しい。

「こちらは西野《にしの》理事長、建設業界の厚生年金基金の偉い人だよ。我が社の大切なお客様です」

湯浅が慎平に男を紹介する。男は、眼鏡をかけると、名刺入れから名刺を取り出し、慎平に差し出した。T県建設業厚生年金基金理事長西野義史《よしふみ》と書いてある。

「私の社保庁時代の後輩だよ」

崎山が拳を突き上げたまま言った。

「堤と言います。ちょっと名刺を切らしてしまいました」

慎平は申し訳なさそうに言った。

「堤さんはジャーナリストで、私の取材をしてくださったんですよ」

「ジャーナリストさんですか」

西野が胡散臭《うさんくさ》そうなものを見る目つきになった。警戒心があるようだ。

「まあ、西野、気楽に飲めよ。今、ゲームを始めるところだ」

崎山が言った。

西野は水割りを頼んだ。

「崎山さん、今、厚生労働省の奴と飯を食っていたんですが、やっていられませんよ。あいつら逃げるばかりなんです」

西野がくっきりと形が残るほど眉間に皺を寄せて、水割りを飲んだ。

「分かっているさ。だから湯浅社長に任せるんだよ。それしかない。官僚なんか相手にするな」

崎山は、嫌なものを見るように顔を背けた。

「西野さん、よろしく。今日は楽しんでください」

湯浅が目配せをすると、西野の隣にウエーブのかかった金色の髪を肩まで垂らした女性がやってきた。キラキラと輝くスパンコールのついたドレスを身につけている。

「おお、ミユキ。会いたかったよ。今日はお前の胸に顔をうずめたいな」

西野は露骨にミユキという女性を手招きした。

「大いにうずめろ。それで憂さを晴らすことができれば、最高だ。さあ、行くぞ。最初はグー、ジャンケンポン」

崎山は、ふたたび声を張り上げた。

慎平は、水割りを舐めるようにして湯浅をじっと見つめていた。

湯浅の接待の現場にいるのだが、崎山や西野のゲスな面を見せられても不思議と嫌な気分にはならなかった。むしろ湯浅の、崎山ら年配者を取り込みつつ、自分は決して出しゃばらない姿に感心をしていた。

面白い男かもしれない……。

慎平は湯浅に心を動かしつつある自分に気づいていた。

5

慎平は、高林に誘われて、兜町にある老舗の鰻屋に来ていた。目の前に鰻重の朱色の重箱が運ばれてきた。

「あの記事、良かったぞ。今日は、お礼だ。食ってくれ」

高林は、機嫌良く言い、昼間だが一本ぐらいいいだろうとビールを頼んで、慎平のグラスに注いだ。

高林が鰻重をご馳走してくれるなんて、そうめったにあることではない。ましてや今日のは特上だ。鰻が二段重ねになっていて、ご飯の中に鰻がもう一匹隠れている。

「いいんですか」

「いいよ。いいよ。もしなんだったらお代わりしていいぞ。えらく湯浅社長が機嫌良くてな。うちの雑誌に定期的に広告を出してくれることになった。当初の考えから一転、少しでも名前を世間に知ってもらいたいそうだよ。それにしても投資顧問の記事広告で良かったのに湯浅社長の人間性にまで触れていたな。相当に魅力的な人物なのか？」

慎平は、ユアサ投資顧問の投資がどう優れているかという一般的な記事だけでなく湯浅が客を満足させるために如何に努力しているかを強調した内容にしたのだ。年金基金から救世主と言われる存在にもかかわらず、尊大な態度を見せないところに魅力を感じたからだった。

「いただきます」

慎平が鰻に箸をつけると食欲をそそる香りが漂った。

「どんな男だ。東大を出てるっていうのは本当か？」

高林は鰻を口一杯に頬張りながら質問してきた。

「本当です。それからアメリカで証券業務を経験していたんですよ」

「東大か……。あの社長の経歴は謎だったからな。それにしてもえらく気に入られたんだな。お前のことを訊いてきたよ」

高林は言った。

「僕のことをですか？　何を訊いてきたんですか？」

「仕事振りなどだよ。社長本人からね。優秀だと答えておいたけどね」

高林は慎平の顔色をうかがうように見た。

「そうですか？　どうしてそんなことを訊いてきたんだろう？」

慎平は、ビールを飲んだ。何となく喉が渇く。

「おい、正直に言えよ。お前、誘われてるな」

高林のセイウチのような髭がぴくりと動いた。

「えっ」

鰻が喉に詰まりそうになった。

「驚くなよ。そういうことはよくあるんだ。取材先にスカウトされるってのはね。先方さんは、記者とか、そういう人材を雇えば、マスコミ対策などに有効だと思うんだよな」

高林は早食いだ。もう半分以上、食べてしまっている。

「そういうことってよくあるんですか？」

慎平は、少しがっかりした。よくあることであれば、湯浅は外交辞令で慎平にユアサ投資顧問への入社を勧めたということになる。たとえ記事広告であっても、もっと良く書いてもらうために最大の努力を惜しまない。何事にも手を抜かない。それが湯浅流だ。慎平は見事にそれに嵌まり、いい記事を書いた。

「ああ、よくあることだ。たいていは本気じゃないが、今回は本気だな。社長自らがお前の人となりを訊いてくるんだから。条件はしっかり決めておけよ。後でトラブるからな」

「湯浅社長の誘いに乗った方がいいと言うんですか？」

「お前、産日の記者と付き合っているんだろう。いい加減に収入を安定させないと結婚できないぞ」

「編集長の推察通り入社を勧められたんです」

「そうだと思ったよ。記事に湯浅に対する想いがこもっていたからな。それで幾ら出すって言うんだ。ケチなことを言うなら、俺が交渉してやるから」

高林は嘘は言うなという目つきで言った。彼の重箱は空になっている。慎平の方は、まだ半分ほど残っているというのに聞きしに勝る早食いだ。

「いいですか？　言っても」

「俺とお前の仲じゃないか。水臭いぞ。条件闘争なら任せておけよ」

高林は、楊枝で歯をいじっている。

「編集長は今、いくら年収がありますか？」

高林の楊枝が止まった。

「俺か？　嫌なことを訊くねぇ。正直言って八百万を超えるくらいかな。もっと欲しいがしかたがないさ。しがない雑誌だからな」

「もし一千万円払うと言われたらどうします。頑張り次第で五千万の可能性もあるって……」

慎平の質問に、高林は楊枝を音を立てて折った。

「一千万円だと……。それに五千万円の可能性もあるってか！　お前、まさか」

　高林の口元が歪んだ。

「その、まさかです」

「おい、今日の鰻はお前のおごりだ。ちきしょう、何だって、お前に一千万かよ。俺が行きたいよ」

　高林が悔しそうに眉根を寄せた。

「編集長が行くんだったら私は遠慮します」

「バカ、冗談だよ。それにしても景気がいいんだな。お前に一千万円か。どこにそんな価値を見つけたのかな」

　高林は首を傾げた。

「ひどいことを言いますね。でもそうなんです。同世代の人材を採用したいらしいんです」

「決めるのはお前だ。そんなに評価されたんだったら、先の見込みのないフリーライターをやっているよりいいんじゃないか」

　高林は言った。

「編集長は、賛成してくれるんですか？」

「賛成も何もそれだけ金をくれるところはないからな。たとえ嘘であっても魅力だよ」

　高林は茶を啜った。

「嘘じゃ困るんですが、ちょっと話がうますぎて心配なんです」

やっと慎平は鰻重を空にした。

「うますぎるって言ったって、こっちは驚いているが、湯浅にとっては一千万円くらい何でもないのかもしれないぞ。それより産日の彼女には相談したのか」

高林の視線が厳しくなった。

「ええ、まあ、それが……」

慎平は言葉を濁した。

「反対なのか？」

「ええ、気をつけた方がいいと言うんです」

慎平はユアサ投資顧問の原稿を書き上げた後、美保と飲んだ。実は美保が銀座の高級店でおごってくれる予定だった日、高林との打ち合わせが長引いてドタキャンしてしまったのだ。そのお詫びに今度は慎平が安い店でおごることになった。

慎平と美保は同棲しているわけではないが、共に西荻窪に住んでいる。美保はセキュリティのしっかりしたマンション、慎平は安普請のアパート。

西荻窪の南口は、まるで闇市が残っているかのように小さな店がひしめき合っている。それが人間臭さを醸し出していて、多くの人が肩を寄せ合って飲んでいる。

慎平は、美保と立ち食いの寿司屋のカウンターにいた。ここは四、五人も入れば一杯になるほど狭い店で、カウンターから溢れた客は店先に設置されたテーブルで飲む。寿司はネタも良く、小ぶりで、女性にも食べやすい。日本酒が揃っていて、寿司を摘みに飲む。

慎平は飲みながら、美保にユアサ投資顧問へ入社するかどうか相談した。一千万円の年収条件についても話した。五千万になる可能性も。美保は、その金額に驚いていた。

「それで慎平はどうなの？　ジャーナリストを諦めるわけ？」

「どうしようかなと思っているんだよ。もう俺も三十歳になるだろう」

「三十歳がどうなの？」

「三十歳にもなって、今の稼ぎじゃさ。どうにもならないと思ってね。それに引き換え湯浅さんはすごいんだよ。八つしか年齢が変わらないのに、俺とは雲泥の差だ」

慎平は寿司を摘んだ。もし年収が大幅にアップしたら、立ち食い店ではなく、銀座の一流店で美保に寿司をご馳走してやりたい。

「お金に惹かれたわけ？」

美保は機嫌が悪い。

「そういうわけじゃないけど、俺をそんなに高く買ってくれるのは悪い気持ちではないさ。

生活が安定すれば、美保にもね……」

慎平は美保を見つめた。

「何よ、思わせぶりね。慎平の気持ちは分かるけど、私は反対」

美保ははっきりと言った。

「えっ！　こんないい話に反対するの？」

「慎平がさ、ユアサ投資顧問……」と美保は周囲を警戒するように声をひそめ、「慎平が取材すると言った時より前から、実はちょっと気になっている会社で」と言った。

「何が気になったのさ」

今度は慎平が不機嫌になった。慎平としては、一世一代の破格の条件を提示されたのだ。一緒に喜んでくれるのが、恋人というものだろう？　そんな思いだった。

「成績が良すぎるのよ」

美保は顔をしかめた。

「そりゃ、あれだけ熱心に仕事をしていれば成績も良くなるだろうさ」

慎平は、からかうように言った。

「他の投資顧問がみんな成績を悪化させている時でも安定している。そんなことってあるかしら」

「それは言いがかりじゃないか。ユアサの投資手法は他と違うよ」

「ちゃんと説明できる?」

美保の質問に慎平は悔しそうに唇を尖らせた。

「ちょっと難しいね。でもオプションを組み合わせて収益を安定的にあげるそうだよ」

「でも、そんな手法はどこだって採用しているわ」

「学校でさ、みんなが成績が悪い時、美保だけ良かったら、それはおかしいって言うのかい?」

「それとこれとは違うでしょう?」

「湯浅社長は、救世主って言われているんだぜ」

「救世主?」

「年金基金の人たちにね。あの人たちは湯浅社長に頼りきりだよ。その信頼はすごいものさ」

慎平は、あの夜の西野を思い浮かべていた。

「すごいのね」

美保が声の調子を落とした。

「それほど尊敬されているのに全く尊大さがなくてさ。客のために動いている。若いのにできた人だよ」

「すっかり取り込まれたようね」

「ああ、それで生活が安定したら、美保、真面目に俺のことを考えてくれよ」

「ねえ、もう一度だけ言うよ。ユアサ投資顧問に入社するの、やめた方がいい。もうこうなったら女の勘としか言いようがないんだけどさ」

美保は真剣な顔つきになった。

「大丈夫さ。心配するなよ」

慎平は、軽く言った。

「何か不吉な予感がするの」

「俺の出世を妬んでるんじゃないよね」

慎平は、にんまりとした。美保は急に手を伸ばし、慎平の唇を摘み、思いっ切り捻った。

「い、痛いよ」

慎平が悲鳴を上げると、美保は手を離し、立ち上がると、「バカ」と言って立ち去ってしまった。

「それきりか？」

「ええ、それっきり連絡はありません」

慎平は暗い顔になった。

「女の勘ねぇ」

高林は誰に聞かせるでもなく呟いた。

「いい加減なんですよ」

「それでどうするんだ？」

高林の目が、慎平を捉えた。

「こんなチャンスはないと思うんです。湯浅社長からも、あの後も何度か連絡をもらって熱心に入社を説得されています。求められるうちが花かなって……」

「まぁ、そういう考え方もあるな」

「あまり賛成じゃないですか」

慎平は気弱に訊いた。

「いや、そうじゃない。お前のどこに一千万円の価値があるかって考えていたんだ」

高林が、しげしげと慎平を見つめた。

「失礼ですね。湯浅社長には見る目があるんですよ」

慎平は、笑いながら言った。

「うーん、ジャーナリストっていう肩書きが気に入ったのかなぁ。マスコミ対策って、なかなか骨が折れるからね。まあ、しっかりやれ。俺も応援できれば、するからさ」

高林は、慎平の肩を軽く叩いた。

「ありがとうございます。頑張ってみます」

慎平は、高林に頭を下げた。

第三章　厚生年金基金

1

今日、何回目のため息だろう。携帯電話のメール画面をチェックするたびに「はぁ」と情けないため息をつく。美保からの連絡が途絶えた。西荻でケンカ別れしたのが一週間前だ。それ以来、何も連絡がない。俺がユアサ投資顧問に入社することが、そんなに嫌なのだろうか？

携帯電話を鞄にしまうと、ビルを見上げた。慎平は、日本橋のユアサ投資顧問のビルに来ていた。いよいよ入社する覚悟を決めてきたのだが、もう迷っていないかと言えば、まだ迷っている。

ジャーナリストで飯を食おうとまがりなりにも頑張ってきた。それを、信じられないような条件を目の前にぶらさげられただけで諦めるのか？　お前は、そんないい加減な人間だったのか。

いや、そんなことはない。諦めてなんかいない。ちょっと働いてみようかと思っているだけだ。これだって本物のジャーナリストになるためのいい経験になるだろう。

おいおい、誰に言い訳しているのか。言い訳するくらいなら入社しなければいいじゃないか。

慎平の目の前に美保の顔が浮かんだ。いつの間にか美保に対しての言い訳を考えていたのだ。

頑張ったってなかなか結果の出ない社会。その中でジャーナリストの道を目指すことで自分のアイデンティティを見つけようとしてきた。しかし、ちょっと寄り道してもいいだろう。もしかしたらその寄り道が、本当の道になるかもしれない。これは、天から降ってきたようなビッグ・チャンスだ。

慎平は心をぐっと引き締めた。

今日は、一着しか持っていないスーツを着てきた。量販店で購入したものだ。数本しか持っていないネクタイの内、一番値が張るものを締めてきた。

慎平は、ネクタイの結び目を再度、ぐっと締め直した。

えい！　とにかく年収一千万円だぞ。何か、文句あっか！

慎平は、勢いをつけてビルの中に入った。

十階の受付には、取材に来た時とは違う若い女性が座っていた。

慎平が、来意を告げると、彼女は以前と同じように社内に案内してくれた。今回もあの寛いだ気分になるウォールナットの応接室に通されるのだろうか。期待して彼女の後ろを歩いたのだが、今回は、別の部屋に案内された。

「こちらです」

彼女が立ち止まった。社長室という表示がある。

以前来た際、社長室は十階だと説明されたのを思い出した。

彼女がカードを接触させると、セキュリティが解除された。

慎平が中に入ると、そこにはデスクが幾つか並び、応接セットが置かれていた。正面にガラスで仕切られ、周囲と画された部屋がある。その中には大型の金属製のデスクがある。湯浅が執務をしているデスクだ。いかにも機能重視の乾いた印象を受ける。

湯浅の右隣のデスクに細身の女性が座っている。

無言でパソコンの画面を見つめていたが、ドアが開いたことに気づき、慎平の方に顔を向けた。

黒い髪を短くカットした小ぶりの顔に黒縁の眼鏡。服装も白いブラウスに黒いスカートだ。

「堤さんです。社長にご面会です」

受付の女性が彼女に言った。秘書なのだろうか。

彼女が無言で立ち上がった。年齢は五十歳くらいか。険しい顔で疑り深そうな目つきなのだが、表情がない。感情が顔に顕《あらわ》れていないのだ。それに痩せていて、身体には女性として魅力的な膨らみがない。全身に厳しさ、悪く言えば陰気な雰囲気を漂わせている。

慎平は、何となく肩すかしを食ったような気がした。

今、時間は午後三時。時間を指定してきたのは湯浅本人だ。玄関先まで迎えに来て欲しいとまでは言わないが、席にいないのはどうしてなのだ？　あれほど熱意を込めて入社を勧めていたのだから、待っていてくれてもいいものを。よりによってこんな無愛想な中年女性が迎えてくれるなんて、やはり誰にでも入社するように声をかけているのだろうか。

子どもっぽいとは思いながら、期待してきただけに気落ちした。

彼女は、受付の女性がいなくなったのを確認すると、「お待ちしておりました」と言い、近づいてきた。相変わらず無表情のままだ。

「堤慎平です」

慎平は、頭を下げた。

「私は、湯浅の秘書で、取締役人事総務担当の菅沼《すがぬま》千恵子《ちえこ》と申します」

「取締役ですか？」

慎平は、取締役と聞いて驚いた。

「はい。よろしくお願いします。あなたのことは湯浅から十分に聞いております。すぐに参りますから、そちらでお待ちください」

菅沼は、部屋の隅にある応接ソファを指差した。

慎平は黙ってソファに腰掛けた。

菅沼は、自分の席に戻ってパソコンを操作し始めた。

取締役で人事、総務、秘書を担当しているなんて。相当に優秀な女性なのか、それとも湯浅の身内なのか。慎平は、菅沼の姿を眺めていた。彼女は、背筋をすっと伸ばし、わき目もふらずパソコンのキーを叩いている。その姿を見ていると、小学生の時の厳しい女教師を思い出した。何だか悪戯をして、職員室に呼ばれたような気分になってくる。

女性が入ってきた。ライトピンクのブラウスに、ライトブルーのスカート。小太りな体形が、服のせいで余計に太って見える。

慎平に頭を下げて、菅沼の前の席に座った。キーを押し、パソコンを立ち上げた。

「宇野《うの》さん、堤さんにご挨拶しなさい」

菅沼が、パソコンから目を離して言った。

「はーい」

宇野と呼ばれた女性が椅子から離れ、慎平に近づいてきた。

「はじめまして、私、宇野君江《きみえ》と言います。菅沼さんの下で何でもやっています」

明るい笑顔で言う。ふっくらと幼い顔立ちで若く見える。まだ二十代前半だろうか。

「堤慎平です。よろしくお願いします」

「何か分からないことがあれば、何でもおっしゃってください。堤さんは、広報部長になられるんですよね」

「えっ、部長？」

慎平は、驚いて目を大きく見開いた。

「あらっ」

君江も驚いて、口を手で塞いだ。

「宇野さん」

菅沼が、背後から厳しく声をかけた。余計なことを口にするなと言っているのだ。

「菅沼さん、私、いきなり部長ですか」

慎平は菅沼に訊いた。

「社長からお聞きください」

菅沼がパソコンの画面を見たまま答えた。

「すみません。余計なことを言っちゃって」

君江が、小さく頭を下げ、席に戻った。

ドアが開いた。

「すまない、すまない。遅れちゃったね」

湯浅が飛び込んできたので、慎平は立ち上がった。

「そのまま、そのまま」

湯浅は、息を切らせて慎平の前に座った。

「そんなに待っていませんから」

慎平は笑みを浮かべた。

「いやぁ、あまり人を待たせることはないんですけどね。ちょっと打ち合わせが長引いたんです。あれ、コーヒーも出していないんですね」

「いえ、結構です」

「気が利かないですね。君江ちゃん、コーヒー、淹れてください」

湯浅は、顔をしかめた。

「はい」

君江が立ち上がった。彼女の背後にオフィスコーヒーの機械がある。君江は、そこに行き、コーヒーを淹れた。

「嬉しいです。本当に来てくれたんですね。あなたのような方が来てくれて、心強いです」

湯浅は、手を差し出した。握手を求めている。

「よろしくお願いします」

慎平は湯浅の手を握った。繊細な指で手は柔らかい。しかし、ひやりとする冷たさを感じた。

君江がコーヒーを運んできた。

「飲んでください。結構、美味しいんです。豆がいいですからね」

湯浅に勧められるまま、慎平はコーヒーを口に運んだ。香ばしい香りが、鼻をくすぐる。

「美味しいです」

「そうでしょう。豆はね、菅沼さんが買ってこられるんです。彼女、コーヒーにうるさいですからね」

湯浅は、ちらりと菅沼の方を見て、小さく笑った。

「菅沼さんが人事、総務、秘書を担当されている役員さんなのですね」

「そうですよ。彼女に睨まれると、私だって何もできません。実質的な責任者です」

湯浅は快活に話す。慎平は菅沼の方を見たが、彼女は湯浅の言葉に反応せずパソコンを見つめている。

「私はどういう仕事をすればいいんでしょうか」

　本音では収入などの待遇面について訊きたかったが、露骨すぎると思ったのだ。

「ああ、そうですね。広報部長になってもらいます。広報部長と言っても、こんな中小企業ですから、何でもやっていただきますが。年収は、一応、これです」と湯浅は一本の指を立て、「一千万円です」と小声で言った。

　慎平の心臓がドキリと打った。興奮で顔が火照るのが分かった。

　今までそんな金額を想像したことがない。財布は空の時が多い。年収は不確定で二百万円から五百万円の間を行ったり来たり。一度だけ高林から回してもらった、ある政治家の選挙本のゴーストライターをした時にだけ六百万円になったことがある。

「本当にいいんですか」

「うちは業績が好調ですし、社員の数も少ないですからね。ただ毎年、お約束できるとは限りません。年俸制で十二分割した金額を月々お支払いします。毎月八十三万円ほどですね」

　湯浅はさらりと言う。慎平は、もう卒倒しそうだ。

　毎月、八十三万円！　そんな金をどうやって使えばいいのだろうか？

「ありがとうございます」

　慎平は、思わず頭を下げていた。

「後で君江ちゃんが、必要な書類をお渡ししますので、それに書いてください。給与口座や通勤定期、その他社会保険関係の書類です。君江ちゃん、頼みます」

湯浅は、君江に声をかけた。

「はーい！」

君江が明るい声で言った。

「それじゃあ、行きましょうか」

湯浅が立ち上がった。

「どちらへ行くんですか」

慎平も立ち上がった。

「オフィスです。堤さんの仕事仲間を紹介しますから」

慎平は、もう一度、ネクタイを締め直した。給料が入ったら、量販店ではなくデパートでスーツとネクタイを買おうと決めた。

2

廊下に出ると、運用企画部の表示があるパーティションで仕切られたスペースがある。その隣は資金運用部だ。

「入ってください」

湯浅がドアを開けた。

三人の男が一斉に立ち上がった。

「皆さん、広報部長になってもらう堤慎平さんです」

湯浅が、慎平の背中を押す。

「堤です。よろしくお願いします」

慎平は頭を下げた。

「堤さんは、優秀なジャーナリストです。我が社の広報関係は勿論ですが、企画部門にもタッチしていただきます」

湯浅の紹介に、慎平は身が縮む思いがした。優秀なジャーナリストじゃありませんと否定をしたい思いに駆られたが、それも問題があるので黙っていた。

「堤さん、よろしくお願いします」

一人の男が一歩踏み出してきた。

「運用企画部長の泉直人《いずみなおと》です。よろしくお願いします」

四十代だろうか。センスのいいスーツを着ている。視線が鋭く、どこか抜け目のない雰囲気だ。

「泉さんは、大手の野川証券でデリバティブの専門家だったんです。それでうちに来ていただきました。顧客向けの説明資料などを作成してもらったり、金融庁への対策も担当してもらっています」

湯浅が紹介した。

「デリバティブ、金融庁対策ですか……。難しそうなお仕事ですね。私、まだ何も分かりませんのでよろしくお願いします」

いきなり難しい言葉が出てきて、慎平は困惑気味に頭を下げた。

「それほどたいした仕事じゃありません。私も湯浅社長に拾っていただきました。こちらは佐藤裕也《さとうゆうや》さんと鎌倉久《かまくらひさし》さんです。私の部下になります」

泉が、紹介すると、二人の男が頭を下げた。

「佐藤さんは、堤さんの部下になっていただきたいと考えています。後日、相談させてください」

湯浅が言った。

「佐藤です。よろしくお願いします」

佐藤は、小柄で、やや度のきつそうな眼鏡をかけている。若い。ひょっとしたら慎平より年齢が下かもしれない。勉強のできる生徒という印象だ。

鎌倉は、反対に体格が良い。三十代半ばだろう。落ち着いた雰囲気だ。

「こちらこそ、よろしくお願いします」

慎平はまた頭を下げた。

いきなり部下を持つことになりそうだ。部下など持った経験はない。いったいどうすればいいのか。呼び方さえ分からない。佐藤君、では上から目線か。佐藤さんではどうだろうか。ああ、何から手をつければいいのだろう。落ち着くために「ふう」と大きく息を吐いた。

「皆さんとは酒を酌み交わす機会を設けますのでね。では次の部署に行きましょうか。ひと通り社内を案内しますから」

湯浅は、慎平に言った。

「はい」

慎平は、言われるままだ。

泉たちが席についた。

「次は資金運用部です。まあ、堤さんが出入りすることはあまりないでしょう」

湯浅が案内してくれたのは、インタビューに来た時、数人の男性がパソコンに向かっていたところだ。

湯浅がドアを開けた。

「柘植《つげ》部長、ちょっといいですか」

部屋の一番奥にいた男が立ち上がった。

やや中年太りで腹が出ている。髪の毛も薄く、おっとりした感じだ。黒いスーツを着てはいるが、マーケットの世界に生きているようには見えない。

「ああ、社長。ちょっとすみません。相場が動いているものですから」

柘植の後ろの壁には、相場ボードが据え付けてあり、その中の数字が目まぐるしく変化していた。

慎平に分かるのは、日経平均など数項目しかない。

柘植の前には、一心不乱にパソコンの画面を見つめている男たちが五人いる。

「了解です。今日から広報部長をしてもらう堤慎平さんです。またゆっくり紹介します」

湯浅は、柘植に言った。

「堤です。よろしくお願いします」

慎平は頭を下げた。

「柘植忠雄《ただお》です。ではまた改めて。おい、それ売りだ」

柘植は目の前の部下に大声で指示した。

「行きましょうか」

湯浅が言った。

「ええ、あぁ、はい」

慎平は湯浅の後に続いて外に出た。

「いつもはもう少しのんびりしているんですがね。我が社はそれほど短期で資金を動かしていませんから」

「そうなんですか。私、何も分からないので、本当にお役に立つでしょうか？」

「大丈夫ですよ。何も堤さんに資金運用をしてもらおうとは思っていませんからね」

堤は笑った。

「次は、どこへ行きますか」

「次は、アポロ証券です。我が社の最も重要な部署です」

「資金運用部ではないんですか？」

「勿論、そこも大事ですが、営業部隊なんです。アポロ証券がね」

エレベーターホールに出た。

「別のフロアにあるんですね」

インタビューの際に十一階に壁があり、あの向こうがアポロ証券だと教えられたことを思い出した。

「十一階にあります。ここはユアサ投資顧問が買収しましたが、全く別の会社になっています。フィーダー・ファンドみたいなものです」

「フィーダー・ファンドって何ですか？」

「ユアサ投資顧問に資金を持ってきてくれる営業部隊ってことです。我が社の営業資料を持って厚生年金基金などに営業してくれています。フィードって餌をやるという意味ですが、ユアサ投資顧問も霞を食べては生きていけませんからね。さあ、エレベーターが来ました。乗りましょう」

エレベーターのドアが開き、湯浅と慎平は乗り込んだ。すぐに十一階に着いた。

「ここです」

湯浅が手にかけたドアには「アポロ証券」の表示があった。

室内は、壁に相場ボードが据え付けてあり、後は机の上にパソコンが並んでいるだけだ。机は十脚ほどあるが、人は数人しかいない。

人のいない机ばかりが目立つ。

「何だか人が少ないですね」

「みんな営業に出ています。ここにいるようじゃダメです」と湯浅は言い、「いた、いた。赤羽《あかばね》社長」と手を挙げた。

営業室の奥の席に窓を背にひっそりと座っていた男が席を立った。顔立ちは上品なお公家風で、年齢は五十歳を過ぎているだろう。

「湯浅社長、わざわざすみません」

席を立って、にこやかな笑みを浮かべている。

「ちょっといいですか」

「どうぞ、お入りください」

赤羽は立ち上がると、急ぎ足で近づいてきて入り口のフロアと営業室を仕切っている丈の低い戸を内側から開けた。

「新しい広報部長を紹介したいと思いましてね」

「ああ、そうですか」

赤羽は、慎平をちらりと見た。

「堤慎平さんです」

湯浅は言った。

「堤です。よろしくお願いします」

慎平は頭を下げた。

「私は、赤羽俊哉《としや》です。このアポロ証券の社長をやらせていただいております。堅苦しい挨拶は抜きで。コーヒーでも如何ですか」

赤羽は社長室に招こうとした。

「来客があります。赤羽社長も同席お願いしてますよね」

湯浅は申し訳なさそうな顔をした。

「そうでしたね。それなら後日、席を設けましょう。おい、日比野《ひびの》君」

赤羽は、後ろを振り向き、社内の男に声をかけた。

パソコンの画面で姿が隠れていた男が立ち上がった。

「はい、何でしょうか」

日比野と呼ばれた男が訊いた。

「ユアサ投資顧問の新しい部長さんだ」

「今、伺います」

日比野は、机を離れた。

四十代だろうか。髪の毛をきちんと分け、真面目で、地味な印象で、証券マンというより銀行マンのイメージだ。

「彼はね、営業部長の日比野君です」

赤羽が紹介する。

「日比野悟《さとる》です。よろしくお願いします」

「こちらこそ、よろしくお願いします。堤慎平です」

慎平が頭を下げた時、湯浅が「申し訳ない。時間です」と言った。

「ではまた改めて席を設けましょう」

赤羽が再度念を押すように言った。

「楽しみにしていますから」

慎平が答えず湯浅が言った。

「湯浅社長、ファンドは好調に売れています」

日比野が嬉しそうに報告した。

「ありがとうございます。頑張ってください。では堤さん、行きましょうか」

湯浅は、慎平を急がせた。

「後ですぐに参ります」

赤羽が言った。

「遅れないようにしてください。応接室ですからね」

湯浅が、振り向きざまに答えた。

アポロ証券を出た。エレベーターホールへ向かう。

「赤羽社長は、苦労されたんです」

湯浅が話し始めた。

アポロ証券は、大手証券会社出身の赤羽が設立した。しかし、営業成績がふるわず、不祥事も重なって経営危機に陥り、湯浅に助けを求めたという。

「丁度、私も強力な販売部隊が必要だったので、いい買い物でした」

湯浅は、少し誇らしげに言った。

「いろいろあるのですね」

慎平は、一気に人の紹介を受けたのでいささか疲労感を覚えていた。

「では参りましょうか？」

「今度はどちらですか？」

「一緒に客に会ってください。なぁに聞いているだけでいいですから」

湯浅は、有無を言わせない。

「分かりました。参ります」

どうせ客の話を聞いていても何も分かりはしないが、給料分はちゃんと働かねばならない。

慎平は自分に言い聞かせた。

3

「どうしようもないなぁ」

西野は椅子にふんぞり返って煙草を燻らせた。

銀座の「ミューズ」というクラブで会ったT県建設業者の厚生年金基金の理事長だ。

こんな森のような心地よい応接室で煙草を吸わないでもらいたいと慎平は思った。

窓からは坪庭の木が風にそよぐのが眺められ、ウォールナット材を敷きつめた、まるで酒樽の中のような室内は、きれいな空気で満ちている。訪問者はこの空間にいるだけで湯浅に好感を持つのではないだろうか。

慎平は、唯一人煙草を燻らしている西野に厳しい視線を向けた。

西野は、社会保険庁からの天下りだ。役所でどの程度まで偉かったのかは知らないが、態度は尊大の一言だ。

「理事長、こういう時のために我が社のファンドがあるのですから」

湯浅はジョージ・ナカシマデザインの椅子に座り、落ち着いた口調で話している。

西野が、どうしようもない、と表情を曇らせているのは、厚生年金基金の財政状態が悪いことだ。

慎平は、二人が真剣に話している内容から、厚生年金基金の極めて厳しい財政状態のことを改めて知った。

サラリーマンの年金は三階建てと言われているのは、以前、崎山との話で聞いた。国民年金、厚生年金、企業年金だ。そのうち企業年金の中の厚生年金基金の財政難が、今、問題になっている。

全国で約五百八十の基金があるようだが、そのほとんどが運用難で大きな財政難に陥っている。

理由は、長く続く国内の不況で株価が低迷しているからだ。

厚生年金基金は、年金の給付利率を五・五%に設定している。そのため運用利回りが五・五%以下になれば赤字になるのだ。一時的な運用難なら問題は少ない。しかし、日本は二十年近くも景気が低迷し株価も低迷している。これではどうしようもない。

「運用利回りが一%から二%しかないんじゃどうしようもない。私だって社会保険庁にいたけど、運用のことなんか、ド素人だからね」

「それは、お困りですね」

湯浅は、本当に同情的な表情をした。

「もっと早めに給付率の引き下げをしておけば良かったんだが、何せ受給者の三分の二以上の同意を得なくてはならないしなぁ。それに一時金で欲しいと言われたら、それまた支払える資金はない」

　西野は煙草の煙を一気に吐いた。

　年金の給付率を引き下げることは、受給者のデメリットになる。そんなに簡単に、はい、そうですかと同意できない。退職して時間が経った人の中には、厚生年金基金からの年金が生活のほとんどを支えていることもある。そのような人は年金給付が引き下げられたら、生活困窮者になってしまう。

「掛け金の引き上げも簡単じゃありませんねぇ」

「支給額が増えるわけでもないのに掛け金だけ引き上げるなんて言えば、俺たち、殺されるよ」

「殺されるというのはオーバーでしょう」

　湯浅は笑みを洩らした。

「オーバーでも何でもない。そんなこと提案してみなさい。今まで何をしていたんだと赤字の責任を負わされてしまう。私なんか、何もしなくていいからって言われて天下ってきたんだからね」

　西野は、足を組み替えた。その際、手に持った煙草から灰が床に落ちた。湯浅の目が、それを目ざとく捉えて、一瞬、穏やかな表情が消えた。

「政府は、おいそれと解散させてくれませんからね」

湯浅が言った。

「代行なんて制度を作っておいて、赤字なら、それを補てんしてから解散要求しろと言うんだからな。もう、どうしようもないよ」

代行により、厚生年金基金の数は千八百強まで増えた。しかし、代行の赤字が増えるにつれ、解散したり移行したりするようになり、今や五百八十ほどになってしまった。それらはにっちもさっちも身動きが取れないのだが、しっかりと天下り役人だけは養っていた。

残っている厚生年金基金の六割ほどの三百七十に天下り役人がいて、そのほとんどが西野と同じ社会保険庁の出身者だ。

解散すれば、自分たちの天下り先がなくなる。だから問題を先送りしてきたんじゃないのか、と慎平は、厚生年金基金の仕組みに疑問を抱きながら西野を見ていた。

「兵庫県乗用自動車厚生年金基金みたいになりたくないですからね」

湯浅が口元を皮肉っぽく引き上げた。

「それはどんなことですか？」

慎平はついに我慢できなくて口に出してしまった。

「君、いたのか？　やけに静かだからいないと思っていたよ」

西野がからかうように言った。

「厚生年金基金を解散したら、会社が倒産したのです」

湯浅が言った。

「どういうことですか」

「君、勉強不足だな。説明してやる。そこは中小のタクシー会社が集まった厚生年金基金だったんだ。うちと同じでどうしようもないから解散することになった。そのために代行部分の赤字を約七十五億円も埋めなければならなくなったんだよ」

「七十五億円とは、大変な金額ですね。みんなで分けたのですか」

「そうだ。五十社が加入していたから、平均で一・五億円だ」

「それもまた巨額ですね」

「政府は解散しやすいようにと、最長十年分の分割納付を認めたのさ」

「分割なら支払いしやすいんじゃないですか」

「ところがこの親切が仇になるんだなぁ」

西野は、得意げに煙草を燻らせた。

政府などと曖昧に言ってはいるが、自分の出身である厚生労働省のことだ。西野がかつて勤務していた社会保険庁は、厚生労働省の外局で年金全般を担当していたが、年金記録問題、国民年金不正免除問題などの数々の不祥事によって二〇〇九年に廃止され、二〇一〇年に設立された日本年金機構に業務を移管した。

「まさに仇ですね」

湯浅が同意した。

「三宮自動車交通という会社があった。ここの負担金は約一・八億円だ。毎年約二千万円ずつ十年かかって支払うことを計画したんだ。ところが仇というのは、政府は、一度に返済されれば、一定の運用益が得られたはずだって理屈でこの一・八億円に六・二八%もの運用加算金をかけたんだな。まあ、貸付利息みたいなものだ。本当に現場の実態を知らない官僚のやることはめちゃくちゃなんだ」

西野が憤慨している。よくそんなことが言えるなと慎平は反発を覚えつつも、真剣に耳を傾けた。

「まあ、西野様も厚生労働省のお役人であられたわけですから」

湯浅が、微笑し、ちくりと皮肉を言った。

「社長、痛いところをつきますなぁ。その通りです。困った、困ったですよ」

西野が笑った。湯浅の、相手に媚びないで、その懐に飛び込むタイミングは抜群だ。

「この会社は売り上げが三億円しかない。この負担には耐えられないと言って、破産してしまったんだよ。ここからさらなる悲劇が生まれた。この赤字の負担は連座制ということになっているんだ」

「連座制？」

「三宮自動車交通が破産した結果、その分担金一・八億円は残った他の会社が負担しなければならない。連帯責任ということだ。その結果、何とか生き残ろうとしていた会社までどんどん破綻して、分割納付を決めた二十九社のうち十四社が破産してしまったのさ。社員はみんなクビ。失業さ。厚生労働省が自分のところの、まあ、国の財政そのものだけど、国庫の赤字を埋めようと杓子定規に対応した結果、会社を破産に追い込んだ。その挙句にクビになった社員に失業保険を支給しなくちゃいけない。失業保険の出所は厚生労働省だ。国の赤字は増える一方だよ。こういうのを虻蜂取らずって言うんじゃないの」

「あるいは因果は巡る糸車、因果応報ってことですね」

「社長、その通りだよ。因果も因果、堂々巡りさ。もうどうしようもない」

「連座制はひどい制度ですね」

「おっ、堤君、分かってくれたかね。そうだよ。最後にズドンだ」

西野は自分の額にピストルのように人差し指を当てた。

「国が面倒を見ることはできないんですか」

「これができないんだな。税金で補てんするってことは、代行制度を決めた政府にも責任が及ぶからだと思うけど。役人は責任をとらないのが、決まりだからね」

西野が薄く笑った。

「それで西野さんのところも大変なんです」

湯浅が慎平に言った。

「何で理事長なんかになったんだろうね。人が好いにもほどがあるよ。理事で、ゴルフでもして、給料だけもらっておけば良かった……。つくづく後悔している。解散を願い出たんだが、ダメだった。こと、ここに及んでは運用利回りをあげて、何とか凌いで、そのうちいい時代が来るのを待つしかない」

「解散を断られたのですか」

慎平が訊いた。

「その話は、また場所を変えて詳しくしてやる。それよりいい運用はないのかね。助けてくれよ」

「お待ちください」

湯浅は立ち上がって、どこかに電話をした。

しばらくすると、アポロ証券の赤羽と日比野がやってきた。

湯浅は、満面の笑みで「いい運用があります。我が社のアポロ・ミレニアム・ファンドです。じっくりと話をお聞きください」と赤羽と日比野を西野の前に座らせた。

4

「ミューズ」は今日もにぎわっていた。慎平は、湯浅に従って西野と共に店に入った。

「いらっしゃいませ」

忍ママがすぐに近づいてきて、まず西野の鞄を奪うように抱えると、西野の耳元で「ミユキちゃんいますよ」と囁いた。

「ああ、そう」

西野は、表向きは気難しそうにしながら、相好を崩していた。

「おい、湯浅。ここだよ」

奥の席から湯浅を呼び捨てにする男がいる。紺地に白のストライプという派手なスーツの男だ。髪はオールバック。毎日、ゴルフかダイビングをしているかのように日焼けしている。

「何だ、来ていたんですか」

湯浅は親しそうに手を挙げた。

「誰ですか？」

慎平は訊いた。

「ファンドマネージャーです。大手の野川証券にいたんですが、独立したんです。昔からお世話になっている方です。名前は馬《ば》頭《とう》寛治《かんじ》。人呼んで罵倒観音。街道にあるのは馬頭観音。だけど彼はときどき客に損をさせて罵倒される意味ですよ。ヘタなシャレですね」

湯浅は愉快そうに笑った。

「派手な人ですね」

慎平は呟いた。

「今日は盛況ですね」

湯浅は忍ママに言った。

「何を言うんですか。みなさん、湯浅さんが集めてくださったんでしょう」

「そうでしたっけ」

湯浅は惚けた。

「精いっぱい、西野さんにサービスしますからね」

忍は湯浅の肩をギュッと摑んだ。

「あれは……、杉山隆一郎《すぎやまりゅういちろう》？」

慎平の視線は、馬頭の隣にいる男を捉えた。

「ご存じでしたか。投資関係の雑誌に多く記事を書いておられる評論家の杉山先生です。私の親しい友人です。皆さん、私の応援団です」

湯浅が微笑んだ。

「すごいですね」

慎平は思わず呟いた。

「おお、間に合ったね」

後ろのドアが開いた。慎平が振り向くと、崎山が立っていた。現代年金研究所所長だ。

「私も今、到着したところです。西野さんは、もうあちらで……」

湯浅が視線を店の奥に向けた。その先には西野がミユキを横に座らせて、ウイスキーを飲んでいた。今にも涎《よだれ》を流さんばかりのだらしない態度でミユキにもたれかかっている。

「しょうのない奴だな。骨抜きになっているじゃないか」

「はい、ありがたいことです。もう一息ですので、ぜひ」

湯浅が手を合わせた。

「ああ、承知したよ」

崎山は硬い表情で頷いた。

何がもう一息なのだろうか。

崎山は、さっさと早足で店の奥に入っていき、西野の隣に座った。崎山の隣には、胸の大きなリエが座った。

慎平は、湯浅の後ろからテーブルに向かって歩いていく。

「湯浅、こっちこっち」

西野たちのすぐ側のテーブルにいる馬頭が自分の横を空けた。

「話は弾んでいますか」

湯浅が訊いた。

「弾んでいるよ。西野理事長は、なかなかさばけた人だね」と馬頭は言い、慎平を見た。

「こちらは？」

「紹介します。彼は広報部長の堤です」

慎平は、「堤慎平と言います。まだ入社したばかりなので名刺がなくてすみません」と頭を下げた。

「馬頭です。よろしく。湯浅さんにはお世話になっています」

馬頭は、名刺を出した。

「彼、ジャーナリストだったのですよ。杉山さん」

馬頭の前に座っている杉山に湯浅が声をかけた。杉山は、頬骨が出た険しい顔だ。髪の毛がごわごわとやたらと多い。かつらでもつけているのかと疑いをかけたくなる。

「ジャーナリストったっていろいろあるからな」

杉山は、ユキエの尻の部分に手を置いて、空いた手にウイスキーグラスを持っている。

「たいしたことありません。駆けだしのフリーでした。杉山さんのご高名は、かねがねお聞きしています」

慎平は、そつなく頭を下げた。

「俺の名前を知っているのか。嬉しいね」

杉山は、グラスをテーブルに置くと、その手でジャケットの内ポケットから名刺を取り出した。

「はい、杉山です。よろしく」

杉山は、名刺を慎平に渡した。

「頂戴します。私は、まだ名刺を作成しておりませんので、また別の機会にご挨拶をさせていただきます」

慎平は、馬頭と杉山の名刺を財布にしまった。

「西野さん、杉山先生には、よくうちのファンドを褒めていただいているんです」

湯浅が西野に語りかけた。

「いやぁ、参ったな。崎山さん、杉山先生、それに馬頭さんまで、私に君のことを褒めるんだからね」

「それは湯浅社長が君を助けたいと思っているからだよ」

崎山が言った。西野は一瞬、険のある目つきをしたが、すぐに大げさなほど、相好を崩した。崎山は西野の社会保険庁での先輩にあたる。先輩、後輩の関係は役所を離れてからもずっと続くのだが、崎山の上司然とした言い方が気に入らなかったのだろうか。

「これだけの人で周りを囲んで、どうしようというのかい」

「西野理事長、先ほど、赤羽からご説明させていただいたアポロ・ミレニアム・ファンドをぜひご検討ください。そういうことです」

湯浅は、笑みを絶やさずはっきりと言った。

「私の一存ではね」

西野は、渋い顔をしながらも口元はほころんでいる。

ユアサ投資顧問の特別応接室で、西野は赤羽と日比野から金融商品のセールスを受けたが、はっきりと関心を示さなかった。湯浅は、この「ミューズ」に西野を誘い込んで取引を結実させようとしているのだ。

「このアポロ・ミレニアム・ファンドは、十一もの厚生年金基金様にご採用いただいています。ものすごい人気でファンド設定以来、運用金額が増額し、今や二百億円以上となっています。設定以来の利回りは、年間利回り初年度は三十五・六%、翌年は落ちましたがそれでも十八・九%です。ここ数カ月も六・四%と抜群です」

「本当にすごいんだ。株式市場がマイナスなのに、これだけの利回りは普通出せない。私なんか足元にも及ばないさ」

馬頭が煽るような大声で言った。

「私もね、投資雑誌に書かせてもらっているけど、湯浅さんと付き合った厚生年金基金は幸せだよ。とりあえず解散をしなくても何とか黒字になりそうだからね」

杉山が言う。

「西野、もし厚生年金基金を解散なんかさせたら、お前はみなし公務員なんだからな。責任をとらされて社会的に抹殺されてしまうぞ」

崎山が厳しい表情でウイスキーを飲んだ。

「そうですかねぇ」

西野はミユキの腰に手を回したまま、表情を曇らせた。

「だいたいですよ。運用のことなんかまるきり分からない天下りばかり受け入れているのがいけないんです」

馬頭が遠慮ない言葉を西野に浴びせた。

「馬頭さん、ちょっと言葉を慎んでください」

湯浅が慌てている。

「私は、本音を言っているんです。運用は、私や湯浅さんみたいなプロに任せりゃいいんですよ。それを素人の理事会が集まって、損ばかりしている」

馬頭はやめない。

「馬頭さんの言うことは、真実さ。西野理事長や崎山さんには悪いけど、マーケットにいる人間にとって厚生年金基金は、役人の天下り先になりすぎたね。株価が右肩上がりの時はいいけど、下がり始めたり、下がったままだと何も役に立たない」

杉山までが天下り批判を言いだした。

「失礼じゃないか。私たちだって食わねばならないからね。武士は食わねど高楊枝なんて言ってられないんだ」

西野が反論する。

「君は余計なものまで食べるからね。だから金がいる」

崎山が、西野の側にいるミユキを見て、ふんと鼻を鳴らした。

「先輩、勘弁してくださいよ。私は、先輩を見習っているだけですからね」

西野がふてぶてしく笑う。

「こんなところで仕事の話は無粋ですが、ファンドの運用について補足説明をさせてください。我が社は、上がりすぎたら売る、下がりすぎたら買う……」

湯浅が西野にすがるように説明する。

「湯浅社長、ここは仕事を忘れる場所です。西野理事長は分かっていますよ。まあ、楽しくやりましょう」

崎山が湯浅をなだめた。

「一言だけいいですか」

馬頭が口を挟んだ。

「どうぞ、馬頭さん」

湯浅が言った。

西野の目が真剣になった。成績のいいファンドマネージャーで有名な馬頭が言うことに関心があるのだろう。

「マーケットの動きは誰にも分かりません。予測不可能です。ここで勝つには、如何に負けを防ぐかにかかっています。そこで湯浅さんの才能が光るんです。彼がやっているスプリット・ストライク・コンバージョンは最高です。株式の現物市場とは関係の低い商品にも分散投資したり、アセットミックス全体を安定させるために国際分散投資をしたり、とにかく市況の悪化に備える工夫が満載なんですよ」

馬頭は、ウイスキーを一気に呷った。

慎平には、馬頭の話は理解不能だったが、彼の自信たっぷりの話しぶりは十分に説得力があった。

「分かりました。よく考えてみます。それよりも……」

西野の目が下卑た光を放った。

「分かっています」と湯浅が忍を見て、「西野さん、お帰りになります」と言った。

「皆さん、お先に失礼します」

西野は腰を折り、お辞儀をしながらテーブルを離れた。

一緒にミユキも席を立った。送っていくのだろう。慎平は彼女の動きを見ていた。

「ではみなさん、楽しい夜を。湯浅さん、よく分かっていますからね。十分に前向きに検討します。そのアポロ……」

西野がファンド名を思い出そうと上目になった。

「アポロ・ミレニアム・ファンドです」

湯浅が、西野の手をしっかりと摑んだ。

慎平は湯浅の柔らかく、そして冷たい手の感触を思い出した。あの感触は、一見、ソフトだが、実は冷静に計算している湯浅の性格そのものに思える。

「私たちは、このまま飲んでいますから、申し訳ありませんが、見送りません。よろしくお願いします。車を呼んでありますから、自由にお使いください」

湯浅は、西野の側に近づいたミユキを一瞥し、小さく頷いた。それに応じてミユキも頭を下げた。金色に染めた髪が、ゆらりと揺れた。

湯浅が、席に戻ってきた。

「さあ、皆さん、お疲れ様です。大いに飲みましょう」

湯浅は、崎山らに言った。

「二人、あのまま消えるんですかね？」

慎平は、西野とミユキの行き先が気になった。

「仕事です」

湯浅は、一瞬、厳しい視線になったが、すぐにいつもの穏やかな笑みを浮かべた。

「顔が少しむくんでいます」

君江が楽しそうに含み笑いをする。

「昨日、社長と飲みすぎたんだ」

慎平は眉根を寄せた。

「毎晩飲んでると、身体に悪いですよ。はい、名刺です」

君江は名刺の入ったケースを幾つか差し出した。

自分の名前の側にユアサ投資顧問広報部長の肩書きがついている。名刺を持つと、自分がそこに所属したのだという意識が強くなる。名刺には、相手に自分を知らせる効果と、自分自身を縛る効果があるのかもしれない。

「ありがとう。ところで菅沼さんはいないの」

菅沼の席が空いている。

「ちょっとお出かけされました」

「菅沼さんは、社長の身内なのかな？」

慎平は訊いた。

「どうしてですか？」

君江が目を見開いて慎平を見つめる。白い頬がふっくらと膨らんでいる。

「取締役でさ、秘書や人事、総務を担当するなんて、たいしたものだなと思ってね……」

「身内じゃないと思いますけど。あんまり似てないし……」

「そう言われりゃ似てないな。じゃあ、とても優秀なんだね」

「社長との関係はよく分かりませんが、随分、昔から知り合いのようです」

「ふーん、そうなんだ」

「社長は、菅沼さんには、逆らいませんし、菅沼さんは、社長には本当に丁寧です。社長、独身ですけど、まさか恋人ってことはないと思います」

君江は、両手で口を押さえてくすっと笑った。

「そうか、社長独身なんだ。あんな二枚目なのにもったいないね。君江ちゃん、狙っていたりして……」

慎平は、からかい気味に言った。

「とても素敵ですけど、どこかちょっと怖い感じがして……」

君江は声をひそめた。

「怖い……」

慎平は首を傾げた。

「これ、女の勘です。私、堤部長のような人がタイプです。恋人、いるんですか？」

君江が、ストレートに訊く。

「ええ、困るなぁ。嬉しいけどね」

慎平は美保を思い浮かべた。会いたい気分だ。ユアサ投資顧問に入社したことを報告しなければならない。

「恋人、いるんですね。あああぁ」

君江は大げさにため息をついた。

「ところでどんなところが怖いのさ」

「それはですね……」

君江は慎平の方に身体を寄せ、声を小さくした。

その時、後ろで音がした。君江が慌てて振り向いた。菅沼が部屋に入ってきたのだ。

「お帰りなさいませ」

君江は椅子を蹴って、直立した。

「ただいま」

菅沼が疑わしそうな目で君江を見た。

「じゃぁ、またね。宇野さん、名刺、ありがとうございました」

慎平は、席を立った。

第四章　疑念

1

慎平がユアサ投資顧問に入社して半月が過ぎた。

仕事は……。特に何もない。こんなことで年収一千万円ももらっていいのだろうか。慎平は自責の念に捉われないわけでもない。

美保からは、一切、連絡がない。こちらから美保の携帯電話にかけるのだが、折り返しもない。

いったいどういうつもりなのだろうか。ユアサ投資顧問に入社したことが、それほど気に入らないのだろうか。そんなに変な会社ではないと思うのだが……。

慎平は所在なげにパソコンで過去に自分が書いた記事を呼び出して読んでいた。

湯浅がやってきた。

「社長」

慎平は慌てて立ち上がった。

「堤さん、お忙しいところすみません」

「忙しいなんて……」

思い切り皮肉を言われた気がした。

「社内の空気にはお慣れになりましたか」

「いえ、まあ、どうでしょうか」

広報の部室に一人ぽつねんといるだけでは慣れようがない。

「ちょっとお願いがありまして……」

湯浅は、申し訳なさそうな顔をした。

「何でもおっしゃってください。実は、何をやっていいのか分からないで苦労しているんです」

慎平は苦笑した。

「営業用の四半期報告書を作って欲しいのです」

「四半期報告書ですか？」

名前は聞いたことはあるが、作ったことなどあるはずない。目いっぱい戸惑った表情を浮かべてしまった。

湯浅によると、四半期報告書とは、投資顧問会社が、自社のファンドの運用損益、その理由、相場環境、運用内容などを説明する資料だということだ。

「そんなに難しく考えることはありません」

湯浅は笑みを浮かべた。

「そうはおっしゃっても実物を見たこともないですから」

「これを参考にしてください」

湯浅は、表紙が地味な白い冊子を渡してくれたが、まだ戸惑いは消えない。

「新聞記者や雑誌記者への対応だと思っていました」

「それはこれからです。まずは、この仕事をお願いします。堤さんの勉強になりますからね。センスのいいものに変えてください」

「社長のお考えはありますか？　もし良ければお聞かせください」

「この四半期報告書は、我が社のファンドの運用成績が如何に優れているかを客に示すものなんです。他社は、もっと、何ていうかな、目立つ色を使って派手に作っている。おやって目にとまる感じですかね。うちのは地味でしょう？」

湯浅は、わずかに眉根を寄せた。確かに地味と言えば、地味だ。ページを開くと、数字がずらりと並んでいる。

「中身も地味なんですよね。適当に作っているみたいで、数字にも訴求力がない。グラフなども多用すれば、もっと見やすくなるんじゃないでしょうか」

「他社のものはありますか？　参考にしたいのですが」

「運用企画の泉部長のところにあると思います」

慎平は、湯浅に言われた通り泉のところに足を運んだ。

運用企画部に行くと、幸いにも泉が席にいた。佐藤と鎌倉はいない。

「泉部長、ちょっとよろしいですか」

泉は、パソコンに向かっていたが、その画面には、トランプの絵が映っている。ゲームをしているようだ。

「あっ、堤部長」

泉は、びっくりしたような表情をして画面を切り替えた。

「お仕事中、すみません」

「仕事だなんて、ちょっと息抜きをしていました」

泉は気まずそうな表情で、座ったまま椅子を回して慎平に身体を向けた。

「ストレスが溜まりますからね」

「ええ、まあ、昨日、飲みすぎまして……」

運用企画部は、それほど忙しくないのだろうか。野川証券のデリバティブ部門出身という泉の経歴から、ものすごく忙しいイメージを抱いていたが、何となく緩んだ空気が漂っている。

「社長から、これを作り替えろと言われまして……。参考になる他社のものを見たいと言いましたら、泉さんが持っているだろうとおっしゃったのですが……」

慎平は冊子を見せた。

「ああ、四半期報告書ですね。これは私が作っているんです。ああ、参ったなぁ。堤部長に回りましたか。社長からもっとインパクトのあるものを作れって言われていたんですけどね。延ばし延ばしにしていたら、そうですか堤部長にね、いやぁ参ったな。すみませんねぇ」

泉は、薄い唇をぺらぺらと動かして忙しなく喋った。目は、笑っていない。本気で参っている雰囲気はない。

「私、全く知識がないので勉強しろという意味だと思います。泉部長のお仕事が不満だからってことはないでしょう」

慎平は、四半期報告書の作成が、泉の仕事だとはすっかり忘れていた。社内を案内してもらった時に湯浅から説明を受けた気がする。

「そんなもの、客は見ちゃいませんしね。でもちょっと、やっぱり地味かな？」

泉は、冊子をしげしげと見つめている。

「客は見ないんですか？」

「営業が口八丁手八丁で説明しますから、客はこんなもの見なくっても分かった気になるんですよ。保険や銀行商品の説明書だって細かく見ないでしょう。それと同じです」

「参考になる他社のものはありますか？」

「あると思います。ちょっと待ってください」

泉は、机の引き出しを探って、何冊かの四半期報告書を机の上に広げた。

「カラフルですね」

慎平は、そのうちの一冊を手に取った。表紙は、青空に向かって離陸するジェット機だ。爽やかで勢いを感じる。ページを繰って、さらに驚いた。グラフが多く、見やすい。強調したい数字は色が分けられている。

それに比べるとユアサ投資顧問の四半期報告書は、見栄えが良くない。地味というよりおざなりな感じがする。グラフも黒一色なので、どこに注目すればいいのか分からない。

「まあね、でも詳しすぎてもいけないが、嘘もいけないってとこですよ」

泉が呟いた。

「はぁ？」

慎平は、首を傾げた。

「詳しく書いて客に質問されてもねぇ。でも嘘はいけないから、ほどほどがいいんですよ。こんなものよりその場でのセールス、説得が大事ですからね」

「そんなものですか」

泉が言うのは、詳しく、よく分かるように作りすぎて客から不用意な質問をされても困るという意味だろうか。あくまで営業用のツールなのだと考えると、少し気持ちが楽になった。

「じゃあ、これを参考に私なりに作ってみます」

慎平は、何冊かの他社の四半期報告書を抱えた。

「あまりかっこのいいものを作らないでください。私の仕事がなくなりますから。とにかく詳しすぎず、嘘をつかない。これですから」

「大丈夫ですよ。ああ、それと佐藤さんのことです」

「佐藤？　何かありましたか？」

「以前、佐藤さんに私の部下になってもらいたいと、社長がおっしゃったと思うのですが……。佐藤さんがいらっしゃるとこの仕事も楽になるかなと思いまして」

慎平の言葉に泉は怪訝そうな顔をして「でも、まだ社長から何も具体的な指示はありませんね」と言った。

「何もありませんか」

期待していただけに慎平はがっくりとした。

「この案件のためだけでいいですから、しばらく佐藤さんに手伝っていただくわけにはいきませんか」

慎平は、丁寧に頼んだ。

「佐藤の意向も訊いてみないとね」

泉は快い返事をしない。佐藤を渡したくないのだろう。

「すみませんでした。社長に相談してみます」

「そういやぁ、堤部長の歓迎会を開いていませんでしたね。今夜あたり柘植部長と一緒に、どうですか」

泉は、手で酒を飲むしぐさをした。

「今夜ですか？」

慎平は、予定を思い浮かべた。もちろん何もない。

「オーケーです」

慎平は答えた。

「それなら今日六時半、ビルの一階で待ち合わせしましょう。柘植部長には、私から連絡しておきます」

泉は、嬉しそうに笑みを浮かべた。

「柘植部長の予定を確認しなくていいんですか？」

「大丈夫ですよ。暇ですから、絶対に断りません」

泉は自信ありげに言った。

柘植は、資金運用部長だ。刻々と変化するマーケットを二十四時間態勢で睨み、売り買いを指示している。神経を使う、超多忙なポストだと思うのだが……。本当に予定を確認しないで大丈夫なのだろうか。

「それじゃ、六時半、待っていますよ」

泉は、パソコンに向き直ると、ふたたび画面を切り替えた。そこにはトランプの絵が映し出された。泉は、食い入るように見つめ、キーボードを操作し始めた。

緩いなぁ……。

慎平は、一般企業に勤務した経験がないため、比較はできないが、こんな緩い雰囲気でいいのだろうかと、ふと思った。

2

「堤部長、至急、社長室に来てください」

君江から電話が入った。

「すぐ伺います」

慎平は、社長室に向かった。

社長室に入ると、湯浅がいつになく厳しい表情で立っていた。

ソファには、先ほどのんびりとパソコンゲームをしていた泉、アポロ証券社長の赤羽が座っている。

「そこに座ってください」

湯浅は、赤羽と泉の間に座るように言った。

テーブルの上には雑誌が開いて置いてある。

「こんな記事を書かれてしまいました」

湯浅の声が興奮しているのか、甲高い。

記事となると広報の仕事だ。慎平は緊張した。

泉と赤羽は黙って、うなだれている。

「読んでいいですか？」

慎平が訊くと、泉が雑誌を取り上げ、渡してくれた。

「年金詳報」というファンドの運用紹介を専門にする情報誌だ。

問題の記事は、「消えない日本版『マドフ』の影、金融庁も関心」というタイトルのコラムだ。

慎平は、急いでコラムに目を通した。

コラムは「二〇〇八年十二月に発覚した米ナスダック・ストック・マーケット（現ナスダックOMXグループ）のバーナード・マドフ会長が関与したとされる巨額詐欺事件。運用が好調であるかのように長年偽装し続けた事件で、被害総額は五百億ドルに上ると見られている。年金基金や運用会社の間でも大きな話題を呼んでいるが、日本の年金基金への事件の影響はどうなのか」という書き出しで始まっている。

また、ある国内大手運用会社が、マドフ関連のファンドに投資し、それを組み込んだファンドを年金基金にセールスしていたという事実を明らかにし、「幸いなのは、最終的に基金がそのファンドを利用した実例がなかったことだ。『結果オーライ』ではあるが、運用会社が被害拡大に加担するような事態は免れた」と皮肉っぽく書いている。

また、そのセールスしていたファンドについて複利年率リターン十・六％など運用成績が安定していることを示す表を掲載し、「パフォーマンスの分布が神の領域だ。つまり、こんなのあり得ない、ということ」や「素晴らしく安定している。人為的なのだが……」などと、国内の他の運用会社の幹部に問題点を語らせている。

なぜ運用成績が良かったのかと言えば、それはマドフの詐欺ファンドだったからだという内容だ。

そしてコラムの最後を、

「国内でもマドフ氏案件に類似する事例が規模の差はあれ今後発生しないとは限らない。例えば、ある新興ヘッジファンドについては、急激な下落相場の中で不自然なほどに安定したリターンを出し続けているとして、金融庁や証券取引等監視委員会が強い関心を示している。今現在、法令違反が明らかになったわけではないが、ヘッジファンド全般の信頼感が揺らいでいるだけに、当該ファンドの運用実態を深く知り得ない顧客基金の間では、疑心を抱き、情報開示の請求や解約に動こうとするケースも一部で出ている」

と結んでいる。

読む者によっては、この最後のために前半のマドフのことを書いたように見える。

「これの何が問題なんですか」

慎平は、泉に訊いた。

「泉部長、説明してください」

湯浅が厳しい口調で言った。湯浅の表情は険しく、硬い。内面の怒りが、マグマとなって噴き上げるのを辛うじて抑えているように見える。

「この新興ヘッジファンドは我が社のことなんです。この情報誌は、去年、我が社をトップのヘッジファンドだと書いたのに、今回はこんなひどいことを……」

泉が消え入りそうな声で言った。

「これを見てください。去年の記事です」

湯浅が唇を震わせて、別の記事を慎平に差し出した。

そこには「ユアサ投資顧問が『全体評価』で首位、大手以外では初」という大きな見出しが躍っていた。

ユアサ投資顧問の好調な運用成績が評価されて、全国の主要企業四千百九十八社から取ったアンケートで堂々のトップだったのだ。

「会社名が出ていないので、うちのことだと決まったわけではないと思いますが……。でも、もしうちのことだとすると、同じ情報誌で片やトップ、片や問題ありとはどういうことでしょうか？」

慎平は湯浅を見上げて訊いた。湯浅は慎平の質問には答えず、「広報部長として、いったいあなたはどう考えますか」と逆に訊いてきた。まるで慎平を追いつめているかのようだ。

湯浅のこんな態度は初めてだ。いつもは自分のような部下にも丁寧すぎるほどなのに。よほど、この記事を腹に据えかねているのだろう。湯浅は一見すると穏やかだが、内面は相当に激しいのかもしれない。これが君江が言っていた「怖さ」なのか？　慎平は湯浅の新たな一面を垣間見た気がした。

「ここに我が社の情報開示が不十分と書かれています。この辺りを改善すればいいんじゃないでしょうか。ちょうど四半期報告書を作れと言われましたので努力してみます」

慎平は湯浅の反応を確かめつつ、答えた。四半期報告書に運用実態の詳細を書いて客に説明すれば、疑念は解けるだろうと思ったのだ。

「そんなことは重要ではありません。通常、ヘッジファンドは、そうしたことを秘密にしているからです。詳細に書くなんて無意味です。大きく株が下がった時は、たまたまポジションを取っていなかった、運用担当者が休暇中だったなんてラッキーなこともあるんです。そんなこと書けません」

湯浅は、慎平の答えなど一顧だにしないで完全に否定した。もはや怒りが抑えられないのか、端整な顔がひきつり始め、声まで震え気味だ。いったいなぜ、ここまで怒るのか、慎平にはまだ理解できない。

「そんな偶然みたいなことがあるんですか？」

慎平は驚いた。それは本当のことだろうか。そんな運任せの運用をしているのか。

「東日本大震災の時も、運用担当者が入院中で、たまたまポジションを取っていなかったから成功しました。そんなことは、昔からよくあるんです」

赤羽が、小声で囁いた。

「本当ですか？」

慎平は、あまりのことに大声を出してしまった。

「何をそんなに驚いているんですか」

湯浅が慎平を睨んだ。

「東日本大震災の時のことを伺ったものですから」

「たまたま運用担当が入院中だったことですね。そういうラッキーも含めて、我が社の実力なのです。そんなことより客は本当に解約したいと言っているのですか」

湯浅が赤羽に聞いた。口調は厳しい。

「この記事が影響したのでしょう。二、三の基金から問い合わせが入りまして、そのうちT県の建設業厚生年金基金が解約したいと言ってきております」

慎平は、赤羽が挙げた年金基金の名前に聞き覚えがあった。西野とかいう男が理事長を務めていたはずだ。

湯浅の怒りの理由は、記事ばかりではなかった。ヘッジファンド名を特定しない記事であるにもかかわらず、これをユアサ投資顧問だと推定して契約解除に動く客がいることに、より激しい怒りを覚えているのだ。

「許せない。散々うちに世話になっておきながら絶対に許せない」

湯浅は、フロアを忙しなく歩き始めた。

西野が、ミユキという髪の毛を金髪に染めた女と夜の街に消えたことを慎平は思い出した。

「T県建設業厚生年金基金は、先月にやっと我が社のファンドを三十億円ほど購入してくれたのですが……」

赤羽が苦渋に満ちた表情をした。真面目な公家のような雰囲気を持っているので、哀れさはひとしおだ。

「解約できないと言いなさい」

湯浅が厳しい口調で言った。まだ何とか冷静さを保っているが、赤羽の返事次第ではどうなるか分からない。

「それは何とも……」

赤羽が、答えに窮している。

「解約を止めませんと、他に波及していく可能性があり、大きな問題になります」

泉がしたり顔で言った。

「そんなことはよく分かっています。だからこうしてみんなで考えているんじゃないですか？　もっともらしいことを口にしないでください」

湯浅がついに怒りを露わにした。端整な顔立ちだけに凄惨ささえ漂ってくる。

「そうでしたね」

泉は首をすくめた。本当にこの泉は大手証券で有能な社員だったのだろうか。

「この記事に法的措置は無理でしょうね」

湯浅が慎平を見た。

「ヘッジファンド名を特定していませんから無理だと思います」

慎平は努めて冷静に答えた。

「私もそれは理解できます。ところで堤部長はこの記事を書いた記者は分かりますか」

「え？　私がですか？　全く分かりません」

慎平は質問の意図が理解できず動揺した。

「そうですか。それなら結構です」

湯浅は慎平から視線を移し、赤羽を見た。

「しかたがありません。私が直々に出向いて、解約するのを思いとどまるように説得します。赤羽社長、西野さんと連絡をとってください」

「分かりました」

赤羽は頭を下げた。

「社長」と泉がすくめていた首を伸ばすように口を挟んできた。

「何か、ありますか」

湯浅は、不愉快そうな表情をした。

「記事を書いたのは、この女性記者だと思われます。私のところに何度も電話をかけてきて社長に会わせろと大変でした」

泉がテーブルに名刺を置いた。

慎平は、思わず「あっ」と声を上げた。それは美保の名刺だった。そう言えば「年金詳報」の編集協力の欄に美保が勤務する新聞社の名前があった。

「堤部長、どうされましたか？」

湯浅が鋭い視線を投げかけた。

「い、いえ。ちょっと、あの……」と慎平は動揺し、「何かが、喉に引っかかったみたいで」と咳き込んだ。

湯浅は、その名刺を取り上げ、「この新聞社の記者は、ちょこちょこうるさいですから、泉部長、気をつけてください」。

「分かりました。一階のロビーで押し返そうとした時、この名刺を無理やり渡されたんです。

絶対に取材には対応していません」

泉は、湯浅に媚びるような目つきになった。自分が記者に何か余計なことを洩らした結果、この記事になったと思われることを警戒しているのだ。

「マスコミには、くれぐれも注意してください。それは堤部長の役割ですからね。お願いします」

湯浅は強い調子で言った。

「はい……」

慎平はテーブルの上の美保の名刺を見つめていた。

3

泉は、「ビール」と大きな声で注文した。

慎平の隣には柘植が座っている。ユアサ投資顧問から歩いて数分のところにある居酒屋。泉が言っていた通り柘植はやってきた。

「初めてですね。堤部長と飲むのは」

柘植は、店員が運んできたビールジョッキを掲げて、「乾杯」と言った。

テーブルの上には、刺身やさつま揚げ、から揚げ、卵焼きなどがランダムに並んでいる。

全て泉が注文した。こういう気遣いには長けている。

店の中はざわついている。六時半過ぎにもかかわらず満員だ。

「人気があるんですね」

慎平は泉に言った。泉は、既にジョッキを半分ほど空にしている。

「安いですからね。味はそこそこ、でも安い。これが最高ですよ」

泉は、元大手証券会社勤務とも思えぬ庶民ぶりだ。慎平は、通常のサラリーマンと比べても高給をもらっている。泉も同じだと思うのだが、この店はそれに似合わず安っぽい。

もう少し高級な店で飲むのかと思っていた慎平は少しがっくりした。

「慣れましたか？」

柘植が訊いた。

「慣れるってほど仕事もしていませんので」

慎平は答えた。

「今日、社長の機嫌悪くて参りましたね」

泉が薄く笑った。

「おーい、こっちこっち」

柘植が手を挙げた。店の入り口を見ると、君江がこちらに向かって手を振っている。

「あれ、宇野さんも一緒ですか」

今日は、肩の半分が露わになる白い服を着ている。白い肌が艶々と輝いている。小太りなのでセクシーとは言えないが、魅力的ではある。

「宇野さんが、ぜひ来たいってね。モテますね。堤部長」

「えっ、どういう意味ですか？」

「堤部長と飲むって言ったら、絶対に行きたい！　って」

泉が意味ありげに笑みを浮かべた。

「お待たせしました」

君江は、断りもなく慎平の隣に座った。

「ビールでいいかい」

柘植が訊いた。

「早く飲みたいでぇす」

君江が口をとがらせた。

ビールが運ばれてきて、改めて乾杯をする。

「先ほどの話ですが」

慎平は、泉に言った。

「何でしたっけ？」

泉はとぼけたように首を傾げた。

「社長が機嫌悪いって話ですよ。いつも冷静ですから少しびっくりしました。社長、結構、厳しいですね」

「いつもは怖いほど冷静で慇懃なんですけど会社の評判にはヒステリックなほどこだわりますね。マスコミが嫌いなのも、あることないこと書くからですよ。でも、あの記事を見たらどうしたって機嫌悪くなりますね」

泉は、まるで他人事のように言った。先ほど厳しく叱責されたことなど微塵もうかがえない。

「うちが運用成績がいいのは不正しているっていうんでしょう？」

君江が卵焼きを口に入れた。

「よく知っているね」

慎平が感心したように言った。

「菅沼さんが社長を慰めていたんです。私、驚いちゃって」

君江は、顔をテーブルに近づけ、慎平や柘植、泉の顔を交互に見た。

「何だよ、それ？」

泉が驚いた顔をして、マグロの刺身を一切れ、口に放り込んだ。

「あのね……」

君江は声をひそめて話し始めた。

記事が掲載された雑誌を持って湯浅が菅沼のところにやってきた。その慌てぶりは尋常ではなかったという。いつも冷静な湯浅とは思えなかった。君江の存在は眼中にないかのようだった。

菅沼に記事を見せて、何かを早口で喋っている。

「落ち着きなさい」

菅沼は湯浅に厳しく言い、同時に君江を睨んだ。その目は、席を外せと言っているように思えたが、君江はドキドキしてその場から動けなかった。何が起きるのか、妙な興奮も覚えていた。みすみす波に飲み込まれるのが分かっていて台風の時に荒れる海見たさに海岸に行くようなものかもしれない。

すると、菅沼は湯浅に何やら囁き、パーティションで仕切られた部屋に入った。君江が動かないので自分の方が動いたのだろう。

パーティションで仕切られた部屋は上部が開いている。注意深く聞き耳を立てれば室内の声が聞こえることがある。君江は、耳をそばだて、二人の話を聞こうとした。

「しっかりなさいませ……」

「まだまだこれから……」

菅沼の声がかすかに聞こえてきた。意味は分からないが、湯浅が菅沼から励まされているのは分かる。興味深くて、もっと注意を傾けていたかったが、二人が仕切り部屋から出てきたので、君江は慌てて、仕事に戻った。

深刻そうな顔で湯浅が出てきた後から菅沼が現れた。手には、雑誌を持っている。湯浅は君江の方を一瞬、振り向いたが、足早にどこかへ行った。

菅沼が席を外した際、菅沼の机の上に開いたままになっていた「年金詳報」を見つけ、記事を読んだ。君江には、その記事がどの程度、問題なのかは分からなかった。

「あの記事、本当にうちのことなんですか。名前も書いてないじゃないですか」

君江が気楽そうに言った。

「あれはうちのことだよ。運用利回りが良すぎるから、やっかんでんのさ」

泉が言った。

慎平は、君江の話が気になった。湯浅は、あの記事を読んで、菅沼に、君江の言葉を借りれば、慰めてもらっていたという。なぜ菅沼に？　二人はどういう関係なのか？

「なぜ菅沼さんに慰められないといけないんですか」

慎平は、誰に訊くともなく訊いた。

誰も何も答えない。

「どうなんですか」

慎平は泉に訊いた。

「さあね、なぜなんだろうな。菅沼さんを頼りにしているのかな」

とぼけたような顔をした。

「頼りにしているといってもおかしいですよね」

「二人は特別なんじゃありませんか」

君江が言った。

「特別？」

「あの二人、社長と取締役以上の関係じゃないかと……」

君江は思わせぶりな言い方をした。

「君江ちゃん、あまり変な言い方をしない方がいいんじゃないの」

柘植がたしなめた。君江は気まずそうな顔をした。

「それって恋人ってこと？」

慎平は君江に訊いた。

「うーん、恋人っていうにはちょっとねぇ」君江は笑い、「母と子って感じかなぁ」。

「えっ、親子？」

慎平は驚いた。

「そんな雰囲気だった……」

君江が言った。

「もうそんな話はいいから飲もうじゃないか。堤部長の歓迎会なんだからね」

柘植が話題を変えた。

「焼き鳥、頼もうかな」泉が手を挙げ、店員に「焼き鳥、盛り合わせ！」と叫んだ。

慎平はすっきりしない気持ちでビールを飲んだ。

柘植が運用について話している。今日、湯浅から聞いた「運」の話を思い出し、柘植に訊いた。

「たまたま運用担当が病気で休んでいたから失敗しなかったってほんとですか？」

「社長が言っていることだね。まあ、そういうことじゃないの？」

「嘘みたいな話ですね。漫画的だなって思いましたが」

「そういうこともないと、高い運用利回りは確保できないさ。俺も失敗していることもあるしね。今月はあまり良くないからこんな居酒屋で飲んでいるのさ。良ければ、パーッと銀座でさ」

柘植は、華やかさを示すように両手を挙げた。

「すてき！　銀座に連れていってください」

君江が拍手した。

「実はね。運用の全てを分かっているのは社長だけなんですよ」

泉が眉根を寄せた。

「そうなんですか？」

慎平はまた驚いた。運用の全容は目の前にいる柘植が把握しているのではないのか。

「俺もね、目いっぱい、運用しているし、部下にアドバイスをしているけど、みんな勝手にやっているだけで最後の調整は社長が行っているんだ」

柘植が言った。

「だから営業用四半期報告書を作るなら細かいところは社長に直接訊いた方がいいと思う。誰も分からないから。全体のことはね」

泉が言った。

「そういう仕組みなんですか」

慎平は驚いた。

「だから記事で、嘘があるんじゃないかと書かれたら本人が一番、慌てたのさ。でもさ、疑うのはおかしいよ。俺はデリバティブの専門家だけど、オプションのプロが運用していれば、うちくらいの成績はあげられるさ。むしろあげられないのが無能じゃないかな。ねえ、柘植部長？」

泉は相当、飲める口だ。四杯目のジョッキを呷っている。

「まあ、そうですけどね」

柘植は、わずかに顔をしかめた。そう簡単に言うなということだろう。

慎平は、ビールを飲んだ。ぬるくなっている。頭の中に何か重いものが詰まっているような気がする。

「ねぇ、堤部長って、本当に恋人いるんですか？　ショックだな……」

君江がとろんとした目で慎平を見つめた。

「えっ、恋人？」

慎平は苦笑した。

「おいおい、君江ちゃん、堤部長に色目遣うなよ。俺はどうなの？」

柘植が言った。

「私にも好みがあります。嫌ですよ。こんなお腹！」

君江が柘植の膨れた腹をぽんと叩いた。

4

慎平は、湯浅と同じ車に乗っていた。慎平は助手席、後ろに湯浅と赤羽。向かうのはT県建設業厚生年金基金だ。

せっかく運用契約をしたのに解約すると言ってきたのを湯浅自らの手で翻そうというのだ。

「西野さんはどういうつもりなんでしょう。本当に解約するのでしょうか」

湯浅が静かな中にも怒りを含んだ口調で赤羽に訊いた。

「何とも言えませんが、残念なことです」

赤羽は、表情を曇らせた。

「崎山さんとは向こうで合流するんですね」

崎山も来るのか。慎平は湯浅が本気だと思った。崎山は社会保険庁で西野の先輩だ。もともとはその縁でユアサ投資顧問との運用契約を結んだのだ。

「大丈夫です。向こうで待ち合わせになります」

「必ず解約を阻止しましょう。もし解約されたらそれがきっかけで次々……ってことになりかねません。一年以内の解約にはペナルティが発生することをご存じなのでしょうね」

「はぁ……」

赤羽の声はか細い。

車は、関越自動車道を走り、T県に入った。

寂れた商店が並ぶ県道を走ると、白いビルが見えてきた。年金基金が入居するビルだ。

「さあ、戦いです」

湯浅が、表情を引き締めた。

車は、ビルの駐車場に入った。そこには崎山が待っていた。渋い表情だ。銀座のクラブで鼻の下を伸ばしていた時とは違う。

「堤さん、まあ、見ていてください。解約は阻止しますからね。その様子を広報してください」

湯浅は不敵な笑みを慎平に向けた。

「崎山先生、ご足労をおかけします」

湯浅は、崎山に深く頭を下げた。

「西野には困ったものです。よく言い聞かせますから」

崎山は言った。

「先生には大いに期待しています。さあ、行きましょう」

湯浅は、大股で歩きだした。

エレベーターで五階に行く。湯浅、崎山、赤羽と慎平が乗ると、ギィという音がした。相当古いと思われる。ビルも遠目には分からないが、あちこちにひび割れが目立つ。

「昔、稼いだ時に造ったビルですね」

慎平が言った。

「どこもかしこも皆、そうです。日本企業は、どこも昔に稼いだんです」

湯浅が突き放したように言った。

慎平は黙った。エレベーターは五階に止まった。

「こちらです」

赤羽はよく内部を知っているのか、湯浅を先導していく。

会議室と表示された部屋に男が立っていた。

「お待ちしていました」

基金の社員だ。彼がドアを開けた。慎平は湯浅に続いて中に入った。そこには長いテーブルが相対するように並べられていた。一方には五人の男が座っている。基金の理事たちだ。

その真ん中に西野がいた。

「湯浅社長、わざわざ、崎山さんまで、申し訳ありません」

西野が立ち上がった。

「どうもどうも、遅れてすみません。早速、始めましょうか」

湯浅は軽快に言った。まるで何事もなかったかのように親しみ溢れる笑みを浮かべている。

5

赤羽が、理事を前にしてユアサ投資顧問の運用の仕組みを説明している。じっくりと言えば聞こえはいいが、並んだ理事たちは退屈顔だ。ある理事は耳かきをし、別の理事は居眠りをし、船をこいでいる。所在なげに書類に何かメモを書いている理事もいる。緊張感を持っているのは、西野ぐらいのものだ。

「ええ、オプションというのは……」

赤羽が、何度も咳払いをしながら話す。

「あのさ、オプションだとかいろいろ言われても、俺たちゃ素人だからよく分からん。とにかく危ないもんには手を出さんということじゃないですか」

眠そうにしていた理事が言った。顔は真っ黒だ。野外での作業で日焼けしたのか、ゴルフなのか……。

「オプションが危ないということはありませんが……」

赤羽が苦しそうに反論する。

「じゃけども記事が出とるんじゃろ？　危ないって」

理事は言う。

西野はじっと目を閉じている。

「こっちは少しでも利回りがいいというからお任せしたんだよ。西野さんも勧めるからやったんだが、やめた方がいいんじゃろう？」

理事が西野に訊いた。西野は眉根を寄せ、厳しい表情だ。

「今、やめると解約の手数料がかかります」

赤羽が申し訳なさそうな声で言う。

「バカ言っちゃいけねえ」

別の理事が急に、大声で言った。先ほどまで耳かきをしていた男だ。濃い眉をし、迫力のある顔立ちをしている。現場で鍛えられたのだろう、腕が太い。

赤羽が驚いて目を見張った。

「俺たちの都合で解約するなら手数料は当然だろう。しかし、今回はお前さんらが訳の分からん記事を書かれたからじゃないか。責任はお前さんらにある。それで手数料はないだろう。満額、耳を揃えて返せ」

理事は赤羽を睨んだ。

赤羽は、おどおどした様子で湯浅を見た。

湯浅は、赤羽に向けて手を上下に振った。座れということだ。赤羽は、ほっとしたように力を抜いて腰を下ろした。

代わって湯浅が立ち上がった。

「皆さん、株式市場は腐っているのです」

いきなり声を張り上げた。

理事たちは、急に大声を出した湯浅に驚いたのか、誰もが表情を引き締めた。

「サブプライムローン問題をご存じですか！　リーマンショックを知っていますか！　世界経済は、それらの問題からまだ立ち直っていないのです。徹底した金融緩和、徹底した財政出動、これしか回復の道はありません。このままでは日本経済は終わりです。あなた方も終わりです」

慎平は湯浅を驚いて見上げた。こんな力強い、勢いのある喋り方をするのか。別の一面を見たと思った。

湯浅は、株式市場の問題をとくとくと語る。如何にひどいか、下がり続けるしかないかという内容だ。

「いいんですか。終わるんですよ。このまま下げ相場は続きます。まだまだ続きます。うちから資金を戻したとしてもあなた方の運用損は膨らみ続け、にっちもさっちもいかなくなるんです！　年金基金の皆さん。あなた方は合議制で運用の意思決定をしておられます。そんな悠長なことをしていたら相場から一歩も二歩も遅れます。上がったところで売るなんてうまいことができますか！　できるわけがない。大損して、最後は尻尾を巻いて逃げ出すことになるかもしれません」

先ほど解約手数料に文句をつけていた理事が、大きく頷いている。

「さて」

湯浅は、席を離れ、会議室の中をゆっくりと歩き始めた。

理事たちは湯浅を目で追う。慎平も同じだ。追っているうちに湯浅のリズムに呼応してしまうかのようだ。

「私たちは、ごくごく小さな利益を積み上げています。毎月の額はとても小さい。わずかです。でも小さいがゆえに株式市場に影響されないのです」

湯浅は、一転して静かに理事たちに語りかける。時折、西野に視線を向ける。ちゃんと応援するんですよとその目は語りかけている。西野は、気まずそうに何度も小さく頷く。ミユキのことでも考えているのだろうか。湯浅と切れることはミユキと会えなくなることだ。それだけは避けたいとでも思っているのだろう。

「損をしないこと、それが最高の運用なのです。八％の運用でも十年続ければ資産は倍になります。でも二十％損をしたら、二十五％の利益をあげないと元には戻りません。そうでしょう？　西野さん」

「社長の言う通りだよ」

西野が答える。タイミングはピッタリだ。

「とにかく損をしないことです。私たちはオプションを主体に運用しています。オプションは、保険です。安心の保険なんです。ねえ、崎山先生？」

突然、名指しされた崎山が慌てたように「ああ、そうだ。保険だよ。大災害にも耐えるリスク管理のようなものさ」と答えた。

「先生、的確なお言葉をありがとうございます」

崎山は、照れを隠すように眉間に皺を寄せた。

「だからこういう時代の運用は安心なオプションを主体にしている私どもユアサ投資顧問にお任せください。何かご質問は？」

湯浅は、理事たちを一人一人見つめた。理事たちは、顔を見合わせ、何やら狐に摘まれたような顔をしている。

湯浅は、オプションについて詳しい説明をしていない。ましてや運用の細かい仕組みなどには一切触れないで三十分ほど熱弁をふるった。話した内容は、解約すると理事たちがどう困るかという、彼らの不安につけ込み、危機感をあおるものだった。

「どうでしょうか？　皆さん」

西野が他の理事たちに意見を訊く。

「うん、まあ、そうじゃねぇ。あんなに言われると、まあ、そうじゃねぇ。結局、餅は餅屋ってとこかな」

手数料で文句を言っていた理事が苦笑して他の理事に言う。

「そうだね。餅は餅屋ね。うまいことを言うもんじゃゃね」

別の理事が笑う。

湯浅は、理事たちの空気が変わったのを見て、「西野理事長、では引き続きよろしくお願いします」と立ったまま、頭を下げた。

それに合わせて赤羽も慎平も頭を下げた。

「分かりました。では引き続きお世話になりますかな。うまく運用してくださいよ」

西野は笑みを浮かべた。

「ありがとうございます。西野理事長。それでは私どもはこれで失礼しましょう」

湯浅は赤羽の肩を叩いた。赤羽は弾かれたように立ち上がった。

ビルの駐車場で車に乗ろうとした時、西野が駆けてきた。

「社長、社長」

息を切らせている。

「理事長、如何されました？」

「いやぁ、今日はすみませんでした。何とかなって、ほっとしましたよ。引き続きよろしくお願いします」

ニヤついている。

「こちらこそよろしくお願いします」

湯浅は、車に乗ろうとする。

「ちょっと耳を貸してください」

「何ですか？」

湯浅が身体を西野の方に傾ける。

西野が、湯浅の耳に手をかざして何か話している。

話し終えて、「お恥ずかしい限りですが、よろしく」と西野が頭を下げた。

「分かりました」湯浅は、薄く笑みを浮かべた。

湯浅が乗り込むと車がスタートした。

車が関越道に入った途端、湯浅がくっくっくっと含んだような笑いを洩らした。耐えに耐えているが、どうにも我慢しきれないという感じだ。いったいどうしたのかと思って慎平は後ろを振り返った。隣に座っている赤羽が訝しげに湯浅を見つめている。

顔を両手で覆い、笑っているのを悟られないようにしているが、笑うたびに身体が上下に揺れていた。

「どうされましたか」

慎平は訊いた。

「西野理事長、帰りに私に何を耳打ちしたと思いますか。くっくっく」

「何をおっしゃったのですか」

「ミユキと週末に旅行に行くんだそうです。その金をくれないかと頼んできたんですよ」

湯浅は大きく息を吐いた。ようやく笑いが収まったようだ。

「そんなことを……。呆れた人ですね」

「それが人間ってものです。高邁なことを言っていても下半身は別世界ですよ。これが分からないでは投資顧問の営業はできない。ねぇ、赤羽さん！」

湯浅は赤羽の肩を思い切り叩いた。

取材した際の湯浅のイメージが壊れてくる。どのようにかと問われると説明しがたいが、インテリジェンス溢れる男から、欲望を剥き出しにした男へとイメージが変化している。大きな振幅度合いに慎平は戸惑いを覚えた。

「堤部長」

湯浅が呼びかけた。

「はい」

慎平は身体をよじって後ろを向いた。

「あの記事を書いたのは、やはり国本という記者のようですね」

「え」

「あの国本美保という記者、絶対に潰しますよ。絶対にね」

湯浅の目がねっとりとした光を放った。

慎平はぞくっとした。背筋が冷たくなる。

携帯電話が鳴った。画面を見ると、美保からだ。よりによってこんな時に……。

慎平は携帯電話の電源を切った。

第五章　謎

1

慎平はユアサ投資顧問に就職して、いい気になっているようだが、美保は、絶対に反対だった。慎平から何度も会いたいとの連絡が入ったが、無視していた。

一度だけ、ユアサ投資顧問へ入社後の慎平と携帯電話で話した。慎平は、気楽なものだった。美保に向かって、何か欲しいものを買ってやるから、などとまるで出来の悪い金持ちの馬鹿息子みたいなことを口走った。美保は、携帯電話を切った。これはダメだ。完全に取り込まれているではないか。

無理もない。全く収入がない時があるフリーの物書きの仕事なんか、そうそう続けられるものではない。

美保が、仕事に集中していられるのは、大手新聞社に勤務しているという安心感によるところが大きい。いくら偉そうにジャーナリストだと言っても武士は食わねど高楊枝ではどうしようもない。ましてや慎平は、美保にプロポーズをしたいと考えていた。だから一向に収入が安定しないことに慎平は焦りを覚えたのだろう。

私にも責任があるわ……。

慎平のことが嫌いになったわけではない。ますます好きになっているのが分かる。まるで母親か何かのように慎平のことが心配なのだ。

ユアサ投資顧問は絶対に怪しい。あんなに安定的な収益があげられるはずがない。女の勘ではない。普通に考えればいいのだ。株や債券は市場で価格が変動する。儲かる時もあれば、儲からない時もある。それが普通の常識なのだ。

常時儲けることは、「絶対」に不可能だ。何か不正をしているはずだ。しかし、世の中には欲の皮が何重にも張り付いた人たちがいる。むしろそういう人たちの方が多いと言えるだろう。

彼らにとっては、常時儲けるユアサ投資顧問は、怪しさの対象ではない。欲望の対象なのだ。自分は、儲け損なっているのではないかという不安に襲われる。ユアサ投資顧問と手を組まないと、損をする。そう思い込み始める。

彼らも、ひょっとしたら怪しいかもしれないと心の奥底では思っている。

ユアサ投資顧問は、インサイダー取引を行っているのではないか。事前に株価の変動を知っているのではないか。

そんな疑いを持っていないわけではない。

だが、彼らはユアサ投資顧問と手を組む。それは不正だろうが、何だろうが、儲けさせてくれる間は、正義だからだ。不正をしているか、いないかは自分とは関係ない。とにかく儲けて、怪しいと思えば手を引けばいいのだ。「絶対」に自分だけは損をしない。うまくやれるはずだ。

市場で運用を行っている人たちを美保はたくさん見てきた。彼らには不思議な傾向がある。彼らは「絶対」を信じているのだ。絶対に失敗しない、絶対にうまくいく、絶対に成功する。絶対、絶対、絶対……。

明日の結果も分からないのに彼らは絶対を信じている。信じていないと自分の精神がおかしくなるかのようにさえ見える。

でもこの「絶対」を信じるのは、会社という組織に属している人の傾向と言えるかもしれない。

会社は絶対に倒産しない、原子力発電所は絶対に安全だ、我が社の食品は絶対に不純なものは混入していないなどなど。

しかし、それらはことごとく崩れていく。その都度、この世に「絶対」などというものはないという事実を思い知らされるのだが、会社という組織に属すると「絶対」の信者にならなければ生きていけない。会社組織を相対的に観察するような人間は、組織で生きることはできない。

例えば、原発は絶対に安全とは言えない、と思った瞬間に原発技術者は「絶対」の迷路に嵌まり込む。絶対的な安全を求めれば、求めるほど原発を設置することができなくなるからだ。

誰もが会社組織で生きるために、どこかで不安定な思いを残しながらも「絶対」を信じるように努力しているのだ。

美保は、新聞記者の役割を考えていた。

「絶対」を信じる人々に「相対」あるいは「普通の常識」を提示する。その結果、彼らの奥底に眠る不安定さが目覚め、「絶対」が揺らぎ始める。その時、社会や人生の真実に初めて気づいたかのように彼らは覚醒するのだ。彼らの目を開かせること、それが新聞記者の社会的使命だ。

でも、社会的使命の達成よりも慎平を助けたいと願っていた。とにかくどんなことでもいい。慎平の目を覚まさせる何か決定的なことを見つけなくてはならない。

美保は、ユアサ投資顧問の履歴を当たってみた。法務局で履歴事項全部の証明書を入手した。基礎資料に当たるのは取材の原則だ。

この書類は、会社の戸籍謄本みたいなもので、そこには、ユアサ投資顧問の役員や事業の目的などが記載されている。この中に何かが潜んでいないだろうか。

「湯浅は、平成十三年に二十六歳の若さでユアサ投資顧問を設立したはずよね」

慎平の取材で湯浅が語った経歴によると、平成九年に東京大学を卒業し、アメリカに渡り証券会社で実務を学んでいる。

「籠抜けみたいね」

美保は、商号が「アポロ証券」から「ユアサ投資顧問」に平成十六年に変更となっていることに注目した。

湯浅はアポロ証券を買収することで、一任勘定で資金を運用する資格を取得したのだ。それまでは資金を預かることができず、単に運用アドバイスだけだった。それがアポロ証券を買収することで一気に業務内容が拡充し、投資一任勘定での年金資金の運用が可能になった。

投資顧問業者が運用を委託する人に代わって運用の指揮を執ることには、相当な責任が伴う。だから認可制になっていたのだが、規制緩和の一環で登録制になった。ありていに言えば誰でも登録さえすれば、運用の委任を受けることができるようになったのだ。

湯浅も平成十九年まで待てば、アポロ証券を買収することなく投資一任勘定の業務ができたのだが、それを待つことなく平成十六年にアポロ証券を買収して、この業務に参入した。

アポロ証券を買収することは、湯浅にとっては大きな意味があっただろう。営業部隊を手に入れることができたのだ。それはユアサ投資顧問で組成するファンドを年金基金に販売する強力な機能となる。

いずれにしてもアポロ証券を買収して以来、ユアサ投資顧問の評価が、業界内で一気に上がったことは事実だった。

役員に関する事項を見てみた。

取締役は湯浅晃一郎、赤羽俊哉、それに菅沼千恵子だ。

「赤羽俊哉？」

美保は、どこかでこの名前に聞き覚えがあった。産業日報新聞社のデータベースにアクセスしてみる。

「赤羽、赤羽」

見つけた。赤羽俊哉、大手証券会社に勤務していた時、総会屋に対する利益供与事件で逮捕、起訴、有罪判決を受けている。

「平成十一年に懲役八カ月、執行猶予三年の刑か……」

赤羽は、アポロ証券の社長だ。元犯罪者が、証券会社の社長となり、そのまま投資顧問会社の取締役となっている。

刑罰を受けた者が、取締役に名を連ねていて問題がないのだろうか。

赤羽は、大手証券会社を辞めた後、平成十四年にアポロ証券を設立し、社長となっている。

美保は、金融商品取引法を調べた。ユアサ投資顧問が抱える明確な問題点が見つかれば、それを突破口にして、慎平の目を覚ますことができるかもしれない。

「禁錮以上の刑（これに相当する外国の法令による刑を含む）に処せられ、その刑の執行を終わり、又は刑の執行を受けることがなくなった日から五年を経過しない者は役員等となる資格はない……。第二十九条の四の第五項……。ちょっと待ってよ。これ、問題じゃない？」

赤羽が、刑を受けたのは平成十一年、執行猶予が明けるのは平成十四年。五年経過が条件なら、赤羽が投資顧問などの役員になれるのは、平成十九年以降だ。

「これ、問題じゃないの！　金融庁が見落としたのね」

役員の適格性が欠けている赤羽がアポロ証券を設立し、そのままユアサ投資顧問の役員に名を連ねている。これは明らかな金融庁のミスだ。これをつつけば、ユアサ投資顧問は、登録取り消しになるだろう。

美保は糸口を発見でき、一息ついた。と同時にコーヒーを飲みながら、ふと考える。本当にこれだけでユアサ投資顧問の問題を暴けるのだろうか。別の糸口も考えてみよう。引っかかるのは湯浅が東大卒だということだ。

なぜ湯浅は、そのことを今まで黙っていたのだろうか。決してマイナスではないのに。むしろ公表した方が営業的にもプラスになるはずだが、今まで湯浅は黙して語ることはなかった。

湯浅のマスコミ嫌いは徹底している。慎平の取材を受けたのが、本当に珍しい。そしてなぜだか初めて慎平に自分の学歴を明らかにした。

慎平のインタビューが巧みだったのか、それとも何かの意図があったのか。それは分からない。

考えすぎかもしれない。「実績」が重要で「経歴」など意味がないとでもいうことなのかもしれない。

しかし、どうも引っかかる。これも女の勘だろうか。

こういう学歴を極端に表に出そうとしない人、そして逆にそれを極端に表に出そうとする人、それらは共に学歴を詐称していることがあるような気がする。

「湯浅の学歴、調べてみようかな」

美保は、とりあえず赤羽の役員問題を金融庁に問い合わせてみることにした。

美保は、先日「年金詳報」に書いた記事を改めて手に取った。

この記事は、デスクからは、新聞本紙には載せないと言われた。確証がないからだ。噂ではダメだと言われた。

それでも食い下がったら、それなら専門誌である「年金詳報」にコラムとして書けと命じられた。

コラムの主体はあくまでアメリカのマドフ事件で、ユアサ投資顧問のことは「噂」として取り上げろという指示もあった。

「専門誌の方が反響があるぞ」

デスクは言った。

反響は確かにあった。直接、編集部に「新興ヘッジファンドの名前を聞かせて欲しい」「あれはユアサ投資顧問のことか」などなど、問い合わせがあった。

編集部は、営業妨害になるのでそれらの問い合わせに具体的に答えることはなかった。しかし、ユアサ投資顧問と名指しで問い合わせてきたことは、驚きと共に発見だった。怪しいと疑いを持っている人もいるということだ。

勿論、嫌な反響もあった。

「なぜ確証もないような記事を書いたのだ」とか、「記事を書いた記者に言っておけ。月夜ばかりでないとな」とか……。

警戒しなくてはいけないだろう。

それにしても慎平は、私からの携帯電話に出ないで、切った。

私のことを怒っているのだとしても、何とかあそこから助け出さなければならない。

2

慎平は、社長室で湯浅と向き合っていた。

「私はお客さまへの日頃の感謝を込めて毎年パーティを開いています。特に今年は、大々的にやろうと思っています。あんなコラムが出て非常に不愉快ですし、顧客の皆さんも不安があるでしょう。お客さまを安心させ、正しいことをしていると示す必要があると思うのです。私ほど運用に努力し、年金基金の人たちに信頼されている投資顧問はいません。ところが最近、良からぬ噂が流れています。ユアサ投資顧問が独り勝ちをしているのはおかしい。何か不正をしているに違いない。インサイダー取引だろう。そうした悪い噂を払拭するには、世間に私の力と評価を見せつけるに限ります」

湯浅の顔が赤くなっている。興奮しているのだろう。

美保のコラムが掲載されて以来、たびたび湯浅は怒りや苛立ちを表に出すようになった。

それまではどちらかというと静かな雰囲気を醸し出していたのだが……。どちらが本当の姿なのかは、分からない。ただし、あのコラムが湯浅の心の奥の何かに火を点けたことは間違いない。

「積極的に世間にアピールしようとお考えなのですね」

慎平は、当たり障りのないことを言った。

あのコラムが、全くの嘘であるなら無視すればいい。具体的に名指しをしているわけではない。ただ気をつけようと、年金基金の運用担当に警鐘を鳴らしているだけだ。ユアサ投資顧問ほどではないにしろ、それなりに運用成績をあげているところはある。そうしたところも同列に見られているとすれば、ユアサ投資顧問も幾つかの投資顧問の中の一つに過ぎない。そのうちそのコラムのことは誰もが忘れてしまうだろう。

それに慎平は、あのコラムを書いたことで湯浅が美保を相当に怨んでいることが心配だった。潰してやると言っていたが、具体的には何をするつもりなのだろうか。まさか危害を加えるなどという馬鹿な真似はしないだろう。

「私は、今まで世間には何もアピールしませんでした。そんなことより実績を重んじたからです。しかし、実績をあげればあげるほど、世間は私を知りたがります。困ったことです。私のことなんかよりユアサ投資顧問のことを知ってもらいたい。そう思ってあなたのインタビューをお受けしました。それなりの効果はありましたよ。あの記事を読んだ方から、私に親しみを覚えたと言ってくださる方もいましたからね。そこで取引先を一挙に集めて、そのパーティの様子を世間に知らせたいんです。ユアサ投資顧問は何も問題がないし、信頼関係があると。そこであの国本美保という記者をそのパーティに呼んでもらいたいのですが可能でしょうか？」

美保をパーティに呼ぶ？

「インタビューでもさせるおつもりですか」

「そんなつもりはありません。彼女に私の人脈や取引先の方々に信頼されていることを知ってもらいたい。パーティには政財界からも人を呼ぶつもりです」

湯浅は、口角を引き上げてほほえんだ。

「彼女は、そんなことで怯まないでしょう」

慎平は、言い終わった後、気まずそうに視線を湯浅から逸らした。

「あなた、まるで彼女を知っているような口ぶりですね」

「いえ、そんなことはありません。ただジャーナリストというのは、権力を見せつけられると、それに抵抗する性癖がありますから、とっさにそう思っただけです」

慎平の言葉に湯浅は、表情を曇らせた。

「そうでしょうか？　誰も権力には弱いと思っています。それは政治力であったり、金の力だったり……。私が、なぜこんな金を扱う仕事についたと思いますか？」

「考えてみたこともありません。私は金に縁がありませんので」

「今まであなたは金には縁がなかった。しかし、今、私の会社で高給取りになられた。今までと何か変わりましたか？」

湯浅は、楽しいものでも見るかのように笑みを浮かべた。

何か変わっただろうか。まずは、服装などは確実に変わった。後はとりたてて贅沢はしていない。しかし、以前のように明日の財布の中身を心配していた頃に比べると、心に余裕ができた気がする。

「気持ちに余裕ができたことは事実です」

素直に答えた。

「それが金の力です。金ばかりではありません。とにかく全ての力は人に余裕を与えるのです。私は、それを手に入れるには金融業に進出するのが最も早く確実だと考えたのです。金融業なら、私の才能があれば、金を集められるし、金が金を呼ぶからです」

湯浅は唇を舌で舐め、てらてらと濡らした。

湯浅は、若い頃から事業を起こしている。人一倍権力欲が強いというのは想像に難くない。

「私などは、何のために金を手に入れるのかと考えてしまうために、金を儲けることにそこまで喜びを見いだしたことはありません」

　慎平が言うと、湯浅は突然、声に出して笑った。

「だから堤部長は、面白いんですよ。初めて会った時、あなたを見て、私と近い世代なのにどうしてこれほどまでに違いがあるのか不思議でなりませんでした」

　湯浅の言葉に慎平は、意外だというように首を傾げた。

「私ね、あなたに興味を持ったんです。あなたは金には、全く縁も興味もない風だった。むしろ私は、あなたを見て羨ましいと思いました。嫉妬さえ覚えました。だからあなたをここに誘ったのです」

「そんなことをお考えになっていたのですか？」

　湯浅は、首を振った。

「あなたといることで私はバランスが取れるのではないかと思ったのです。あなたは、確かに私の提示した高給に惹かれて入社してくださいました。しかし、さほど金にも権力にも執着されているようには思えないですね」

「私だって人並みにお金を欲しいと思います。それほど恬淡《てんたん》とはしてはいません。社長の言う通り、ここには高給に惹かれて入社したんですからね」

　慎平は苦笑した。

「すみません。話が脱線したようですね。あなたと話しているとなぜか楽しくて……。昔の私を見ているようで」

湯浅は苦笑した。

昔の私？

さっきは大きな違いがあると言っていたのに。

「それでパーティの件ですか？」

慎平は話を戻した。

「ああ、その件ですね。ええ、盛大にやりますとも。今、菅沼さんのところで準備中です。堤部長も広報で頑張ってくださいよ。それからあの国本っていう記者のことですが」

湯浅の目が厳しくなった。

「とにかく許せないんです。私の作り上げた城を壊しに来る人間をね。土足でずかずかと入ってくる。私は当然、自分の城を守らねばなりません。彼女の存在を抹殺したいと思うほどです」

「えっ！」

慎平は絶句した。

「彼女が私に対する報道を止めなければ徹底的に戦います。堤部長も協力してください。私を裏切らないでくださいよ。私は、裏切りを絶対に許さない」

湯浅は薄く笑みを浮かべた。

「あの国本という記者と至急接触して、パーティに呼んでください。パーティは、一週間後に開催しますから」

「一週間しか時間がないのですか」

「前から準備をしています。招待状も配り終え、出席者も続々と増えています。後は大物の出席を確保するだけです。場所は、帝都ホテル。これが招待状です。国本記者に必ずお渡しください」

湯浅は笑みを浮かべ、慎平に白い封筒を渡した。

「これを記者に渡せばいいのですね」

「お願いします。徹底的に戦いますから。私は、まだまだやることがありますからね。負けるわけにはいきません」

それから湯浅は窓際へ行き、下を見ながら呟いた。

「世の中には二種類の人しかいないのを知っていますか。支配する人とされる人です。私は、支配する側なんです。大きな組織でも、今、ここであなたと二人で会っていてもその関係は成り立ちます。あなたはそうしたことに関心がないように見受けますが、これは世界の真理なんです。私は幼い頃から支配する側に立たねばならないと思い続けてきました」

慎平は、支配する、支配されるなどという二者の関係で世界を捉えたことなど一度もない。しかし、湯浅のように考える人間は少なくない。そして彼らは、支配層としての自分の立場を守るためにはどんなことでも実行する。湯浅が、邪魔者である美保を抹殺したいと言っているのもあながち冗談とも思えない。何とかしなくてはならない。どんなことをしても美保を守らねばならない。

慎平は、美保を守るために湯浅の近くにいる必要性を強く感じていた。

しかしそれよりも、湯浅がいったい何のために戦い続け、支配する側に立たねばならないと思うのか、それを知りたいという気持ちになった。これこそが慎平の持つジャーナリストとしての人間に対する関心だと言えるだろう。

湯浅とはいったい何者なのだろうか……。慎平は、湯浅を見つめていた。

3

美保は、霞が関の合同庁舎七号館の一階フロアに立っていた。このビルには金融庁が入居している。

財務省などの古いビルとは違い金融庁が入居するこのビルは新しく、無機質な外観だ。働く人にとっては古いビルなどよりもずっと機能的で快適に違いない。しかし、訪問者は、情緒を拒絶された冷たさを感じる。

フロアには入館待ちをするダークスーツ姿の男たちが多くたむろしていた。美保が見知っている者たちもいる。ある銀行の役員と部下たちだ。役員が用意されているソファに腰をかけないため、数人の部下たちは彼を囲むように立っている。両手で抱えるように持っている厚みのある鞄。書類が入っているのだろう。彼らの表情は、少しも晴れやかなところがない。役員は、苛々とし、またそわそわと落ち着かない。部下の一人は、意味のない笑みを浮かべ、何やら役員に話しかけている。きっと銀行業務で不祥事が発生し、金融庁の監督局に説明に行くのだろう。

「お待たせしました」

男が、美保の前に現れた。

黒いスーツ姿で、すらりとした体型だ。運動でもしていたのだろうか、全体にがっしりとしている。強い意志を感じさせるような目が印象的だ。

「お呼び立てしてすみません」

美保は、軽く頭を下げた。

「中の喫茶店もいいけど、せっかく国本さんと一緒だから、外に行きましょうか」

「お忙しいのにすみません」

美保は男と並んで歩きだした。男は、近くにある霞が関ビルのスターバックスに入った。

「国本さん、何になさいますか」

「私が買いますから」

「まあ、いいじゃないですか。コーヒーくらい私がサービスします」

男は笑みを浮かべた。

「じゃあ、カフェラテをお願いします。Sサイズで結構ですから」

美保が言った。

美保が席で待っていると、男はカップを両手に持ってやってきた。

「すみません」

美保は、カフェラテのカップを受け取った。

「いえいえ、国本さんの依頼なら何でも聞きますよ」

男は、少し冗談交じりに言った。

「金融庁の監督局のエリート担当者、三崎数馬《みさきかずま》さんにカフェラテを運んでもらう記者は私くらいでしょうか」

美保は、カフェラテに口をつけた。

美保が会っているのは、金融庁監督局で証券関係を担当する三崎だ。彼は、財務省から来ていた。年齢は三十代後半だ。

金融庁の主な組織としては、全体を取り仕切る総務企画局、実際に金融機関などの検査を行う検査局、検査結果を受けて金融機関を監督する監督局の三つの局がある。そしてその他に証券取引等監視委員会などがある。

三崎は美保の取材先だ。官僚臭くなく、さばけていて会話も楽しい。独身だということもあり、美保たち女性記者からは人気が高い。

「国本さんの関心は、ユアサ投資顧問ですね。今、最もパフォーマンスがいいって言われていますね」

三崎は、コーヒーを一口飲んだ。

「そうなんです。この時期、これだけのパフォーマンスはどうしても納得がいきません」

美保は真剣な口調で言った。

「あの『年金詳報』のコラム、読みましたよ。思いきって書きましたね。反響は如何でしたか」

三崎が、自分の書いたコラムを関心を持って読んでくれたのは嬉しい。美保は素直に喜んだ。

「ありました。あのコラムでは会社名を控えましたが、ユアサのことだろうというのもありましたね。それに……」

「他にも何か？」

「殺すって、脅迫めいたものもありました」

美保は表情を曇らせた。

「それはいけないな。気をつけてくださいね」

三崎は眉根を寄せた。

「三崎さんたちがさっさと調べて摘発してくださらないからです」

美保は責めるような口調で言った。

実際、三崎を頼って、美保は何度か情報提供をしていた。運用パフォーマンスが良すぎること、運用方法が明確でないこと、取材を受けないことなどだ。

慎平が勤務することになり、美保としては余計に情報提供に力を入れていた。しかし、金融庁は動かなかった。

「決定的な何かがないと難しいですよ。アポロ証券には定例の検査をしましたが、特に問題となることは見られませんでしたが……」

「でも社長の赤羽の件はどうなんですか？」

「ああ、お問い合わせの件ですね。役員の適格要件に違反するという問題でしたね」

三崎は、スーツのポケットからペーパーを取り出した。

美保が発見した決定的な疑問だ。アポロ証券の社長で、ユアサ投資顧問の役員に名を連ねている赤羽が刑事事件で懲役刑を受けていたため、投資顧問などの役員に就任できないのではないかというものだ。もし、これが金融庁の見落としで、重大な法令違反であれば、今からでも遅くない。ユアサ投資顧問に業務改善命令を発し、業界からの退出を命じることができるかもしれない。

「いかがですか」

美保は身を乗り出さんばかりになった。

三崎は、わずかに首を傾げた。表情が暗い。

「問題なしですね」

「ええっ、そんなぁ。だって五年経過していないんですよ。役員にはなれないでしょう？」

美保は、のけぞった。

「役員の犯罪歴による欠格要件については執行猶予期間が終了した場合に欠格要件が外れると理解されています。五年と書いてありますが、判例上は、執行猶予を終了すればいいことになっています。したがって赤羽氏の役員就任は問題ありません」

三崎は話し終えると、コーヒーを飲んだ。

「分かりました」

美保は肩を落とした。

「今回の情報提供を感謝しています。私たちもあのコラムに書いてあったようにユアサには重大な関心を持っていますから。赤羽氏の役員就任は法的には問題がないとしても投資顧問業を営む人間は、その業務を公正かつ的確に遂行できる知識、経験を有することとなっていますから、その観点から、本当に適切な人材かどうかは問題のあるところです」

「私、ユアサは何か重大な問題を孕んでいるような気がしています。手遅れにならないうちに何とか問題をえぐり出さないといけないと思っています。ユアサ投資顧問は、年金基金から多くの資金を集めています。販売はアポロ証券が担っていますが、全て私募ファンドです。その運用については満足な説明をしていません。私募ファンドの設定は、海外です。それも英領バージン諸島の私書箱957を使っているんですよ。なぜわざわざタックスヘイブン、それも英領バージン諸島の私書箱957を使うんですか。問題でしょう？」

美保は詰め寄った。

英領バージン諸島は、ケイマン諸島と並ぶタックスヘイブンとして有名だ。このエリアに金融子会社を設立し、資金を動かしたり、資金調達をすれば、無税、ないし極めて低率の税金しか徴収されない。これらは正規の資金調達、運用に利用されるケースもあるが、マネーロンダリングなどの犯罪に利用されることがあり、各国の金融当局はこれらのエリアの活用を問題視している。

中でも英領バージン諸島の私書箱957は利用されることが多い住所だ。ここに作られる金融特別子会社（SPC）を使った金融取引は金融庁も怪しいと睨んでいる。英領バージン諸島というと、外国ではあるが、実際は、日本国内の投資コンサルタントが手続きをし、そのエリアにSPCを設立し、金融取引を行っている。彼らは外国に口座を設定して取引を複雑に見せかけてはいるが、実際は国内で資金を動かしているのだ。

「国本さんの指摘はよく分かります。しかし、ファイナンスやファンド組成そのものが違法というわけではありません。怪しいというのが実態です。そして資金の流れを追うのが、非常に難しく、コストもかかります」

三崎は眉根を寄せた。

「そんなことを言っているうちに被害が拡大してしまったらどうするんですか。ユアサがファンドを販売しているのは、地方の年金基金が中心です。それらは中央と比べて情報が少ないし、運用する人材もいません。こうしたことも適切な説明を欠くという点では問題がありま す」

美保は畳みかけた。

「分かりました。またこのような情報提供をお願いします。そんなことより、一度、お食事に誘ってもいいですか？　美味いイタリアンを知っているんです」

三崎は、子どものような笑みを浮かべた。

「はい、喜んで。でもユアサの調査をきちんとやっていただけることを条件にお願いします」

美保は言った。

「ああ、そうそう、これ、東大の卒業者リスト。私の周辺の年次を持って来ましたよ。確か平成九年卒だとか？　それを中心に前後の年次も入っていますから。個人情報ですし、相当無理して知人から入手しましたから扱いは慎重にお願いします」

三崎は、またスーツのポケットからペーパーを出した。官僚のポケットというのは、ドラえもんのようにいろいろなものが取り出せるものだと美保はおかしくなった。

美保は、東大卒業生のリストを自分の新聞社の東大卒社員から入手しようとしたが、三崎が東大法学部卒だと思い出し、依頼した。官僚と言えば東大だ。新聞社の社員よりは頼りになるだろう。

「助かります」

「湯浅をお調べになっているのですね」

湯浅が東大出身だということを以前三崎に伝えている。

「はい」

美保は答えた。

「彼、学部は？」

「経済学部でした。三崎さんと同じ平成九年卒業です」

「なぜそれを調べようと思ったのですか」

「うーん、何となく……女の勘ですかね」

美保は笑みを浮かべた。

「女の勘ですか？　一番怖いですね」

三崎は笑った。

美保はリストを見つめた。この中に何か決定的な事実が隠れているのだろうか？　これで慎平を助けることができるだろうか？

4

美保に連絡をとらねばならない。慎平の気持ちが焦った。

携帯電話の呼び出し音が鳴り続けている。

「もしもし……」

美保の声だ。

「慎平。どうしたの？」

久しぶりに聞く美保の声だ。

「すぐに会いたいんだ。重大なことだ」

「今、霞が関にいるわ。慎平は？」

「日本橋のユアサの本社だよ。そうしたら銀座のカフェーパウリスタ、分かる？」

「分かるわ。八丁目ね」

「そうだ。そこに今からすぐに行く。美保も来てくれ」

「分かったわ。すぐに行く」

「じゃあ、話はその時に」

慎平は、携帯電話を切った。ポケットの中には、湯浅から預かったパーティへの招待状が入っている。

湯浅は、美保をどうするつもりなのだろうか？　美保を守らねばならない。

慎平は、そう思いつつも、湯浅の過去を知りたくなっていく自分を自覚していた。

湯浅は、何を考えているのだろうか？　何になりたいと思っているのだろうか？　どうしてあれほどまで力を得たいと思うのだろうか？

次々と疑問が湧き上がってくる。初めて湯浅をインタビューした時、こんなに若くて成功するなんてすごい男だと思った。今は、それ以上に湯浅という人物を知りたいという気持ちになっていた。

「やっぱ、俺は広報部長よりジャーナリスト向きだな」

慎平は呟いた。

ひょっとしたら、湯浅は、自分のことを知って欲しいために俺を採用したのかもしれない。純粋に物事を知りたがるジャーナリストの資質を少しくらいは持っているから。

でも、それは何のためなんだ？　今まで取材を拒否し続けていた湯浅の目的はいったい何なのだろう？

第六章　正体

1

カフェーパウリスタは、銀座の古い喫茶店だ。コーヒーが美味い。今時のビジネスマンが急いでコーヒーを飲むような場所ではない。ゆっくりと時間をかけてコーヒーの香りに身を委ねる雰囲気を残している。

慎平と美保は、やや場違いのように厳しい表情で向かい合っていた。知らない人から見ると、別れ話でもつれているのかと思うような暗さもある。

「俺、心配だよ。湯浅は本気っぽいんだ」

慎平は暗い声で言った。

「心配してくれるのは嬉しいけど、賽は投げられたからね。やるしかないわ。私のところにもいろいろ訳の分かんない電話が入るわよ。中には、殺してやるっていう風な脅しもあるわ」

「湯浅が手を回しているんだろうか？」

「そうかもしれないし、そうでないかもしれない。ユアサに年金の運用を任せているけど、心配になった先方の反応は、複雑だからね。事実を知らせて欲しいのとそっとしておいて欲しいのとね」

美保は、憂鬱そうにコーヒーを飲んだ。

「辞めないの？」

美保が訊いた。

「うーん、何だか血が騒ぐんだ」

慎平が言った。

「何よ、血が騒ぐって？」

美保が怪訝な表情をした。

「美保があの記事を書いて以来、取引先が離れ始めたことは事実さ。それで湯浅は焦っているように見える。それはそれとして僕にいろんなことを話してくるんだよ。何だか同世代の話し相手を求めているみたいにね」

「まさか慎平に変な恋心を抱いているんじゃないよね」

美保の言葉に慎平は苦笑を浮かべた。

「それはないと思うよ。でも、見ていると湯浅って何者なんだろう？　何をしたいんだろうって気持ちが湧いてくるんだ」

「金儲けをしたいんじゃないの？」

「そうかもしれないし、そうでないかもしれない」

慎平は首を傾げた。

美保は慎平を見つめた。

「悪い癖だね」

美保は薄く笑った。

「どういうこと？　その悪い癖って」

慎平は眉根を寄せた。

「対象にのめり込んじゃうってこと。ジャーナリストはあくまで客観的じゃなくてはならない。それなのに慎平は、すぐに同化しちゃうからね」

美保は苦い表情になった。

「そうかなぁ」

慎平は頭をかいた。

「ところでさ、赤羽社長に犯罪歴があることも金融庁は問題にしていないし、どうも積極的じゃないの。それが焦れったくてしかたがないの」

「美保は、ユアサ投資顧問を潰すつもりなの？」

慎平は表情を曇らせた。

「だって絶対に問題があるよ。そんな会社を残しておいて被害者を増やすわけにはいかない。それこそジャーナリストとしての使命でしょ」

美保は睨むように厳しく慎平を見つめた。

「心配だな。ユアサ投資顧問を潰すつもりだと知ったら、湯浅もそうだけど、他の関係者が、それはどんなところかは分からないけど、何かを起こすんじゃないかと思うんだ」

「でも怖がっていたら何もできない」

美保は唇を引き締めた。

「これ、君を誘ってこいって、湯浅が……」

「何これ？」

美保は、慎平が差し出した招待状の入った封筒を手に取った。

「湯浅がパーティをやるんだ。それに君を呼ぶようにって言われたんだ」

「なぜ私を？」

美保は目を見開いて、慎平を見つめた。慎平は、困ったような顔になり、小首を傾げた。

「どんなパーティなの」

「取引先や政治家などを呼んで大々的にやるらしい。以前から企画していたようだよ。自分の力を見せつけて、信用を取り戻す気らしい」

「面白いじゃないの」

美保は不敵な笑みを浮かべた。

「美保が書いた記事で起きた動揺を抑えたいんだろうな」

「ねえ」

美保が前のめりになった。

「何？」

慎平も前のめりになった。美保の唇と触れそうになる。

「湯浅は東大卒だと言ったよね」

「ああ、僕のインタビューに答えてね。アメリカに行ったり、華麗なキャリアだ」

「なぜ黙っていたのかしら」

「経歴は重視していないんじゃないのかな？　証券のファンドマネージャーって学歴を気にしないっていうから」

「そんなことはないでしょう。隠したかったんじゃないの？　直感だけどさ」

美保の言葉に慎平は、少したじろいだ。

「じゃあ、なぜ僕に喋ったのさ」

慎平の問いに、美保は笑みを浮かべて「つい、喋っちゃった」と言った。

「そんな……」

「それだけ慎平のインタビューがうまかったってことじゃないの。ところで学部は聞かなかった？」

慎平は首を振った。

「経済じゃなかったかなぁ。いずれにしても学歴っていうのは、この世を渡っていくのに重要だけど、それを敢えて公表しなかったのは、美保の直感では隠していたっていうことになるんだね」

慎平は、ますます湯浅が何者か興味が湧いてくるような気がしてきた。

「慎平、これを調べてくれない？」

美保は、三崎から渡されたリストを見せた。

「これは？」

「東大の卒業生リスト。湯浅は九七年卒だと言っていたから、その辺りのものをもらってきたの」

美保はテーブルにリストを広げた。そこに赤い印がついている。

「ほら、ここにいるじゃないか！」

慎平は目を見張った。経済学部の卒業生の中に「湯浅晃一郎」の名がある。

「そうよ、間違いなくあるわよ。経済学部にね」

美保の目が光った。

「本当だったんだ。東大卒……」

慎平は呟いた。残念なようなほっとしたような不思議な気持ちだ。

「でもね、この住所。田舎なのよね。湯浅って出身地、どこ？」

美保に訊かれたが、慎平は知らなかった。名前の後に続く住所を見る。

「聞いてないな。兵庫県氷上郡……。これ、どこなのさ？」

「今は丹波市って言われているけど兵庫県の田舎よ。湯浅ってどう見ても田舎生まれって感じがしないよね」

美保は首を傾げた。

確かに湯浅に田舎は似合わない。都会生まれという雰囲気がする。でも、東京に出てきてから、洗練されてきたということもある。

「調べてくれって、この田舎のこと？」

慎平は美保を見つめた。

「行ってきてくれないかな」

美保が笑みを浮かべた。

慎平は、自分に指を差した。

「俺に？　俺に行けって言うの？」

「そう、お願い。私、別にやることあるし、忙しいしさ」

慎平は、言葉を失い、顔をしかめた。

2

慎平は、美保から強引に押し切られる形で湯浅の調査を引き受けることになってしまった。どういう理由をつけて兵庫県まで出張するんだ。フリーだった頃は、自由にふらりと旅に出ることが可能だったが、一応、今は組織人だ。勝手にどこかに行くわけにはいかない。

慎平は、ユアサ投資顧問に戻ってきた。

「お帰りなさい」

君江が元気のいい声で迎えてくれる。

菅沼が、相変わらずむすっとした渋い顔でこちらを向いた。

いつもと同じ風景だ。君江がいて、菅沼がいる。しかし慎平は、彼女たちのことについて何も知らない。菅沼はどこの出身で、結婚はしているのか、子どもはいるのか？　君江は、どこの出身で、大学を卒業しているのか、兄弟は何人いるのか？　何も知らない。まるで記号か何かのように「菅沼千恵子」「宇野君江」が存在しているだけだ。

他人のプライバシー情報など知らないのは当然なのかもしれない。でも、一緒に働いていれば自然に情報として入ってくるものだと思っていた。

急に足元が沼のようにずぶずぶと緩んできた。踏ん張っていないと沈み込んでしまうほどの不安定な気分だ。

会社ってこんなに知らない連中と、知ったような顔をして働く場所なんだろうか？

会社＝家族のようなものと勝手に想像していた。起居を共にし、生死を共にする。当然、故郷のことも、両親のことも、恋人のことも何もかもお互いに話し、秘密はない。だからチームワークを保ち、敵と戦うことができる。

しかし、ここユアサ投資顧問は全く違う。誰のことも何も知らない。それでいいのだろうか。いや、いいのだろう。何もかも知ってしまうようなウエットな関係は求められていないのかもしれない。

そうであれば余計に知りたくなる。菅沼と湯浅の関係は？　菅沼は何者？　湯浅は何者？

「どうかしたんですか？」

君江が、笑顔ながら怪訝そうな表情だ。

「いや、何でもない」

慎平は、硬い表情で答えた。

「気分、悪そう」

「大丈夫だよ。ところで社長は？」

慎平が君江に問いかけると、菅沼が書類から顔を上げ「応接室でお打ち合わせ中です」と言った。

「私、入ってもいいですか？　ちょっと急な用件なんです」

「社長に確認します」

菅沼は卓上電話を取った。湯浅に連絡するようだ。小さく頷いている。

「入っていいそうです」

「ありがとうございます」

慎平は応接室に向かった。

客の運用解約の相談でもしているのだろうか。そうであればあまり機嫌は良くないだろう。さてどうやって兵庫県行きを切り出すか？　湯浅社長のルーツを訪ねたいんです。そんなことを言えば、なぜ？　と返されるのがオチだ。

「堤ですが、失礼します」

慎平は、考えがまとまらないまま、応接室のドアを開けた。

「堤部長、お邪魔しています」

湯浅と向かい合ってジョージ・ナカシマの椅子に座っていた男が振り向いた。

ファンドマネージャーの馬頭寛治だ。大柄で髪の毛をオールバックにかき上げ、学生のような度の強い黒ぶち眼鏡をかけている。

「馬頭さん、どうもお久しぶりです」

慎平は、馬頭とはクラブ「ミューズ」で会うことが多い。それ以外で会うことは稀だ。

馬頭の隣に座っている男は初めて見る。

痩せていて白いスーツの下から肩甲骨が浮き出ている。誰だろうか？

男が立ち上がった。部屋の中には不釣り合いな濃いめのサングラスをかけている。外国人っぽい雰囲気だ。

「紹介するよ。ユアサ香港の中村敏行《なかむらとしゆき》社長だよ」

湯浅が言った。

「広報の堤です」

慎平は、名刺を出した。

「中村です」

陰気な声だ。中村も名刺を出した。ユアサ香港代表取締役と表記してある。住所は、勿論、香港だ。

ユアサ投資顧問に香港の現地法人があったのだと慎平は初めて知った。

「中村社長はね、僕の投資指南で、素晴らしい人なんだ」

湯浅は、明るい声で言った。

「それほどでも」

中村が消え入りそうな声で言った。投資指南ということは、馬頭と同じファンドマネージャーなのだろうが、そんな迫力はない。学者崩れのような感じだ。

「香港に会社があったんですね」

慎平が驚いたように言うと、中村と馬頭が顔を見合わせた。

慎平の発言を意外だと思っているようだ。

「堤部長は、入社して日が浅いから、我が社の仕組みをまだ理解されていませんからね」

湯浅が、薄く笑った。中村と馬頭の二人が頷いた。

「ユアサでは、資金を香港に移して、そこから国債や日経オプションを購入しているのです。日本でやると巨額になって、何かと目立ちますからね」

中村が言った。

「そこにバージン諸島などのタックスヘイブンエリアをうまく絡ませています。私書箱957ってご存じですか？」

馬頭が訊いた。

「聞いたことはありません」

慎平は答えた。

「私たちは、顧客のために何とか税金などのコストを抑えようと努力しているのです。そこでイギリス領のバージン諸島の私書箱を住所にしてSPC、言わば運用のためだけの子会社ですね、それを設立して、その会社が設定したファンドを通じて売買しているんです。本社から指示をもらって香港で指図する形を取っています。非常にグローバルでしょう？」

馬頭は笑った。

「私には難しすぎて……」

慎平は困惑した。

「焦らずとも結構ですよ」

湯浅が優しく言った。

「それじゃ、私たちは失礼します。お任せください」

馬頭がにやりとし、中村は無言でサングラスを少し持ち上げた。

湯浅が真剣な表情で頷いた。

二人は、応接室から出ていった。

「何の相談だったのですか？」

慎平は訊いた。湯浅は、わずかに戸惑いを見せ、言い淀んだ。

「パーティ、そう、パーティの相談ですよ。派手にやろうってね」

「あの中村っていう人、サングラスなんかしてちょっと……ですね」

慎平は彼らが出ていったドアを見ていた。

「堤部長はご存じないでしょうが、有名なファンドマネージャーなんですよ。私にいろいろと教えてくれたのもあの人です。顔をあまり知られたくないから、サングラスをしているんです」

湯浅は弁護をしたが、慎平は中村にあまりいい印象を持たなかった。

「いずれにしてもパーティにいろいろな人が参加してユアサの信用がアップするといいですね」

「あの記者と会ってくれましたか」

堤が美保のことを訊いた。

どう答えようか。会ったと言えば、美保の反応はどうだったと訊かれるだろう。それが新たに湯浅の怒りに火をつける可能性がある。

ふいにいいアイデアを思いついた。これで兵庫県に行くことができる。

「それが……」

慎平は表情を曇らせた。

「招待状を渡せなかったのですか」

「彼女、神戸の方に数日行っているということで。できれば私も行きたいんですが」

「神戸ねぇ。戻ってからでいいのでは？」

「でも、もう一週間を切ったことですし、早くしないと彼女も予定が入ってしまうかと。それに社長の命令ですから、もうこれ以上、ユアサのことを書くなってガツンと言ってやります」

慎平は拳を振り上げた。自分の演技に吹き出しそうになった。

「分かりました。彼女に言ってください。もし今度、何か根拠のないことを書いたら、あなた個人に損害賠償請求をしますからとね。そして必ずパーティに来るようにと」

湯浅は、目を輝かせた。

「分かりました。必ず伝えます。ではすぐに行ってきます」

慎平は、そそくさと応接室を出た。

このまま留まっていると、自分の顔に嘘が現れてしまうような気がしたのだ。

自席に戻ると、菅沼が一人で書類を見ていた。

「菅沼さん、ちょっといいですか」

慎平は菅沼に近づいた。

菅沼は、かけていた眼鏡を外し、慎平を見上げた。

思わず、マジマジと見つめてしまった。

美人じゃないか。

菅沼は、痩せて眼鏡をかけた陰気な女性だと思っていたが、こうしてじっくりと見ると、往年は美人だったのだろうと思わせる顔立ちだ。往年？　菅沼はいったい何歳なんだろう？

五十代、六十代、それも知らない。知らないことばかりだ。

「何かご用でしょうか？」

「つかぬことを訊きますが、湯浅社長の出身地はどこでしょうか？」

慎平は、少し首を傾げてみた。

菅沼が、何か異物であるかのように慎平を見つめた。

「出身地ですが」

重ねて訊いた。

「存じません」

菅沼は、眼鏡をかけ直して、ふたたび書類に目を落とした。

「でも菅沼さんは、社長と長いお付き合いなんでしょう？　それでもご存じないんですか？」

「私はそういうことに関心がありませんから」

菅沼は慎平の方に顔を向けない。

「そうですか」

「どうしてそんなことを訊くんですか」

「いえ、僕は東京育ちですけど、何か社長と接点があれば、今以上にお近づきになれるかと思って」

慎平は菅沼から何も聞けないことを特に残念がるでもない風に答えた。

「確か神奈川県だと思います。海が見えるところだったかしら」

突然、君江が言った。

「どうして知っているの？」

慎平は驚いて君江を見た。

「以前、何かの用事で神奈川県庁にご一緒した時、社長が、僕は神奈川県が故郷みたいなものなんだよ、海が見えてね、とおっしゃったのを聞いたことがあるんです」

　君江が得意げに言った。

「宇野さん、私語は慎みなさい」

　菅沼が気難しそうな顔で注意した。

　君江が、顔をしかめてうつむく。

「神奈川県か……。故郷みたいなものねぇ」

「堤部長、あまり人のことに関心を持つのは如何なものかと思いますが」

　菅沼の目が厳しくなった。

「どうしてですか？」

「プライベートに立ち入るのはセクハラ・パワハラになりかねませんのでね」

　菅沼は射貫くような強い視線で慎平を見つめた。

「了解です。ああ、そうそう、私、社長の命令で今から神戸の方に出張しますから。チケットはとりあえず自分で買いますが、後で精算をよろしくお願いします」

　慎平は頭を下げた。

「いいなぁ、神戸に行くんですか。お土産、お願いします」

君江が媚びるように言った。

「一緒に行く？　泊まりだけど」

「いやだぁ、セクハラですよ」

君江が身をよじった。

「宇野さん！」

菅沼の叱責が飛ぶ。

「ごめんなさい」

君江はぺろりと舌を出した。

3

慎平は、すぐに新幹線に飛び乗った。新大阪まで行き、そこから福知山線に乗り、Tという駅に向かう。

「どんだけ田舎なんだよ」

新大阪で降りた慎平は、思わず毒づいた。ここまでは二時間半ほどで着いた。しかし、この後が続かない。一時間も待たないとT駅の最寄駅に停車する電車がないのだ。

駅の切符売り場で駅員に相談する。すると、大阪駅に行き、そこから各駅停車の電車を乗り継いで行けば、何とかなるとアドバイスを受けた。

「でも二時間はかかりますよ。待つか、行くかどっちかですね」

こんなところで待つよりは少しでも現地に近づく方がいい。慎平は、大阪駅に行き、福知山線の各駅停車に乗り込んだ。

売店で買った茶のペットボトルの栓を開け、一口飲む。ガタンと身体に振動が伝わった。電車が動きだす。

(どうして菅沼は湯浅の出身地という基本的情報を知らないんだろう。取締役にも名前を連ねているのに……)

茶を飲みながら慎平は思いを馳せた。

(神奈川県、海が見える……)

君江はそう言っていた。また茶を飲む。

(今から行く丹波市とどういう繋がりがあるのだろうか。でも、湯浅は神奈川県を故郷だとは言っていない、みたいなものだと言う。これはどういう意味なのだろうか)

慎平は茶で喉をうるおしながら小声で呟いた。こうして独りごちているといつもなら考えが整理されてくるのだが、今回はますます混迷してくるような気がしていた。

景色は広い田園風景から一変して渓谷になった。切り立った崖に沿って電車が走る。窓から見下ろすと、急流だ。岩に流れが当たり、しぶきが上がっている。

東京に住んでいるとこんな景色に出会うことはない。なかなか見応えがあるのでしばらく眺めていた。

電車にはほとんど乗客がいない。慎平と、後、数人だけだ。声もしない。車両全体が死んだように静かだ。

ふいに立ち上がって歩きたくなった。

ぐるりを見渡す。中年の女性。作業服姿の男。そして新聞を読んでいる男。顔は新聞に隠れて見えないが、慎平と同じようなダークスーツを着ている。何かが胸につかえた。座り直す。男が新聞を畳む音が聞こえた。

「まさかね……」

一言呟くと、胸のつかえが取れた気がした。

窓の外を見ると、周囲が徐々に薄暗くなっていく。泊まる宿も決めていない。今から行くT駅には、宿はあるのだろうか。

S駅に着いた。ここで乗り換えだ。二両編成の電車が待っていた。それに乗り換える。

中年の女性と新聞を読んでいた男は駅の改札を出た。ここが目的地のようだ。

「やはり思い過ごしか……」

作業服姿の男だけが慎平と同じ電車に乗り込んだ。ホームの自動販売機で男が酒を買った。

「のどかでいいや」

どこからか涼しい風が吹いてきた。

今年の夏は猛暑だった。ついこの間まで夏が続いているかのように暑かったが、急に涼しくなった。

慎平は電車に乗った。作業服姿の男も同じ車両だ。

周囲はすっかり暗くなった。虫の声が聞こえてくる。耳を傾けていると、電車が揺れた。出発だ。

「こんな田舎もいいなぁ」

慎平は呟いた。

東京駅を出発してから四時間以上が過ぎた。少し疲れたので、目を閉じる。

どれくらい経ったのだろうか。はっと思い、慌てて目を開けた。寝過ごしたかと不安になる。電車が音もなくホームに滑り込んだ。急いでホームを見て、駅の案内板を探す。

「どこだ？　何駅だ」

慎平は、思わず声に出した。

「T駅だよ」

作業服姿の男が、赤い顔で言った。男もここで降りるらしい。

「ありがとうございます」

慎平は、リュックを抱えて、ホームに飛び降りた。

小さな明かりに照らされた案内板にT駅の文字が見えた。

駅は無人だった。改札に設置された箱に切符を入れる。

「えらいとこに来ちゃったな。泊まるところはあるのかなぁ」

駅のロータリーに立って、周囲を見渡したが、暗がりに寒々とした街灯の明かりがあるだけだ。

「どうしたね？」

振り向くと、作業服姿の男が立っていた。

「すみません。お尋ねしたいのですが、この辺りに泊まるところはありませんか？」

「どこへ行くんだ」

「Oという村に行くんですが、もう暗くなりましたので明日にします。それでどこかに泊まるところはないかと……」

「O村はちょっとあるな。じゃあその近くのWという町まで行けばいい。そこには商人宿だった和田屋という料理屋がある。そこなら泊めてくれるやろ。わしが電話してやる」

男は、ズボンのポケットから携帯電話を取り出すと電話をかけた。

「すみません」

慎平は頭を下げた。

「一人、ああ、若い人だ。泊めてあげてくれるか？　ああ、分かった。おおきに」

男が電話を切った。

「どうでしたか」

慎平は訊いた。

「泊めてくれるということや。わしもその近くまで行くから、送ってやるよ」

男はついてこいという風に動きだした。

「そこまで……、いいんですか」

慎平は恐縮した。田舎の人は、無警戒に親切なのだと感心した。

「ええから、乗れ」

男は、駅の駐車場まで行くと、キーを取り出し、止まっていた車のロックを外した。車種はセルシオだった。てっきり軽自動車かと思っていたら、高級車で驚いた。

「乗れや。和田屋まで二十分ほどや」

慎平は、助手席に座った。男が車をスタートさせる。

「お兄さんは東京からか」

男が訊いた。

「ああ、すみません。私、堤と言います。はい、東京からです」

慎平は、名刺を渡そうと思ったが、この場面には相応しくないような気がしてやめた。

「わしはK町の大沢というもんや。あんたはどこの息子さんなんかな」

男が訊いた。

「えっ」

慎平が訊き返した。

「O村に行くんやろ。親戚か何かおるんか？」

「いや、そうじゃないんです。人を訪ねると言いますか、探していると言いますか……」

「O村の誰や」

「詳しいんですか？」

慎平の問いかけに、男は不思議そうな顔をして「こんな小さな町やで。たいていは知り合いや」と言った。

この大沢は悪い男ではなさそうだ。慎平は、湯浅のことを訊いてみることにした。

「O村に湯浅晃一郎という人がいましたか？」

慎平の問いかけに大沢は、一瞬、宙に目を走らせた。

4

「ここね」

美保は独りごちた。

渋谷駅近くの雑踏に埋もれるように建っている雑居ビルの表示プレートに「現代年金研究所」という文字を見つけた。

周囲には、風俗店、焼き鳥屋、牛丼屋などの派手な看板が目立つ。研究所という看板に相応しい雰囲気ではない。

入り口にエレベーターはない。細くて狭い階段を上る。研究所は三階だ。

美保は、階段を一段飛ばしに駆け上がった。勢い込んでいる時は、いつもそうだ。

ふう、と三階の踊り場で大きく息を吐き、気持ちを整える。インターフォンがある。それを押す。しばらく待つ。

「もしもし」

男の声だ。

「失礼します。産日の国本と言います」

美保はできるだけ明るい声で言う。

「ああ、先ほど電話をくれた人ね」

大儀そうな声だ。研究所所長の崎山徹に違いない。

「そうです。お話を伺えますでしょうか」

中から、カチリと鍵を外す音がして、ドアが開いた。

「どうぞ。お入りください」

白髪で眼鏡をかけた男が目の前にいた。

服装はラフだ。タートルにジャケットを羽織っている。

事務所は、狭い入り口で靴を脱いで上がる。短い廊下があり、その先が事務スペースになっている。ドアが開いていて、机が見える。

事務所用のビルというよりワンルームマンションを事務所に転用しているようだ。

「そこのスリッパを使ってください。狭いところだからね。申し訳ないですね」

「ありがとうございます。失礼します」

美保は、スリッパをはいた。猫の絵が描かれている。娘でもいるのだろうか。

廊下を歩いて、事務スペースに案内された。そこにソファがある。

「そこに座ってください。コーヒーでいいですか？　女手がないので、すみませんね」

崎山は、テーブルにカップを置き、そこにコーヒーサーバーからコーヒーを注ぎ入れた。

「あまり美味しくないかもしれませんが。砂糖とかいります？」

「いえ、結構です」

崎山は、美保の前にある執務机に向かった。そこにもカップがあり、コーヒーを注ぎ入れ、角砂糖を一個入れた。

「妻からは、砂糖を入れちゃダメと言われています。一日、三杯はコーヒーを飲むんでね。砂糖を摂りすぎだって……」

崎山は、コーヒーを口に運んだ。

美保は、事務スペース内を見渡した。年金関係の本が棚に並んでいる。机の上には雑然と資料や雑誌が積まれている。

「お忙しいところご迷惑おかけします」

美保は言った。崎山は穏やかそうな人物だ。これならいろいろと聞けるかもしれないと思った矢先、

「あなた、ひどい記事、書きましたね」

崎山はゆっくりとした口調で言った。目がわずかに厳しくなった。

「『年金詳報』に書いたコラムのことでしょうか？」

「ええ、あのコラムです」

崎山はコーヒーを置いた。美保は身がまえた。

「そのことで先生にお話を伺えればと思って参りました。先生は、元社会保険庁の課長でいらっしゃいましたね」

「ええ、年金担当でした」

「現在は、ユアサ投資顧問の顧問をされていますよね」

崎山は、首を傾げ、眉根を寄せた。

「顧問というわけではありません。顧問契約をしているわけでもないですからね」

「でもユアサ投資顧問が配布する資料には先生が顧問と紹介されていますが……」

美保の問いに崎山の目が暗くなった。先ほどの穏やかさが消え、わずかに苛立ちが見える。

「まあ、いろいろなところで一緒にやっていますから、顧問と言えば顧問みたいなものでしょうか。でも正式に契約はしていませんよ。そこははっきりしてます」

「ユアサの運用については、私、疑問を持っているんです」

美保はストレートに言った。コーヒーを一口飲む。香りもなく、苦みもない。

「どこに疑問があるんですか。言いがかりはよした方がいい。あなたのためにならない」

崎山の口調が急に強くなった。

「この時期にあれだけのパフォーマンスを維持していること自体が常識ではあり得ないと思います。今、私の摑んでいる情報では預かり資産が四千億円を突破していると聞いています。心配になりませんか」

崎山は、口角を引き上げるように薄く笑った。

「それはおたくのせいでもあるんじゃないの？」

「私どもですか？」

「そうですよ。『年金詳報』が毎年やっている投資顧問評価でユアサが第一位に選ばれたでしょう？　あの時の記事を見せてあげようか？　『年金詳報』は、年金基金など主要企業、約四千二百社にアンケートを取って、五点満点で評価して、ユアサが唯一つ、四点台だった、その運用は素晴らしいと言ったんだよ。それで多くの年金基金がユアサに資金を預けるようになったんだ。私は、人を介して、湯浅社長を紹介され、その人柄、運用能力にほれ込んで、年金基金の窮状を救うのはこの人だと思って、ご協力しているんです。おたくの評価で第一位になった時は、どれだけ嬉しかったことか。『年金詳報』はユアサを褒めることはあってもけなすことなどなかった。それが今さら、おかしいだのなんだのとはどういうスタンスで記事を書いているんですか」

崎山は険悪な顔になった。感情の起伏が激しいのかもしれない。

「あの記事は、私が……」

美保は表情を強張らせた。ユアサ投資顧問が第一位の評価を得たのは事実だが、その記事は美保が書いたものではない。言い訳をしようと思ったが、それを許してくれそうな雰囲気ではない。

「あれを書いたのはあなたじゃないとでも言うんですか？」

「情報開示に積極的じゃないと書いています。ユアサは、運用方法を開示しません。ある年金基金は、運用方法を開示してくれないので契約を解消したと言っていました」

「当たり前じゃないですか。どうしてうまくいっている手の内を明らかにする必要があるんです？　そんなことをすれば他が真似をするじゃないですか。それに『年金詳報』ではちゃんと書いていますよね」

崎山は『年金詳報』のバックナンバーを取り出して「同社の運用は、株式や債券の先物取引、オプション取引などを使い、相場の影響を受けずに収益を稼ぐ戦略だ。株式のオプション取引では株式が買われすぎと判断する局面でコールオプションを、売られすぎと判断する局面でプットオプションを……」と強い口調で記事の内容を読み続けた。そして美保を睨むと、「これで十分でしょう。これ以上、どんな説明がいるんですか」と言い放った。

「敢えて申し上げますが、その運用が、マドフ事件と似ているんです」

美保は言った。

崎山が両手で机を叩き、立ち上がった。

「アメリカでバーナード・マドフという投資家が巨額詐欺事件を起こしたのは知っています。しかしアメリカで事件が起きたから、それがそのまま日本でも起きるということはないでしょう。全く根拠なしに何を言うのか、ですよ。あなたのやっていることは営業妨害です。名誉毀損で訴えますよ。今、私も取引のある年金基金に呼ばれて、説明を求められています。まあ、みんなきちんとご説明したら納得してくれていますがね。だけどもし解約となったら、大損害です。年金基金の運用にも重大な影響を与えます。あなたの記者生命を奪うくらいの巨額な損害賠償訴訟を提起したいくらいです」

崎山は、一気に話すと、ふたたび座った。

「でもいったいどうやって高い運用利回りをあげているかの疑問は残っています。投資顧問の収益は、投資顧問料です。ユアサ投資顧問の経営資料を財務省から取り寄せて分析しました。そうしたらほとんどが営業外収益ですよ。それはアポロ証券からのキックバックのようです。それで収益を調整していると思われます。おかしいと思いませんか？　それに先生の信用を最大限に利用しています。過剰接待の噂もあります。そんなにしてまで資金を集めるのは、運用に実体がなく、集めた資金を適当に回しているからじゃないですか？」

美保は疑問の根幹を伝えた。元社会保険庁課長の崎山の信用を利用して、資金を集め、自転車操業を繰り返す。運用利回りは適当に計算して公表する。まさにマドフが、多くの資産家から資金を集め、高利回りを偽装していた方法そのものだ。

「申し訳ないが、帰ってくれますか？　今日は取材を受けるというよりあなたという人を見たかったんですよ。どんな人かね。それで、もし分かり合えるものなら分かり合いたいと思っていました。私はね、運用悪化や年金支給に窮している多くの基金の相談に乗っているんです。景気は良くない。株価は上がらない。政府は、年金基金の問題に真剣に取り組まない。ただ解散しろと言うだけだ。でも解散したくたってできないんですよ。だから運用をうまくやって、また景気が回復して、株価が上がることを期待するしかないんです。それを先送りだとか何とか批判する人はいるでしょう。しかしそれしかない。そんな年金基金にとってユアサは救いです。あなたがたジャーナリストは、正義感かどうか知らないけど、何も考えないで余計なものを振り回して突撃してくる。それで周りは傷つくんです。もしそれが間違った正義感でも後からは取り返しがつかないんだ。いったいどうしてくれるんですか。間違いだったら。ユアサに何も怪しいところがなかったら、責任をとれるんですか」

崎山は、満面に怒りを露わにした。

「でも被害を食い止めないといけないのではありませんか」

美保は辛うじて言った。

「被害なんかどこにも出ていないじゃないか。おたくの報道のせいで被害が起きてるんだよ」

崎山はついに声を荒らげた。

「すると、先生は、これからもユアサを年金基金に紹介し続けるんですね」

美保は訊いた。

「当然です。私は湯浅君を信じていますから」

美保は立ち上がった。そして崎山に一礼をした。

「とにかくもう余計なことは書かないでくれ。あなたのためにもならない」

崎山は硬い表情で言った。

「どういう意味でしょうか」

美保は訊いた。

「あなたは恨まれています。年金基金は、ただでさえ不安定なんだ。それをあなたがさらに不安定にした。それにそれらの基金には、元役人が大勢働いている。社会保険庁の人間ばかりじゃない。警察だって農水省だっているんだ。それもたいして出世していない連中だ。天下りって批判されるけど、高額の退職金をもらって渡り鳥のようにいろいろ移っていくのは、ほんの一握りの高級官僚だけだ。後はつつましやかに静かに、批判を恐れながら暮らしている。そんな人たちの生活をあんたは全てないがしろにしようとしているんだ。もしこれからもユアサの記事を書くんならあなたの身に何が起きても私は驚かない。だからあなたのためにもならないと言ったんだよ」

崎山は美保を睨んだ。

「脅しですか」

美保も睨み返した。

「脅しじゃない。事実を言っているんだ」

5

大沢は、W町を過ぎて、O村まで車で案内した。

舗装はされているが、さほど広くない道路の両脇に家が並んで建っている。どの家も瓦屋根の風格のある家ばかりだ。

大沢の運転するセルシオが坂道を上っていく。ライトに照らされた道は徐々に細くなり、畑が広がっている。

「ここや」

大沢は車を止め、運転席から出た。慎平も車を降りた。ライトが照らしている場所は、草が生い茂っているだけで何もなかった。

「ここは？」

「湯浅さんの家があったところや」

大沢は、草原を見つめながら呟いた。

「湯浅晃一郎君の母親はことみさんいうてな、女手一つで晃一郎君を育てたんや。晃一郎君は、優秀な子でね。東大に行ったんや。東京の大きな企業に就職したと聞いたけどね。それっきりや。一度も帰ってこん」

「出ていったきりなんですか」

「何せ東大生が出るなんて村の歴史が始まって以来のことやからな。どんなに偉くなるやろと楽しみにしてたんや。そしたらどこからともなく晃一郎君は死んだという噂も流れてな」

大沢の横顔に悲しみが浮かんだ。

「本当ですか？」

慎平は耳を疑った。本当に湯浅晃一郎は死んだのか？

「あくまで噂やで。本当は生きているんかもしれん。しかし、村には帰ってこんことは確かや」

「なぜですか？」

大沢は慎平を振り向いた。

「晃一郎君は、あまり村を好きやなかったやろな。差別されとったから。母子家庭で貧しかったからな。せやから晃一郎君は見返してやろうと必死で勉強したんやろ」

貧しさから抜け出ようと必死で勉強する少年。それを温かく見守る母親。そんな姿が慎平の脳裏に浮かんできた。

「湯浅晃一郎さんのことは、母親に訊けば分かるんじゃないですか？　でも、どうしてここには家もなく、野原になっているんですか。母親は？」

慎平は訊いた。

「ことみさんは体調を崩して、ちょっと認知症になった。そんな年でもなかったんやけど。ある日、火の不始末で火事になってな」

「えっ、亡くなったんですか？」

「いや、助かった。せやけどすっかりおかしぃなってな。今、介護付き老人ホームや。家は、全焼。それでこうなってしもうたんや」

「晃一郎さんは、それでも帰ってこないんですか？」

「だから死んだんやという噂になった。火事になったんもそれを悲観したことみさんが火を付けたんやないかという噂が流れたくらいや」

大沢の声は沈んだ。

「大沢さんは、湯浅さんの家のことをよくご存じなんですね」

「ああ、わしは今はK町に住んでいるけど、以前はO村の住人やったからな。ことみさんが苦労していたんを見ておったんや。何も助けてあげられんかったけどな」

大沢は後悔するように視線を落とした。

「そうですか。ところでことみさんに会えるでしょうか」

慎平は、湯浅の写真を持っていた。それを母親のことみに見せようと思ったのだ。いくら病気でも息子の顔は覚えているだろう。

「さあ、どうやろな。老人ホームは、あんたが泊まる和田屋の近くや。直接、行ったらええ。ところで何で晃一郎君のことを調べとるんや。刑事さんには見えんけどな」

慎平はどう答えようかと考えた。小さな村だ。慎平の動きが、どんな噂になるか知れない。それが病に苦しんでいる母親のことみを傷つけるようなことがあってはならない。

「東京で湯浅晃一郎さんという人が若くして成功されているんです。その人のルーツが知りたくて」

慎平の言葉に大沢の顔が明るくなった。

「晃一郎君は生きているんか？　出世しとるんか？」

「それがここに住んでおられた晃一郎さんかどうかを知りたくて……。この人です」

慎平は、リュックから写真を取り出した。インタビューの時、自分で撮影したものだ。

「どれどれ」

大沢は車のライトに写真を照らした。

慎平は、緊張した。大沢が「これは湯浅晃一郎に間違いない」と言えば、学歴詐称はないことになる。

大沢は、じっと見ていた。

「どうですか？」

大沢は答えない。

「この写真は最近のものですが」

「うーん、分からんねぇ。似とるようでもあるしね。こんな感じやったかな。随分、昔に会ったきりやから」

大沢は残念そうに写真を慎平に返した。

O村の晃一郎は、勉強はできるが、暗い少年だったのだろう。貧しさと偏見の中で、村人に憎しみを抱き、関係を自ら断ったのかもしれない。その点は、マスコミ嫌いな、湯浅晃一郎と似ていると言えなくもない。

「ありがとうございます」

慎平は、写真をリュックにしまった。

「さあ、そしたら和田屋に送るわ」

大沢は車に乗り込んだ。

慎平も助手席のドアを開けた。

風が吹いた。野原の草が、さっと揺れた。慎平は、何かの気配を感じて動いた草の方向を見た。思いつめたような表情でこちらを見つめる少年の湯浅晃一郎が立っているような気がした。

第七章　追跡

1

デスクが顔を思い切りしかめている。情けなさそうにも見える。こんなことは言いたくはないが、君のためだと分かってもらいたいという表情だ。

美保は、デスクを見下ろしている。高みに立っている気分になるのは、自分が内心彼を軽蔑しているからに違いない。

あんたそれでも新聞記者なの？　デスクは、早々に現場を離れ、社長秘書になった。今回、久々に現場に戻ってきて筆頭デスクだ。産業日報新聞社のエリートであることを自任している。

最初は、皆さんの働きやすい環境を作りますとか何とか謙虚なことを言っていたが、しばらくすると大変なヒラメだということが分かった。上司のことしか見ていない管理職なのだ。

上司から指示があったり、社長と親しい会社の経営上の問題点などを記事にしようものなら、「ちょっと、いいかなぁ」と言ってくる。記事の書き換え、差し換えなど頻繁に行い、逆らうと、「まぁ、僕はいいけどね」とさも会社の上層部の指示とでも言いたげな雰囲気を漂わせて、記者に判断を委ねる。当たりは柔らかいが、書き換え、差し換えをしないと、いつまでも原稿は掲載されない。美保は今まさに「ちょっと、いいかなぁ」と呼ばれ、デスクの前に立っているのだ。

「ユアサを追及するのは、ちょっと抑え気味にしないかなぁ」

「どうしてですか？」

「この間の『年金詳報』のコラムさ」

「あれがどうしたんですか」

「評判、悪いんだよ。お前の社の記者が何であんな記事を書くんだってさ」

デスクの口元が不自然に歪んだ。

「どういう意味ですか。ちゃんと許可を得て書いたじゃありませんか」

美保は眉根を寄せた。本当は、産日本紙で書きたかった。しかし、この腑抜けデスクが、雑誌のコラムに回したのだ。

「そりゃそうだけどさ。抗議の電話が、ほら」デスクは指を天に向けて「上にさ、いっぱい来たんだ」と小声で囁く。

「それがどうしたんですか？　本当のことを書いて抗議が来たら、本望じゃないですか？」

美保は自分の目が、どんどん吊り上がっていくのが分かる。

「そりゃ美保ちゃんの言う通りだけどね。まぁ、新聞社も私企業なんだ。そう理屈通りにいかない面もあるのさ」

あんたに美保ちゃんと言われる筋合いはない。

「あのぉ、次の取材があって」

大事な取材の時間が迫っているのだ。

「とにかくさ、ユアサの取材はちょっとお休みってことにしてくれないかな。取材しても記事にできないかもしれないからね。他にも世の中に取材すべきこと、たくさんあるでしょう」

デスクは、表情を歪めて笑う。

「それって圧力をかけているんですか？　いったい上って誰ですか？　社長ですか？　それなら社長に文句を言いに行きます。現場に口出すなって」

美保はもうこめかみの血管がぶち切れそうになってきた。すると、取り繕うように、猫なで声を出す。

「圧力なんかじゃないさ。ニュース性がないだろう。それにあの記事で、業績のいい投資フアンドをアメリカの詐欺ファンドと同じにしたんだから、あちらさんもそりゃ怒るさ。少し頭を冷やす時間がいるってことだけだよ。もっと決定的なことが見つかったら、どーんと書かせてあげるからさ。本紙の一面を空けておくから。それまで雌伏の時ってことさ。控えめに、控えめに、そしてどーんと……」

　デスクは、派手に両手を広げた。

「デスク、被害が大きくならないうちに情報を提供するのは、ジャーナリストの重要な使命じゃありませんか？　ユアサの取材は続けます。記事は書きます」

「でも国税も金融庁も動いていないんだろう」

「動きます。絶対に。ユアサは大規模な詐欺集団です」

「そういう決めつけがいけないんじゃないの？　ちょっとした大物政治家も今回のコラムを問題にしているんだ。あんなコラムを書いて、噂を広げられたら、ただでさえ財政が苦しい年金基金がもっと苦しくなるってね」

「そのちょっとした大物政治家が社長に連絡してきたんですか？　取材するな、記事にするなって。許せないですね」

　美保の権幕にデスクがたじろいだ。

「あのさ、君のために言っているんだけど、分かってくれないかな」

「馬鹿にしないでください。何が君のためですか？　取材は続けます！」

「それじゃあさ、いろいろな年金基金にユアサとの付き合いをどうされるんですかって電話をするんじゃない。そんなの取材じゃなくて営業妨害だって文句が来ているんだ。それも年金基金ばかりじゃなくて、その年金基金が属する業界団体や関連する政治家からね。もういい加減にしろ。それはお前の仕事じゃない」

デスクが反論してきた。美保がおとなしく引き下がらないからだ。

事実、美保は、ユアサ投資顧問と取引をしている幾つかの年金基金に連絡をとった。質問内容は、ユアサ投資顧問から投資内容の開示を受けているか、どうしてユアサ投資顧問と付き合うようになったのかなどだ。

年金基金の理事長や事務方の責任者の中には「きな臭いことでもあるのか」と探りを入れて来る年金基金もあったが、たいていの年金基金は毎月末にNAV（一口当たりの純資産額）などを記載した運用実績報告を受けており、その結果には満足していると答えた。取引の経緯は、睨んでいた通り、社会保険庁の人脈だった。どの年金基金にも社会保険庁のOBが天下っている。彼らのルートを使ってユアサ投資顧問の利用が広がっているのだ。

美保はこのことも重大な問題だと考えていた。派手な接待の噂を聞いた。ユアサ投資顧問は、年金基金に天下っている社会保険庁OBたちに金品や酒席の接待を繰り返しているらしい。中には、個人的な費用の立て替えや運用委託した金額に応じたキックバックを受け取っている者もいるという。

年金基金の役職員は、みなし公務員だ。もしこれらのことが事実なら収賄罪に問われるかもしれない。

いずれにしても取材した社会保険庁OBの現代年金研究所所長の崎山らが、ユアサ投資顧問の業績拡大に深く関与しているに違いない。

「デスク、軽く言わないでください。もう預かり資産残高が四千億円を超えているんですよ。契約している年金基金だって百二十社以上もあるんです。もしこれが詐欺だったらどうするんですか？」

「決めつけるのは良くないぞ。風説の流布に問われかねない。現に金融庁も厚労省もどこも問題にしていない。いずれにしてもユアサの取材はいったん打ち切りだ。いいな。そしてお前のお蔭で次の『年金詳報』には、この記事を載せることになった」

デスクが美保の前に記事コピーをぽんと投げ出した。

「何ですか！　これは！」

美保は、それを手に取り、目を見開いた。ユアサ投資顧問を推奨する内容の記事だった。

「ユアサ、好調。評価上昇。ユアサ投資顧問は、高評価を持続している。同社は、オプション取引を主体にしているが、リーマンショックなどの危機にもかかわらず運用成績が好調で、今回も高評価になった。『ユアサは、かつて単月で二ケタマイナスを被ったことがあったが、その後、要因分析を行い好成績が続いており、満足している』(企業年金基金)。他の投資顧問の運用成績を圧倒的に引き離しており、同社の運用戦略に関して『マイナスリターンが少なく、高く評価している』と回答する年金基金も多い」

美保は読み上げた。デスクを睨んだ。

「読んだ通りだ。それが事実だ」

デスクは、厳しい表情で、もう余計な詮索はするなと言わんばかりだった。

美保は、その記事コピーをデスクの目の前で破り捨てた。

「何をするんだ！　国本！　お前、校正に回してやる！」

2

慎平は、旅館の前で大沢を待っていた。大沢は、仕事が休みだからと言い、自分の車で湯浅晃一郎の母親が入居する介護付き老人ホームまで案内してくれると言うのだ。

慎平は、恐縮して断ろうと思ったが、大沢の親切、あるいはおせっかいに甘える方が得策だろうと思い直した。出張は今日までだ。ユアサ投資顧問には、神戸に行くとだけ報告してある。まさかこんな遠くまで足を運んでいるとは思っていないだろう。

　車が到着した。運転席の窓が開き、大沢が顔を出した。

「乗んなさい」

　慎平は、おはようございますと挨拶し、ドアを開けて車に乗り込んだ。

「よく眠れたか？」

「ええ、十分です。朝ごはんもしっかりといただきました」

「そりゃ良かった。田舎だから何もないやろけどな」

「老人ホームは、遠いんですか？」

「そんなことはない。近くや」

　大沢は、川沿いの道を走る。遠くの山が青く霞み、川の砂州に繁った草々が風になびいている。深呼吸をしたくなるような景色が続く。

「きれいな町ですね」

「何もないからな」

「それが一番じゃないですか」

「都会の人は、すぐにそう言うが、住んでいる奴には退屈でなぁ。若いもんはみんないなくなる……。見えたぞ」

大沢の視線の先に白く四角い鉄筋コンクリート製の建物が見えた。

慎平は、胸の高鳴りを覚えた。今から、湯浅の母親かもしれない女性に会う。自分が接している湯浅晃一郎は何者なのか？　それが分かるかもしれない。

車は、老人ホームの駐車場に止まった。

「さあ、行こかぁ」

大沢が車から降りた。慎平もそれに続き、大沢の後から歩いた。そこは町が運営する老人ホームだった。

「田舎は年寄りばかりでなぁ。こんな老人ホームばっかりできるんや。昔は、家で年寄りの世話をしたもんやけど」

大沢が、愚痴っぽく言う。

日本は、すでに四人に一人は六十五歳以上と言われる。町によっては二人に一人は六十五歳以上のところもあるに違いない。ここもそうなのかもしれない。

ホームの玄関は広々として、心地よい。外からは分からなかったが、中庭がある。緑の芝生が広がり、そこに数本の黄色く色づいた欅がすっくと立っている。ベンチが点在していて、慎平は、なかなかセンスのいい庭だと感じた。

中庭を眺める場所にテーブルが置かれ、そこで入居者たちが職員に付き添われ、寛いでいた。

「ここは町立やけど、設備もいいし、職員も親切で評判なんや。わしも入ろうかなと思うとるくらいや」

大沢は笑った。そして手を挙げて女性職員を呼んだ。

「大沢さん、何か用なんですか？」

若い女性職員がにこやかに近づいてきた。

「杏子《きょうこ》ちゃん、ことみさんに会えるやろか？」

「湯浅さんに？　ええよ」

杏子と呼ばれた職員は、慎平に視線を合わせた。慎平は、小さく頭を下げた。

「杏子ちゃんは、O村出身でな。わしも杏子ちゃんの世話になろうと思ってるんや」

大沢は笑みを浮かべた。大沢の手が杏子の尻に伸びた。

「いややわ。大沢さんは、いけずやから世話せぇへんよ」

杏子は、大沢の手を払いのけながら大きく口を開けて笑った。白い歯が健康そうできれいだ。

「ははは、冷たいなぁ」

大沢が頭をかいた。

「こちらの方は？」

杏子が訊いた。

「申しおくれました。堤慎平と言います。東京から来ました」

慎平は、名刺を渡そうとして躊躇した。名刺入れにはジャーナリストとユアサ投資顧問の二種類の名刺がある。どちらを渡そうかと迷ったのだ。投資顧問の名刺を渡すと、その説明をしなくてはならない。大沢には名刺を渡していない。ここでもそうしようと考えたが、ここは公的な施設だ。かえって怪しまれるだろう。

慎平は、ジャーナリストの名刺を杏子に渡した。

「あんたやっぱり新聞記者さんか。わしにもくれ」

大沢が手を出した。

「すみません。渡しそびれてしまって……」

慎平は、大沢にも名刺を渡した。

「ジャーナリストさんが、どうしてことみさんにお会いになりたいのですか？」

杏子は、しっかりとした目で慎平を見つめた。

「ご子息の湯浅晃一郎さんのことをお聞きしたくて参りました」

慎平は言った。

「ことみさんに東大に行った息子さん、晃一郎君がおった。しかし晃一郎君は、村を出たきり、一度も顔を見せん。この人によると東京で立派になっているらしいんや。それで調べに来られたんや」

大沢は、慎平に代わって説明した。慎平は、ただ頷いていた。

「ことみさんの息子さんのこと」

杏子の表情が曇った。

「どうかしましたか？」

「いえ、ことみさんの認知症が進行していて分かるかなと思いまして。写真か何かお持ちですか？」

「はい。持ってきています」

「晃一郎君は、ここにも来ないんやろ？」

大沢が訊いた。

「ええ、一度も」

顔を曇らせた。

こちらに、という杏子の案内でことみの部屋に向かった。ことみは、年齢はまだ七十歳だが、認知症が進行し、体力も衰え、日中は眠っていることが多いという。

「ことみさん、入りますよ」

杏子が、ドアを開けた。

ベッドの上に上半身を起こして、ぼんやりと座っている女性がいた。ピンク色の花柄のパジャマを着ている。

慎平は、驚いた。もっと年老いたみすぼらしい女性を想像していたからだ。そこにいたのは、白髪まじりだが、よく手入れされたつややかな髪を肩まで垂らした上品な顔立ちの老女だった。あまり外に出ないのか、青いほどの色白だ。

「ことみさん、久しぶりやの」

大沢が弾んだ声で言った。わずかに目尻に涙を滲ませている。

ことみが、大沢の声に反応して振り返った。面長で、美しい顔立ちだ。

確かに視線が定まらないところもあるが、認知症だと言われなければ、分からないかもしれない。

「ことみさん、お客様よ。息子さんの晃一郎さんのことをお聞きしたいんだって」

杏子の言葉に、一瞬、ことみの顔に赤みが差したように見えた。

「東京から、わざわざ見えたんだよ」

大沢が言った。

「うっ――」

　ことみが唸った。表情からは嬉しさも何も推測できない。

「写真を見せたらどうやろ？」

「ええ、そうさせていただきます」

　慎平は、リュックの中から湯浅晃一郎の写真を取り出した。インタビューの際に写したものだ。慎平は、それをことみに渡した。

　ことみは、無言でそれに視線を移した。

「それは晃一郎君かな。えろう立派になって……」

　大沢はことみの耳元で話しかけた。

「どうでしょうか？　その写真に写っている人物は、あなたの息子さんでしょうか？」

　慎平はせき込んでことみに尋ねたが、ことみは、何も答えない。彼女の手から、はらりと写真が落ちた。

「ダメみたいですね」

　杏子が、申し訳なさそうに言った。

「反応がないなぁ。これが晃一郎君なら、わしが東京に行って、首根っこを捕まえて、連れて帰ってくるのに……」

大沢は悔しそうに言った。

「残念ですね」

慎平は、晃一郎の存在証明の道が断たれた絶望感に襲われつつ、ことみの膝の上に落ちた写真を拾ってリュックに戻した。

「晃一郎君は、何て奴なんや。お母さんがこんなに苦しんでいるのに見舞いにも来ないやなんてなぁ。二人の間に何があるのか知らんけど、あまりにもことみさんがかわいそうやないか」

大沢は、今にも泣きだしそうに言った。

「うっうっうっ」

ことみが唸りだした。

「どないしはったんですか」

杏子が、側に寄った。ことみの口元に耳を近づけている。

「取ればいいんですね」

杏子は、ことみから何かの指示を受けたようだ。ことみから離れ、室内にあった小さな箪笥に向かった。見ると、その上に写真立てがある。杏子は、それを取ると、ことみに渡した。

そこには、どこまでも澄み切った青空を背景に白いブラウスと白い服を着た、すらりとした身体つきの美しい女性と白いワイシャツに黒の半ズボンを穿いた利発そうな少年が写っていた。少年は、女性の手をしっかりと摑み、女性は少年をいたわるように身体の側に引き寄せている。

「おお、懐かしいなぁ。ことみさんと晃一郎君や」

大沢が目を細めた。その女性はことみであり、少年は晃一郎。

ことみは、杏子から写真立てを受け取ると、それをしばらく眺めていたが、突然、それを裏返した。

「どないしたんですか」

杏子が、ふたたび耳をことみの口元に近づけた。

「裏蓋を取ればええんやね」

「何をせぇって。ことみさんは？」

「ここを外せって」

写真立ての裏蓋を杏子は指差した。

「何か入っているんでしょうか？」

慎平は、興奮した。

「外してみます」

杏子は慎重に裏蓋を外した。

「別の写真があります」

杏子が興奮気味に言い、慎重に写真を取り出す。長い間重ねられていたため無理に剝がすと写真の表面を傷つけてしまう。

「外せました」

「見せてみぃ」

大沢が奪うように杏子から写真を取った。

「何が写っていますか？」

慎平は覗き込んだ。そこには二人のスーツ姿の若い男性が、建物を背景に写っていた。残念ながら相当な期間、重ねられていたため写真は色あせ、擦れ、傷み、顔ははっきりと分からない。

「こっちが晃一郎君やろか」

大沢が写真に写っている二人のうち一人の男性を指さした。

その男性は、すらりとした体型で、両手を腰に当て、足をわずかに開いている。胸を反り、どこか自慢げだ。

「これが晃一郎さんですか？」

　杏子が、写真をことみに示した。

　しかし、ことみは何も答えない。

　若い女性と少年の写った方の写真を手に取り、じっとそれに見入っている。

「どうなんですか？」

　杏子が、再度訊いた。

「やめとき、ことみさんは、その若い頃の写真を取って欲しかったんやろ。ことみさんにとっては、晃一郎君の記憶は、この少年のままなんや。それでええやないか」

　大沢の目に涙が滲んだ。

「でも……」

　杏子が悔しそうに呟いた。

「残念ですね。この写真でははっきりと東京にいる人物が湯浅晃一郎と同一人物だと断言できませんね」

　慎平も肩を落とした。

「あの……、これって第三銀行じゃありませんか？」

　杏子が言った。

「何やて？」

大沢が写真を見た。

「男の人たちの後ろに見える看板がバラのマークです。これ第三銀行のマークですよ。私、使っていましたから知っているんです」

杏子が写真を指差した。そこにはビルの植え込みに囲まれるようにして看板が立っている。それにバラの絵が見える。

「第三銀行っていうと……」

慎平は杏子に言った。

「今は、合併してみずなみ銀行って言います。扶桑銀行と産業銀行と合併したんじゃなかったですか」

「杏子ちゃん、よう知っとるなぁ。偉いもんや」

みずなみ銀行は、大手町に本店を置くメガバンクだ。二〇〇二年に第三、扶桑、産業の三行が合併して誕生した。

「すると、この写真はことみさんの息子さん、晃一郎君がこの第三銀行に入行した時に写したものということでしょうか？」

慎平は、大沢に訊いた。

「そうかもしれんなぁ。何や聞いたことがあるような気がしてきたわ。晃一郎君が銀行に入ったとな」

「本当ですか。それならその喜びを母親に伝えたのがこの写真ですか……」

写真の若者たちは、高いビルを背景に堂々と立っている。今から人生の高みに登っていくという興奮がその姿から感じられる。

「私、みずなみ銀行に行ってみます」

慎平は言った。

「そうしてくれるか。もし晃一郎君の消息が分かったら、必ず伝えてくれよ」

大沢が懇願するように言った。

「勿論です。真っ先にご報告します」

慎平は大沢を見た。

「良かったなぁ。ことみさん、晃一郎君がここに来てくれるとええなぁ」

ことみは、大沢の呼びかけに応えず、じっと写真を見つめていた。心は、若い母親だった頃に飛んでいるのだろう。

湯浅は東大卒業後、アメリカに渡ったと言っていた。なぜ第三銀行に？　ことみの息子が第三銀行に入行したとなると別人物かもしれない。同一人物だとすれば、第三銀行のことを隠していることになる。理由は分からない。何か隠すべき事情があるのだろうか。

3

「あんたがあんな記事を書いたのか！」

西野は、声を荒らげ、全身から怒りを発散した。

美保は、肩をすくめた。帝都ホテルの一階ラウンジにいたが、周囲の人たちの視線を一斉に感じた。

「ちょっと大声を出さないでください」

美保は顔をしかめた。

デスクからユアサ投資顧問の取材をやめるように言われたが、そんな気はさらさらなかった。

ユアサ投資顧問に資金運用を委託している年金基金にかたっぱしから電話をかけた。どこも取材拒否だ。その中でT県建設業厚生年金基金理事長の西野だけが応じてくれた。東京に行く用事があるから、帝都ホテルで会おうということになった。

「金融庁が目をつけているってガセを書くからえらく迷惑をしたんだ。基金内部でも問題になってね。すぐに湯浅社長に問い合わせたら、全くの事実無根と怒っていた。『日本のヘッジファンドの中で唯一の勝ち組だから、みんなの嫉妬があるんですよ、おたおたすることはありません』と断言してくれた。それで理事の前で彼に説明をしてもらったんだ」

「説明してもらったんですか」

「ああ、結果、理事たちは納得したさ。そうじゃなかったら俺は大変な目に遭っていた。全くあんたの余計な記事で冷や汗ものだ」

「西野理事長は、社会保険庁のＯＢでいらっしゃいますよね。失礼ですが、ユアサの運用については理解されておられますか」

美保はずけずけと訊いた。取材ではあるが、一方で年金基金を助けたいという気持ちもあった。

「オプション運用だろう？　知っているさ。リーマンショックでもユアサは損を出さなかったんだ。素晴らしいよ。あんたは日本版マドフなんて詐欺みたいなことを言うが、湯浅社長は運用の天才なんだ。それにあそこのファンドには法律顧問として大手の弁護士事務所や監査法人がついているし、コンプライアンスも問題がない」

西野は、湯浅を信じ切っているようだ。美保は冷静な口調で話すことに努めた。

「疑わしい一例を挙げさせていただきます。ユアサの運用報告書です。利回り実績の小数点第二位以下にゼロが多すぎます。例えばユアサのファンドでは、〇二年六月から一一年十一月の百十四カ月中、五十五カ月も運用利回りの小数点第二位以下がゼロです。こんなことは他のファンドではあり得ません。どこもぎりぎり、小数点第三位、四位まで勝負をするんです。マドフだってこんな粗い数字を使いません」

美保は、ユアサ投資顧問が販売するファンドの運用報告書に、あまりにも、いわゆる丸めた数字が多いと言った。それは何を意味しているかと言えば、実態ではない運用実績の報告を行っているということだ。少なくとも美保はそう確信していた。

「そんなのどうでもいい。分かりやすくしただけなんじゃないか。そんなことよりあんたに我々の危機意識を分かってもらいたいから取材に応じたんだ」

西野は、ぐいっと美保を睨みつけ、滔々《とうとう》と年金基金が陥っている苦境について説明した。

「我々は置いてきぼりにされているんだ」

それはふたたび社会保険庁の幹部に戻ったかのような流暢な話しぶりだった。

「国から委託を受けた運用資金の赤字を埋められない我々は年金基金を解散もできないから、こうなったんだ。大企業はさっさと赤字を補てんして解散し、その企業独自の年金に移行してしまった。それにそれらの加入企業は景気が悪いから社員をリストラすると年金基金加入者は激減し、平成十二年当時から三分の一の四百三十万人になってしまった。年金を納める人は激減したのに、社員の高齢化などで受給者は一向に減らない」

年金を納める人が少なくなり受給者は減らない現実では年金基金の赤字は拡大する。西野は、総合型の年金基金の多くは赤字を抱えて苦しんでいると訴える。

「厚労省はね、平成二十二年に財政が悪化して、改善を要するという指定基金を四十八も指定したんだ。これはね、積立金が大幅に不足して行政の指導監督下で財政健全化が必要だと認定された年金基金だよ。みんな中小企業の集まりばかりで、うちの基金も入っているんだ」

「改善する方法はあるんですか？」

美保の質問に西野は思い切り不機嫌な表情になり、「あるわけないだろう」と怒りだした。

積立金不足になれば、年金基金を解散するのがいいのだが、それができないなら、「その積立金不足を年金基金が埋め合わせするしかない」と西野は眉根を寄せた。

「掛け金を引き上げるか、給付金を引き下げるか、高い運用利回りを目指して、積立金を増やすしかないんだよ」

「厚労省に解散の希望は出したのですか」

西野は、馬鹿にするなというように顔を歪めた。

「何度も何度も厚労省に相談をしたさ。悔しいけど後輩に頭を下げたんだよ。しかしね、解散するには、加入している事業所の大半が債務超過、加入者の減少、受給者増加で掛け金が大幅に上昇するなど、条件があるんだ」

「だってお話を伺っていると、条件を満たしているじゃないですか」

「そうなんだ」

西野は身体を乗り出してきた。

「だったらなぜ？」

「解散させたくないんだ。彼らは、年金基金は、事業主が任意で始めたことだから、最初からリスクは承知だろう。厚労省は、ちゃんと必要な措置は取ってきた。それを苦しくなったから解散させろなんて勝手なことを言うなってスタンスなんだ。掛け金の上昇もこちらの算定を無視して、それほど上がらない。事業所も五十％以上は赤字じゃないと言うんだ。そんな赤字になるまで待っていたら間違いなくにっちもさっちもいかなくなるのは分かっているんだぞ。四十％の事業所が赤字なんだ。だったら任意に脱退してもぬけの殻にしてやるぞって言ったら、皆さんの事業所の資産を差し押さえて、積立金不足を埋めさせていただきますと言いやがった。まるで先輩を尊敬していないんだ。政治家も使ったよ。そうするとさらに奴らはカッカしやがって絶対に解散は認めないと言いやがった。あいつら自分たちの天下り先が減るのが嫌なんだ！」

西野は、また声を荒らげた。

「あのぉ、西野さんも天下りなんじゃありませんか？」

美保は、声をひそめて言った。

西野は、一瞬、目を見開き、驚いた顔をした。

「そう言われればそうだけどね。だけどね、まあ、でも厚労省は、どうしようもないクソ官僚の集まりだ。こんな事態になると頼れるのはユアサしかない」

西野の眉間の皺はますます深くなっていく。

「だからリスクを承知で高い運用利回りのユアサを選んでいるんですね」

美保は西野を落ち着かせるようにゆっくりとした口調で訊いた。

「あのさ、あんたは我々がただ高い利回りしか求めていないと思っているんだろう。ハイリスクハイリターンを、さ。違うんだよ。安定した利回りで運用してくれればと願っているだけなんだ。ハイリスクハイリターンは、私たちだって危ないことは分かっているさ。ユアサは違うんだ。きちんと安定しているんだ」

「ユアサの、その安定ぶりがおかしいのではないかと申し上げているんです。リーマンショックにも影響されないなんておかしいと思いませんか」

「大丈夫だよ」

西野は、もういいという風に顔を背けた。その時、ロビーを見て、腕時計に目を落とした。

「誰かとお待ち合わせですか？　お忙しいのに申し訳ありません」

美保は言った。

「いや、いいんだ。湯浅社長やアポロ証券の担当者からユアサの投資方法やオプションの活用法を説明してもらったさ。ユアサはね、毎月、わずかな利益を積み重ねることで、年間に六%から十%の安定した利回りを確保していると説明してくれた。少しでも高い運用ができれば、我々は基金の財産を増やすことができるからね。決して高い利回りに釣られたわけじゃない。苦しくて、それしか選択肢がないんだ」

「その運用は正しいのですか」

美保は、西野を見据えるように言った。

「何を言うんだね。あんたは問題だなぁ。湯浅社長を疑うんじゃないよ。若いのにあんなにしっかりした人はいない。運用の報告だって毎月きちんとしてくれるんだ。アポロ証券の報告と信託銀行の報告は一致しているからね。ごまかすことなんてないさ」

西野は不機嫌そうな顔になった。また腕時計を見た。時間が気になるらしい。

「最後に一つだけ質問、いいですか」

「最後かい?」

「ええ。最後です」

「その前にあんたに一言、言っておくよ」

西野は強張った表情になった。

「何でしょうか？」

「とにかくユアサを追及したり、余計な記事を書くなってことさ。あんたが騒ぐと、ユアサと契約している基金が動揺するんだ。すると、どうなる？　真面目にやっているユアサだって影響を受けるだろう？　私たちは、ユアサが何をしてようと構わない。敢えて言えば、あんたが言うように多少、おかしいことをしていても構わないんだ。ひどいことを言うようだが、私たちの基金がうまく運営できればそれでいいんだよ。他なんかどうなろうと知ったことじゃない。今、心配しているのは、あんたの記事でユアサがおかしくなることだ。そっとしておいてくれさえすれば、何も起こらない。寝た子を起こすなってことだよ。分かるよな。これは私だけの考えじゃない。他の基金だってそう思っているし、私たちと関係する政治家も役所もみんなそう思っているんだ。うまくいっている間は、触らない方がいい。それはあんたのためだ。私は、あんたの身が心配だよ。まだ独身だろう。結婚して、子ども作って幸せに暮らしたいだろう。こんな余計なことをしていると、そんな幸せは来ないかもしれない」

西野は思わせぶりににやりとした。

こんなことで脅しているつもりなのか。美保は腹立ちを覚えた。自分は余計なことをしているつもりはない。不正を許すわけにいかないからだ。被害者を増やしたくない。それだけだ。西野は一向に忠告を聞くつもりはないようだが、絶対に後で後悔することになるだろう。

「ご忠告ありがとうございます。私の方こそ、ユアサにひどい目に遭わされないようにご注意のほどを、と忠告させていただきます。これはジャーナリストの仕事ではないですが……」

美保が、全く動揺しないのを見て、西野は、ふたたび不機嫌な顔になった。

「最後の質問は何だね」

「では」美保は、ぐっと身を乗り出し、「賄賂や過剰な接待をお受けになっていませんね。それ、犯罪ですから」と言い放った。

「な、何だと！」西野は声を荒らげ、立ち上がった。

「事実を訊いているんです。噂がありますから」

美保は、西野を見上げた。

「失礼なことを言うな。名誉毀損で訴えるぞ！」

西野は顔を真っ赤にした。

「では全く、そんなことはないということですね」

「帰る！　もう二度と取材には応じない。あんたも身の周りに気をつけることだ」

西野は、床を蹴飛ばすような勢いで歩き、ラウンジから出ていった。

美保は、西野の後を追って、すぐにラウンジを出た。コーヒー代を支払っている間も西野の姿を目で追った。

西野はホテルを出ると、隣のビルに急ぎ足で向かった。そのビルの前のカフェテラスに若い女性が座っていた。着物を着ている。クラブなどに勤めている女性のように見えた。西野に向かって笑顔で手を振っている。西野もそれに応えて手を振った。

二人は、腕を組み、タクシーを呼び止め、それに乗り込んで走り去った。

「何なの、あいつ……。基金の経営が苦しいと言いながら、ホステス遊びとは豪勢ね」

美保は、タクシーが走り去るのを見つめていた。

携帯電話が鳴った。慎平からだ。

4

「脅しておきました。しかし、しつこい女ですね」
西野は、タクシーの中から電話をかけた。
《それはどうもお手を煩わせました。少しは応えたでしょうか》
電話からの声は落ち着いた口調だった。

「湯浅さん、あんたもしっかりしてくれないと困るね」

相手は湯浅晃一郎だ。

《分かっております。手は打ってあります》

「ねぇ」

《その声は……》

「はい、ミユキです」

隣の女性は、クラブ「ミューズ」のミユキだ。

《それはお楽しみで》

「ねえ、先生、社長にあのこと頼んでよ」

「分かった、分かった」

《聞こえてますよ。何でしょう？　ご依頼の向きは》

西野は、ミユキの着物の裾を右手で割りながら、「実はね、プーケットに行きたいって言うんだよ。いいかな」と言った。

「ねぇ、社長、いいでしょう」

ミユキが電話口で声を上げる。

《ははは、お安いご用ですよ。どうぞ行ってきてください。ファーストクラスの航空券とホ

テルなどは私の方で手配します。それからクレジットカードもお渡ししますから》
「嬉しい。社長も行く？」
《いえいえ、私はご遠慮いたします。お二人で存分にお楽しみください》
「悪いねぇ。いつも。じゃあ、後でスケジュールを連絡しますから。まあ、とにかくあの国本美保って記者を何とかしないとこっちまで迷惑だからね。頼みましたよ」
《分かりました。ところでH県トラック事業年金基金もうるさく言ってきましてね》
「そうか……。あそこの理事長は、私の社保庁の後輩です。何とかしましょう」
《それは助かります。恩に着ます。すぐにご挨拶に参りますからよろしくお願いいたします》
「任せなさい。基金には、社保庁仲間が、必ずいますから何とでもなります。その代わり……」
《分かっております。ちゃんといたします。それでは》
湯浅の電話が切れた。ミユキがいきなり西野にもたれかかってきた。キスをしようとしている。
「よしなさいよ」
西野は、苦笑を浮かべた。ルームミラーに運転手の目が映っているのが見えた。

5

美保は、三崎と向かい合っていた。

「今まで調べた限りでは、ユアサの運用の概要はこんな具合です。見てください」

美保は、テーブルに置いたアイパッドの画面を三崎に向けた。

三崎は、興味深い顔つきになって画面を覗き込んだ。

三崎しか頼りになる人はいない。今まで国税にも証券取引等監視委員会にも行き、ユアサ投資顧問を調査するように言った。これはジャーナリストの仕事ではない。被害の拡大を防ぎたいと思ったからだ。

しかし、どこも関心がない。動かない。ただ一人、金融庁の三崎だけはわずかではあるが、関心を抱いてくれている。

「ユアサは、年金基金と投資一任契約を結びます」

美保は、画面に映し出された概要図を示した。それは、ユアサ投資顧問と多くの関係者が線で結ばれた複雑な図だ。美保が、取材した結果、作り上げたものだ。三崎にも理解しやすいよう、図と言葉で補足しながら説明した。

ユアサ投資顧問は、年金基金と投資一任契約を締結する。投資一任契約ということは、いちいち運用の相談を年金基金にしなくても良いということだ。

「ユアサは、その資金を口座を開いている信託銀行に預けます。この口座は年金特金口座で資金の管理業務を投資顧問会社から受託しています。信託銀行は投資顧問の指示で資金を動かし、その事務管理を行うだけです。ユアサがケイマンに設定しているアポロ・ミレニアム・ファンドという私募投信の買い付けの指示をしています。私募投信は、一般の証券会社や銀行が販売する公募投信と違い、特定の人、プロの投資家が多いですが、そういった人に対して販売されます。これは、プロ向きですので、手続きやディスクロージャーがあまり厳格ではないため、コストが低くなり、運用利回りを引き上げることが可能と言われています。よく耳にするヘッジファンドは私募投信です。実際の指示は、傘下のアポロ証券が行います」

図に示された矢印は、国内の信託銀行からアポロ証券を通ってケイマン諸島、アポロ・ミレニアム・ファンドに結びつけられている。

「アポロ・ミレニアム・ファンドの管理会社は、英領バージン諸島に作られたユアサの関連会社であるＹＩＡです」

「ユアサ・インベストメント・アドバイザーの略ですね。これが私書箱９５７……」

「ええ、黒目の外国人です。一見、外国人のファンドと思わせながら、実体は日本人です。

このＹＩＡもユアサそのものです」

ユアサ投資顧問は、ＹＩＡとも投資一任契約を結んでいた。この結果、実質的にはユアサが運用を行うのだが、ＹＩＡと契約することで年金基金の運用が海外に出てしまい、金融庁などの目から実態が見えなくなってしまうというカラクリだ。

「ファンドの受託銀行は、ケイマン諸島にあるＶ銀行です。こことＹＩＡが信託契約を結んでいます。資金もここに流れ込んでいることになっています。Ｖ銀行は、先ほどご説明した年金特金口座を開設した信託銀行と同じく、ユアサの指示で資金管理業務を担当します。しかし、実際に資金がケイマン諸島に移動しているかどうかは分かりません。大手外資系銀行を使えば、こんな資金移動はどうにでもなりますから。このＶ銀行自体、実体があるのかも不明です」

美保の説明に、三崎は大きく頷く。

大手外資系銀行は、海外の至るところに拠点を設けている。資金を日本国内にある大手外資系銀行に預ければ、海外送金などという手数料もかかる面倒なことをしなくても拠点内の振り替え、すなわち簡単な口座移動で巨額の資金を世界中どこにでも移すことができるのだ。これは同一銀行内の資金移動であり、海外送金には当たらないため、当局の監視を逃れたいマネーロンダリングなどに使われることがある。

「監査事務所もケイマンです。これは英国にある国際的にも有名な会計事務所Gのケイマン支所です」

「ほほう、立派なところと契約していますね。客は安心するでしょう」

「ええ、その通りです。これだけ名高いところと契約していれば安心で、ファンドの監査も十分になされていると思うのが普通です。私、問い合わせてみました」

「Gのケイマン支所にですか？」

三崎が驚いた顔をした。美保は頷いた。

「Gと提携している国内の大手監査法人を通じて問い合わせたんです。すると『守秘義務のため答えられない』という返事でした。一応、契約自体は存在しているようですが、実際のところファンドを監査する契約じゃないかもしれません。私募投信はファンド監査を受けない場合が多いですから。これは私の想像ですが……」

「運用の指示内容、運用実態、資金の有無。何もかも守秘義務の壁に阻まれたわけですね」

「残念ですが、その通りです」

「私募投信にも監査の目を行き届かせねばならない。これからの私たち、金融庁の課題ですね」

三崎は、真剣な表情で言った。

「アポロ・ミレニアム・ファンドの受託銀行であるケイマンのV銀行は、業務委託先の香港にある親銀行Hにファンドの事務代行をさせています。ここが実際の資金を保管し、受益証券を発行し、ネット資産などの顧客への報告資料を作成しているようです」

「ここも当然、取材拒否ですね」

「そうです」

美保は悔しそうに口元を歪めた。

「オプションなどの売買は、どこを通じて行っているんですか？」

「シンガポールにあるI証券です。ここが受けて日本の証券会社に再発注しているようです」

「すると日本から見ればユアサの姿は見えないというわけですね。なるほど、うまくできてる」

三崎はため息をついた。

「それと香港にユアサの関連会社があるようなのです」美保はもう一つの問題を切り出した。

「香港に？」

「ここには中村敏行という人間が責任者でいるようですが、この会社の役割は分かりません」

香港の関連会社の情報は、慎平から送られたものだ。

「中村敏行……。何者でしょうね。しかし顧客には運用報告書が送られていますね。ネット・アセット・バリュー・パー・ユニット、NAVが送られているはず。運用に失敗し、一口当たりの純資産額が減少していれば、それで分かるはずです。いくら何でも香港の親銀行Hは、大手ですよ。ユアサの言いなりに偽造したりしないでしょう」

三崎は首を傾げた。

「その通りです。私の取材でもNAVを受け取っていると基金側は答えています。問題はないと答えています。でも……」

美保も小首を傾げた。

「運用がうまくいっているってことでしょうか？　ユアサが関東財務局に提出している事業報告書を入手してみましたが、残高が急増しているんですね。驚きました。四千億円にもなっている。いきなりです。それに国債など公社債先物オプションも三十七兆円の想定元本です。これはデリバティブ取引の規模やキャッシュフローの計算に使われる名目上の元本のことですが、大手銀行に訊いてみると、彼らでも一兆円程度だそうです。国内のこの市場は推定でも約二百五十兆円。ユアサは一社で約十五％も占めていることになります」

「あり得ないわ」

美保は悲鳴のような声を上げた。

「明らかに異常です。それに大手銀行の連中もそんな大口のオプションを受注している証券会社は聞いたことがないと言っています。あなたの説明から考えてユアサは国内外と一任契約を結んだ形にしているために残高が急増したんでしょう。ということは、この運用形態にしたのは最近だということです。その理由は……」

三崎の視線が強くなった。

「国外に資金を逃がすためだと思われます」

美保が呟くように言った。

三崎が頷いた。

「急がなくてはいけないような事態も想定できます」

美保は表情を硬くした。

「この問題に検査局は気づいていません。私も彼らが動くように努力します。引き続き情報をお願いします」

三崎は言った。

美保の携帯電話が鳴った。

非通知だ。

「もしもし」

《………》

「もしもし」

《いろいろ動いているようだが、恋人の堤慎平の身を案じた方がいい。手を引くんだな》

「何ですって、慎平が、慎平がどうしたんですか。あなたは誰！」

携帯電話は切れた。

「どうしましたか？」

三崎が心配そうに訊いた。

「ええ、すみません。何でもありません」

美保は、茫然とした表情で答えた。

「気分が悪いようですね。顔色が良くない」

「大丈夫です。私、失礼します」

美保は立ち上がった。

慎平が、兵庫県の調査から帰ってくる。今夜、会うことになっている。詳しいことは会ってからと話していた。弾んだ声だった。慎平は、何かを掴んだようだ。大丈夫だろうか？

「慎平……」

第八章　狂信者の群れ

1

東京へ戻る新幹線の中、慎平の頭の中はあの写真のことでいっぱいだった。湯浅の母親に見せてもらった写真。それには湯浅晃一郎の背後に第三銀行のバラの看板が写っていた。

「晃一郎君が銀行に入ったと聞いたような気がする」湯浅の母親ことみのいる老人ホームに連れていってくれた大沢の言葉……。

あの丹波の山深い里に生まれ、育った湯浅が、ユアサ投資顧問の湯浅なのだろうか？　収穫は、あの言葉だけだった。

慎平は、東京に戻った夜に美保と会う約束をしていた。夜までにはまだ時間がある。もう少し調査してからでないと会えないと思い直した。

あのバラの看板の前に笑顔で立っている若者が、自分が勤めているユアサ投資顧問の湯浅晃一郎なのか、それを確かめねばならない。

「まずはみずなみ銀行だな」

みずなみ銀行は、第三銀行が、二〇〇二年に扶桑銀行、産業銀行と合併して誕生したメガバンクだ。今ではバラのマークを使っていない。

人事部に面会を求めようと考えた。しかし、まともに正面から行っても会ってくれないだろう。そこで雑誌「毎日が投資」の取材だと偽ることにした。

さっそく電話をかける。

「取材ですと広報部がお受けしております」

受付の女性が言った。

「本当に勝手で申し訳ないのですが、人事部への取材なんです。時間がないので、直接、人事部に繋いでいただけませんか」

慎平は必死で頼んだ。

「では、しばらくお待ちください。相談してみます」

無言の時間が過ぎてゆく。

「了解が取れましたので、人事部と替わります」

女性が言った後、人事部員が電話に出てきた。

「行員の投資を人事部はどのように考えているか取材したいんですが」

慎平は取材の趣旨を説明した。

人事部員は、突然の申し出に「困ったなぁ」と言った。

「匿名で結構です。いろいろな企業を取材していますから、その側面情報ということでお願いします」

慎平は強く言いつのった。

「いつですか？」

「今から、お願いできればと思っているのですが……」

「えっ、今ですか？」

人事部員の驚く顔が電話の向こうに見えるようだ。しかし、何事も頼んでみるに限る。面談が叶ったのだ。


「でけぇなぁ」

慎平は、みずなみ銀行の本店の前に立った。四十階建ての建物は、曇り空に突き刺さるようにそびえていた。見上げると圧倒されそうだ。この建物に働いているのはエリートと呼ばれている人たちだ。湯浅は、この中の一員だったのだろうか。慎平は気持ちを奮い立たせ、受付に向かった。

ロビーで待っていると、年配と若い人事部員の二人が現れた。年配が末広《すえひろ》、若手が木崎《きざき》と言った。慎平は、フリーライター時代の名刺を出し、挨拶をすると、二十一階にある人事部の応接室に案内された。

「お忙しいのにすみません。今、なかなか給料が増えない時代ですので、サラリーマンの投資事情を調べています。金融の専門家である皆さんはどうされているのか、また人事部とすればどのように行員の皆さんをご指導されているのか、その辺りをお聞きしたいと思いまして……」

慎平は取材の意図を説明した。我ながら、すらすらと適当な言葉が出てくることに感心した。

彼らは、一般の人たちとさほど変わりはしませんと、当たり障りのない話をした。さほど興味深い内容ではなかったが、慎平は、いちいち頷き、感心し、メモを取った。ひと通り聞き終わった頃、慎平はポケットから写真を取り出し、テーブルに置いた。

「この写真を見てくださいませんか？」

「うん？」

末広が、写真を手に取った。

「懐かしいなぁ」

「何が懐かしいんですか」

木崎が訊いた。

「このバラのマークさ。これは私がいた第三銀行のマークだよ」と末広は慎平に向き直ると

「この写真は、第三銀行の本店の前で写したものですね。この建物です。看板は変わりましたが」と言った。

「こちらの方は湯浅晃一郎さんのはずなのですが」

慎平は、湯浅と思われる男性を指差した。

末広は、首を傾げた。

「第三銀行に一九九七年に東大を卒業して入行したようなのです」

「九七年東大、第三銀行、湯浅……。聞いたことがないけどなぁ」

木崎が呟いた。

「私もだな。たいていの優秀な若手は把握しているんだけど、聞いたことがないなぁ。ところでこの人がどうかしたのですか？　今日の取材と何か関係があるんですか」

末広が訊いた。

「ちょっと事情があって至急、会わねばならないんです。でも携帯番号も変わってしまっていて。それで今日の取材にかこつけてお尋ねしようと思ったのです」

末広の目つきが鋭くなった。先ほどまでの柔らかさは消えた。疑っているのはみえみえだ。

「個人情報のこともあるから難しいですね」末広は、ぶつぶつと呟き、写真をじっと見つめた。

「おい、これ榊原に似てないか。九七年東大出身なら、あいつがそうだろう。これあいつじゃないか」と木崎の方を向き、写真を指差した。それは湯浅と思われる男性の隣で笑っている男性だ。

「そう言われれば似ていますね。榊原さんですね」

木崎が答えた。

慎平は、ぐっと身を乗り出した。期待が膨らんできた。

「この方、榊原さんとおっしゃるのですか？」

慎平は、湯浅の隣の男を指差した。

「間違いないでしょうね。ちょっと小太りなのは変わっていませんから。私たちと同じ人事部にいるんですよ」

「そうですか……」

慎平は、写真を見つめた。二人の男性は希望に溢れている。笑顔がはち切れそうだ。人事部にいるということはその後、榊原は順調に会社員人生を歩んでいることになる。一方で湯浅の人生はどうなったのだろうか。

「ねえ、堤さん」

末広が言った。

「はい」

慎平が顔を上げた。

「嘘でしょう？」

末広が厳しい表情を浮かべた。

「はぁ？」

「取材が嘘だってことですよ」

末広が慎平をじっと見つめている。

慎平は息を呑んで、末広を見つめ返した。

「本当は、この写真の人物を調べに来たんでしょう？　榊原とどんな関係があるんでしょうか？　もし行員が何かトラブルに巻き込まれているのなら、私たちは把握しておく必要があります」

末広は人事部だ。この部署は、行員の問題を全て把握していないといけない。自分たちの銀行に所属する人間がどんなに些細なことでも事件に関与していたら、大きな問題になる。もしそれがマスコミに取り上げられれば、それこそ一大事だ。

「あなた、何を調べているんですか？　サラリーマンの投資事情だなんていい加減なことを言って……」

末広は怒り始めた。慎平は黙っていた。迷っていたのだ。正直に話せば協力してくれるだろうか。

「黙っていないで正直に言ってください」

末広は木崎に「『毎日が投資』の編集部に電話して堤さんの所属確認をしてくれ」と命じた。慎平は覚悟を決めた。取材が嘘だと露見する前に自分から告白する方が良い。

「全てお見通しですね。申し訳ありません。実は、私、ジャーナリストでして、ある人物の過去を探っています。この湯浅晃一郎という人物がユアサ投資顧問という会社を経営しているのです。彼が、この写真の人物かどうかを知りたいと思いまして調査をしています」

「どういうことですか」末広が首を傾げた。

慎平は眉根を寄せた。確かに困惑するだろう。慎平自身が一番困惑しているのだから。

「実は、ユアサ投資顧問の社長である湯浅晃一郎は、九七年東大卒だと言っているのですが、その経歴は全く謎なのです。この写真にしても顔がはっきりとしていないため現在の湯浅晃一郎と似ているとしか言えないんです。実は、そのユアサ投資顧問の経営に問題がありそうなので調べています。その一環として湯浅晃一郎の過去を探っています」

「なりすましとでも……」

　末広の視線が鋭くなった。

「それはどうか分かりません。そんなことをして何のメリットがあるかも分かりません。ましてやなりすましとなると、本当の湯浅晃一郎、この写真の若者はどこにいるのかということになります。この銀行にいて元気に勤務してくれていれば、私が知っているユアサ投資顧問の湯浅は偽物ということになります」

「その人の写真もお持ちなのですか」

　末広の求めに応じて、慎平はインタビュー時の湯浅の写真をテーブルに置いた。

「この人ですか？」末広は、二枚の写真を並べ、「うーん、確かに似ているようで似ていないというか、似ていないようで似ているというか」と呟いた。

「写真で見る限り、体つきなどはそっくりです。全体的な雰囲気も」

「なるほど。で、堤さんがおっしゃる問題というのはどういうことですか」

「彼は、ファンドを経営しています。多くの投資家を募っています。彼が正しい男なら何の問題もありません。しかし詐欺師だったら、被害は甚大です。それを防ぐことができるならと思っています」

　慎平は正直に答えたが、さすがに自分がジャーナリストではなく、疑っている相手の会社に広報部長として勤務していることは黙っていた。「毎日が投資」の名刺を渡したということもあるが、そんなことを言えば末広が何となく自分へ信頼を寄せ始めてくれているのを、瞬く間に棄損することになる。

それにしても……と慎平は思った。美保の影響があるにしろ、自分はどうして湯浅の正体を暴こうとしているのだろうか。湯浅のことを、若き成功者として尊敬し、その下で働こうと思った。それなのになぜ？　本当に人々を詐欺の被害から守りたいなどと思っているのだろうか？　それとも何でも暴露したがるジャーナリストの本性に目覚めでもしたのだろうか？

「分かりました。もし詐欺事件なら、うちの銀行にも影響することなので、榊原を呼びましょう」

末広は木崎に榊原を呼んでくるよう、指示した。木崎が席を離れ、慎平は末広と二人きりになった。緊張を伴った無言の時間がしばらく過ぎた。

「お待たせしました。丁度いましたよ」

木崎が戻ってきた。一緒に入ってきたのは、少し小太りの木崎と同年齢くらいの男だ。

「榊原君です。九七年東大卒です。まあ、座って」

木崎は若く見えるが、存外、そうでもないのかもしれない。口調からすれば、榊原の相当に先輩なのだろう。

榊原が慎平の前に座った。慎平は名刺を渡して、挨拶をした。

「忙しいところをすまないなぁ。そのテーブルにある写真を見てくれないか。写っているのは君だろう」

末広に促されて、榊原が写真を手に取った。慎平は、ごくりと唾を飲んだ。

「入行式の後の写真ですね」

榊原が笑みを浮かべた。

「君の隣の男は?」

末広が訊いた。

「湯浅晃一郎君です。ご存じないですか?」

榊原が末広の顔を見た。末広は首を振った。

「そうですか。随分、前のことですからね。彼、いなくなったんです」

榊原が淡々とした表情で言った。

「いなくなった?　どういうことだい?」

末広が言った。

「湯浅君は、とても優秀で入行してすぐにアメリカの大学、UCLAだったかな……、に留学が決まったんです。それで一九九九年にアメリカに渡りました。それっきりなんです」

「失踪したのか？」

　木崎が訊いた。

「分からないんです。何の連絡もないのです」

　榊原が困惑した様子で言った。

「退職届けも何も出ていないんですね」

　慎平は訊いた。

「はい、そうだと思います」

　榊原は言った。

「こんな時、人事部ではどうされるのですか？」

　慎平は、末広に訊いた。

「一週間の無断欠勤で解雇になります。榊原の言う通りなら湯浅は解雇になっているはずです」

　末広は厳しい表情になった。

「とても羨ましいと思っていたんです。入行して二年で留学ですよ。当時は、そんな若手も行かせていたんですね、留学に。みんなで湯浅にエリート街道まっしぐらだなって冷やかしたものです。彼も本当に嬉しそうでした。彼は兵庫県の田舎出身だと言っていました。そこで英語を独学で身につけたそうです」

榊原は往時を懐かしむような目つきになった。

「いつ頃から連絡がとれなくなったのですか？」

慎平は訊いた。

「二〇〇〇年かな、いや二〇〇一年かな。いずれにしてもその頃です」

榊原は言った。

「解雇された者のデータがあるはずです。調べましょうか？」

末広が言った。

「いえ、そこまでは、申し訳ありませんから結構です」

慎平は、データが欲しいのは山々だが、榊原の証言だけで十分だと思った。

「それでこの男とあなたのご存じの湯浅晃一郎君は同一人物ですか？　この男は湯浅晃一郎といい、投資顧問会社を経営しています」

慎平は、ユアサ投資顧問の湯浅の写真を榊原に示した。

「うーん……違うような気がしますね」

榊原は強く言った。

「違う？」

「この男性は、私が覚えている湯浅君に確かに似ています。しかし、本当の湯浅君を知っている僕からすると、うーん、違いますね」

「何か特徴でもあるんですか」

「傷とか黒子《ほくろ》とか、そんな特徴はありません。でも全体の雰囲気が違う気がします。湯浅君は、すごく優しくて誠実で……。もし私が知らないところで何かがあったとしてもこの男のようにはならないと思います。この男からは、何か欲望めいたものがぷんぷんと匂ってくる感じがします。湯浅君はこんな風に年齢を重ねないと思います」

榊原は言い切った。なかなか感受性の強い男のようだ。湯浅の写真から欲望の匂いを感じ取るのはなかなか鋭い。

「この人はファンドをやっているから雰囲気が変わったのかもしれない」

末広が、榊原に念を押すように言った。

「そうかもしれないですが、でも何の連絡もしないで銀行を辞めてしまったのに、おかしいと思います。日本に戻ってファンドをやるにしても彼なら銀行にきちんと事情を説明するはずです」

榊原は、まるで抗議するかのように言った。

「捜索願は出たんでしょうか?」

慎平は訊いた。

榊原は首を振った。

「そうですか……」

「私たちも彼のことを気にかけていましたが、いつしか忙しさにかまけてしまって、時々、思い出す程度ですから。もしこの男が湯浅晃一郎を名乗っているなら、真相が分かったら教えてください。お願いします」

榊原は、深く頭を下げた。

慎平は、みずなみ銀行を後にした。大きな収穫に興奮していた。あるいはこれをどう扱っていいのか、持てあますという言い方が正確だろう。

慎平は立ち止まり、みずなみ銀行の本店ビルを振り返った。

湯浅晃一郎は故郷から大志を抱いて一流銀行のエリート行員になるという夢を実現した。それは、故郷にいる母親の夢でもあった。そんな湯浅に僥倖《ぎょうこう》が舞い込んできた。アメリカ留学だ。それは今まで努力してきたことへの大きな報酬だった。どれほど喜んだことだろう。

湯浅は、アメリカに旅立った。そしていなくなった。

ユアサ投資顧問の湯浅は違う人だと思うと榊原は言った。それが本当なら自分の目の前にいる湯浅はいったい何者なのか？　でも、アメリカにいたという湯浅の発言は榊原の説明と一致している。銀行のことは言い忘れただけかもしれない。榊原は長く湯浅を見ていないから、見間違えているだけではないのか。写真を見て、即座に違うと言ったものの……。

湯浅、湯浅、慎平の頭の中には湯浅の名前がぐるぐると回っていた。

「とりあえずこれまでのことを美保に報告しないと」

慎平が歩きだすと同時に、歩道の脇に黒のセルシオが止まった。ふいに慎平は、重苦しい嫌な空気を感じた。そのセルシオが自分のために止まったように思えたからだ。

ドアが開いて、サングラスをかけた見知らぬ男が出てきた。男は慎平に向かって「国本美保さんがあなたに会いたいとおっしゃっています」と告げた。

「えっ、美保が」

慎平が驚いて男の顔を見た瞬間に記憶がなくなった。最後に記憶しているのは、男の薄い笑みだけだった。

＊

窓が閉ざされている。出口は一か所だけだ。机の上にあるメモ用紙にボールペンで引いた線が三本。三日間、この部屋にいることになる。いったいここはどこなのだ。

食事やトイレ、ベッドなど必要最低限のものは揃っている。自分で食事を作らなければならないだけで他に不自由なことはない。ただし外界とは遮断され、連絡手段はない。

なぜここに連れ込まれたのだろうか？

2

美保は、東京都心にある帝都ホテルの車寄せに立っていた。次々に黒塗りの高級車が入ってくる。中からはニュースなどで知っている顔の人物が続々と現れる。

元首相、元大臣、官僚、財界人等、スーツ姿の男たちばかりではなく美しく着飾った女性もいる。

しかし、何といってもメインは、少しくたびれた印象のあるような地味な男たちだ。たいていは厚生労働省のＯＢで、今や厚生年金基金の理事や理事長になっている。彼らもまるで見栄を張るかのように黒塗りの高級車で現れた。

美保は、カメラを構えて彼らの写真を撮り続けていた。

「おい、いい加減にしたらどうかね」

ホテルの係員を引き連れて美保の前にやってきたのは現代年金研究所の崎山だ。

「先生、どうも」

美保は、カメラを脇に抱えて、崎山に頭を下げた。

「さっきからホテルに来る客にカメラを向けているが、やめなさい」

崎山は顔を歪めた。

「景色を写していただけなんですけど」

美保はとぼけた。

「嘘、おっしゃい。私の顔を撮ったじゃないか」

ホテルの係員が、崎山の前に進み出た。

「写真を撮るのをやめていただけませんか。お客様のプライバシーの問題がありますので、もしこのままお続けになりますと……」

係員の表情が険しくなった。

「あら、こちらのホテルでは、お客に出て行けと言うのですか」

美保は、パーティの招待状を見せた。

「おや、君も参加するのか？」

崎山が驚いた表情をした。

「ええ、ちゃんと、社長から直々にご招待を受けております。れっきとした取材です」

美保は、招待状をひらひらとさせながら小首を傾げて係員を見た。

「そう言えばこの間よりすっきりとした格好をしているな」

崎山は美保の全身に視線を動かした。

美保は、パーティドレスは着ていないが、いつものラフな取材姿ではなくスーツ姿だった。

「じゃあ、先生、ご一緒に参りましょうか」

美保はいきなり崎山と腕を組んだ。

「ああ、そうだね」

崎山は、いきなりのことに一瞬、表情をひきつらせたが、美保の腕を見ると相好を崩した。

係員は、眉間に皺を寄せ、渋い表情になった。

「君、騒がせたね」

崎山は、係員に言った。

「どうも失礼しました」

美保も係員に言った。係員がますます渋面になった。

「湯浅君もたいしたものだね」

崎山が話しかけてきた。

美保は崎山に顔を向けた。もう腕は離したいのだが、崎山は強く絡めてくる。

「こんな立派なホテルで感謝の夕べを催すのだからね。今日は元首相の大隅誠《おおすみまこと》も来るんだよ」

「先ほど、お見えになりましたよ」

「そうなの、嬉しいね。今日は、名刺をいっぱい持ってきたからね」

崎山は嬉しそうに表情を崩した。

「先生、会場は、すぐそこです。私、ちょっとお化粧を直してまいります」

美保は、崎山から腕を抜いた。

「そうかい。では会場でね。湯浅君もさすがだ、懐が深い。君を招待するなんて。不倶戴天の敵だと思っていたのに。それとも何か深謀遠慮でもあるのかな」

崎山は、名残惜しそうな目つきで美保を見た。

今夜は、湯浅を信用して投資している者たちの集まりだ。彼らは、湯浅を強烈に信じている。

「騙されてはいけない」

美保は叫びたい気持ちになった。しかし、自分にいったい何ができるだろうか。彼らに湯浅の実態を知らしめることができるのだろうか。

美保は、トイレで化粧を直した後、ふたたび受付周辺に立った。カメラはクロークに預けた。会場内の撮影は、スマートフォンで行うつもりだ。今や、たいていの人がスマートフォンか携帯電話を持っている。これで十分に精密な写真を撮ることが可能だ。誰でもカメラマンになることができる時代になったのだ。こうなるともはや秘密で会うことは不可能になったと言ってもいいかもしれない。

「いないなぁ。本当にどうしたのかなぁ」

美保は慎平を探していた。慎平は、湯浅の正体を探るため兵庫県に向かった。面白いことが分かったという連絡があり、その日の夜に会うことになっていたのに、慎平は現れず、あの連絡を最後に何の音沙汰もない。どうしたというのだろうか。もう三日だ。

「あの電話……」

美保にかかってきた謎の電話だ。慎平が湯浅のことを調べているのを知っていて、脅す内容だった。

「まさか拉致されたってことはないよね」

美保の表情が暗くなった。

慎平は何を摑んだのか？　それが原因で慎平の身に何か起きたのか？　もしこのまま慎平が現れなければ、どうすればいいのか。

美保は受付近辺に視線を走らせていた。何らかの理由で美保に連絡はできなくても、今日はユアサ投資顧問のパーティだ。広報部長の役職からして慎平が現れないわけにはいかないだろう。

小太りの若い女性がいる受付に向かった。

「あのう」

美保は女性に話しかけた。胸からぶら下げたＩＤカードで「宇野」という名前を読むことができた。

「受付はお済みでしょうか？」

宇野は、柔らかい笑みで訊いた。

「もう済ませました。ありがとう。堤さんはいらっしゃいませんか？」

美保は、宇野を見つめた。

宇野はやや表情を硬くして美保を見つめた。

「堤ですか？」

「広報部長の堤慎平さんです」

「お知り合いですか？」

「ええ、まあ、そんなところ」

宇野は、辺りを見渡して「いらっしゃらないですね」と言った。その様子は、つい先ほどまでそこにいたかのようだった。美保は気持ちが高ぶった。慎平は、戻ってきているのだろうか。

「今日、来ているの？」

美保は、弾んだ声で言った。

宇野は、表情を曇らせた。

「来ていないの？　どうなんですか？」

美保の表情が険しくなった。

「ちょっとよろしいですか」

宇野が受付を離れようとした。何かを話したいという素振りだ。

「あなたは……、国本記者さんですね」

「あっ、社長」

宇野が驚いた顔で見上げた。

「湯浅……」

美保は、湯浅を見た。すっきりとした黒のスーツ姿だ。

「湯浅です。国本さん、どうぞ中にお入りください。飲み物も充実していますから」

湯浅は、強引に美保の腕を取ると、引っ張るように歩き始めた。

美保は、宇野を見た。宇野は、何か言いたげに口を動かしていたが、読み取れない。

「今日は、とても素敵ですよ。新聞記者さんとは思えません」

湯浅は笑みを浮かべた。

美保は、急に腹が立ってきた。実は、今日、記者としてのポストを外されたのだ。美保に回ってきたのは営業だ。企業から広告などを取ってこいというのだ。

「社長のお蔭で記者じゃなくなりました」

美保は強い口調で言った。

「どうしたんですか？　僕のお蔭でなんて。僕は何もしていませんが」

湯浅が訊き返した。

「社長が編集部に多くの年金基金を使って苦情を言い立てたんじゃないですか？　お蔭で頭を冷やせと営業に回されてしまいました」

「嫌だな。僕はそんなことをしてはいません。神に誓ってね」

湯浅は、空いている右手を挙げて笑った。

「私があんな記事を書いたから、どうにかしようと思われたんでしょう？」

美保はきつい目で湯浅を見つめた。

「あなたを、どうにかしようって？　どうにかしていいんですか？　もしそうなら願ったり叶ったりですがね」

湯浅は美保を見つめた。薄い茶色がかったその目は、ぞくぞくとするほど美しかった。美保は思わず目を逸らした。何だか身体の奥がしびれてきそうだ。

「まあ、いいです。こんなことを言っても異動は変わりませんからね」

美保は、湯浅の腕から逃れようとした。

「国本さん、あなたは優秀で美しい方だ。私は今日、あなたに多くの人をご紹介します。きっと営業に役立ちます。記者なんかやっているよりずっといい」

湯浅は、美保の腕を放さない。

「それはありがとうございます。それより腕を放してくださいませんか」

美保は冷たく言った。

「ああ、失礼しました」

湯浅は苦笑して、美保の腕を放した。

会場に足を踏み入れていた。見上げると豪華なシャンデリアが天井から下がっている。会場には人が溢れんばかりだ。各テーブルに豪華な生花が飾られている。白のブラウスに赤のロングスカートを穿いた美しいコンパニオンが近づいてきた。

「何か、飲み物を取ってください」

湯浅はシャンパンを取った。

「オレンジジュースをいただきます」

美保は、オレンジジュースのグラスを取った。

「オレンジジュースですか。あなたは愉快だ」

湯浅は笑った。

秘書なのだろうか。湯浅の側に地味な年配の女性が立っていた。陰険な暗さが漂っている。湯浅の派手さとは対照的だ。

3

「湯浅君は、すごい。彼がどれだけ日本の年金を救っているかわかりません」

壇上では、元首相の大隅誠がダミ声を張り上げている。

首相としてたいした功績をあげたわけではなかったが、政治資金を集める能力は一流で、首相を辞めた後も隠然たる力を保持していた。

大隅の隣には、湯浅が笑みを浮かべながら立っている。

「こんなに素敵な男性で、仕事もでき、金もあるという。三拍子揃った男だ。私から見てもほれぼれする。いつかは政界に引き込んで国家のリーダーを目指してもらいたい」

大隅は、まるで我が子を見るように慈しんだ目つきで湯浅を見つめた。

湯浅は、何も言わずに笑みを浮かべている。

会場内の参加者からは、たいしたものだなどという称賛の呟きが聞こえてきた。

「それでは湯浅君のますますの活躍、そしてユアサ投資顧問が我が国の年金の闇を晴らしてくれることを願って、そしてご参会の皆さんのご健康を祈念して、乾杯をお願いします」

大隅がシャンパングラスを高く上げた。

湯浅もそれに倣った。会場を埋め尽くした参加者もそれぞれのグラスを掲げた。

「乾杯！」

大隅の声が、会場に響き渡った。

「乾杯！」

「乾杯！」

会場のあちこちから一斉に声が上がった。壇上の湯浅は、得意そうな笑みを浮かべ、顔の高さにまでグラスを上げ、一気にシャンパンを飲みほした。

「どうですか？　すごいでしょう。大隅元首相まで来ているとはねぇ。驚きだよ」

崎山が美保に近づいてきた。手には赤ワインのグラスを持っている。

「これはこれは。ユアサ投資顧問を詐欺呼ばわりしている記者さんではないですか？」

T県建設業厚生年金基金の理事長の西野義史が皮肉な笑みを浮かべて美保に話しかけてき

た。

　次々とスーツ姿の男たちが美保を取り囲んだ。誰もがワインやビールのグラスを片手に持ち、美保を睨むように見つめている。にもかかわらず、彼らは、次々と美保に名刺を手渡す。皆、厚生年金基金の理事、あるいは理事長の肩書きがついている。美保は、自分の名刺は渡さなかった。

「何も飲んでいないの？」

　崎山が訊いた。

「ええ、まあ」

「飲めるんだろう？　ワインでいいかい？」

　崎山は、コンパニオンから赤ワインのグラスを取ると、美保の返事を聞かずに手渡した。

　美保は、しかたなくそれを受け取った。

「もう一度訊くけど、何であんなコラムを書いたんだ？」

　西野が厳しい目つきで言った。

　美保は黙っていた。西野は、パーティが始まったばかりなのに目が赤く滲み、既にアルコールが身体を浸食しているようだ。

「下らないコラムだ。こっちは大変な迷惑だよ」

別の男が言った。

「我々が置かれている立場からすれば、あんな風説の流布のようなコラムは書いてもらいたくはないね。基金の連中が動揺するんだからね」

また別の理事が言った。

「今日の出席者を見ただろう。大隅元首相だよ。それにあれは野党光輝《こうき》党の前党首だ。あっちにいるのは元厚生労働省次官だった奴だ。今は、政治家になって、民自党の一年生議員だね。いけすかない奴だ。偉そうにするだけで何の能力もない男だ」

西野が、次々に指を差した。確かによくもこれだけの大物を集めたものだと感心しなくもない。

光輝党は、庶民の味方を標榜する宗教勢力をバックにする野党だ。民自党は、今は野党だが、長く日本をリードしてきた。次に選挙があれば、与党に返り咲くだろう。

「大隅元首相はもうお帰りになったみたいですよ」

美保は言った。大隅は、乾杯が終わると、手を挙げてさっさと会場を後にした。

「忙しい人だからしかたがないさ」

西野が言った。

「いずれにしてもユアサはすごいってことさ。運用成績は素晴らしい。ダントツだよ」

別の男が、赤ワインを飲みほしながら言った。

「証券会社にいた友人が言っていたが、たとえ相場が悪い時でも儲ける奴はいるんだってさ。私たちは、年金行政のプロだが、運用のプロではない。だから崎山先生に頼ってユアサを紹介してもらった。お蔭でこうして美味しいワインを飲めるんだ」

別の男が崎山に向かって赤ワインのグラスを掲げた。

「恐縮です」

崎山が頭を下げた。

いつの間にか美保の周りを取り囲む人数が増えている。威圧を感じて、美保は息苦しくなった。

「おかしいとは思わないんですか」

美保は、彼らの威圧を払いのけるように言った。

崎山の目が、美保を睨んだ。西野たちの美保を取り囲む輪がぐっと狭まった。

「何がおかしいんだね。君は、いい加減な記事を書いて。君の方こそおかしいんじゃないか。現に実績があがっている。何にも起きていない。起きていなければ、それでいいんだよ。とにかく余計なことをするな」

西野が興奮した口調で言った。

他の男たちが一斉に頷いた。どの男たちの目も血の色で赤く澱んでいた。

「あり得ない運用成績です。きちんとユアサに説明を求めるべきです。あなた方は天下りのポストを失いたくないだけでしょう。でも運用に失敗すれば、結果としてポストを失います。いい加減に目を覚ましたらどうですか？」

美保は西野を睨んだ。

「何だと」西野は興奮した口調で向かってきた。

「まあ、まあ西野君、こんな若いお嬢さん相手に本気になるんじゃない」

崎山が西野を押しとどめた。

「彼女が記事を書くからいけないんだ。書けないようにしたらいい」

西野が口をとがらせた。

「もうそうなっています。あなた方の嫌がらせのせいで」

崎山がにんまりとして美保を見つめた。

美保は黙って崎山を睨み返した。

「我々の力を甘く見ちゃいけない」

別の男が言った。

「あなた方は、ユアサに明確な運用の説明を求めるべきです」

美保は強く言った。

壇上に男が上がり、演説をし始めた。

「来るべき選挙では皆様のお力をぜひ拝借したい」

男が深く頭を下げた。

運用会社のパーティとは場違いの選挙の支援を要請する演説だ。

このパーティは、ユアサの力を誇示するだけではないのだと美保は気づいた。今、野党になっている民自党や光輝党が支持を要請する目的もある。だからこれだけの政治家が集まってきているのだ。

うまくやるものだ……。美保は湯浅のやり口に感心をした。

「大変な人気ですね」

湯浅が美保を取り囲む輪を割ってきた。隣にいるのは投資評論家の杉山隆一郎だ。その隣は、ファンドマネージャーとして有名な馬頭寛治ではないか。美保は、彼らには取材や仕事関連のパーティで挨拶をしたことがある。

「湯浅さん、いいところへ来られました。彼女が、あなたに騙されるなと言い張るものですからね」

崎山が笑った。

「今日、集まってくださっている方々がユアサを支えてくださっているんです。この影響力はよくお分かりいただいたでしょう」

湯浅が、美保を見つめた。

美保は、前に進み出て湯浅の顔を見上げた。整った顔立ちだ。気品がある。それでいてどこかに崩れたところが感じられ、男を意識させる雰囲気がひしひしと押し寄せてくる。確かに女性にも人気があるだろう。

「湯浅さん、本当にきちんと運用しているのですか」

美保の強い口調に湯浅はわずかに口元を歪めたが、すぐに笑みになった。

「これだけの方々が支援してくださっているんです。その質問は愚問でしょう。私が、いつ迷惑をかけましたか？　運用難に苦しみ、財政的に破綻寸前に追い込まれている年金基金の皆さんを救おうと必死で努力しているんです」

「だったら運用内容を正確に開示すべきです」

杉山が湯浅と美保の間に割り込んできた。

「君は、経済関係の記者だろう。ファンドが運用の詳細を明らかにして何のメリットがあると言うんだね。そんなことは分かるだろう。成果さえあげていればいいんだ。誰も文句を言わない」

「それでもおかしいものはおかしいです」

美保は主張した。馬頭が前へ出てきた。

「君は、ユアサがおかしいという前提で全てを組み立てている。それを、こんな運用難の時代でもパフォーマンスを向上させることができるファンドも存在するんだという前提に変えてみろよ。現に実績が出ているんだからね」

馬頭も巨額のファンドを動かしている。その実績で巨万の富を築いていることで有名だ。

「社長、そろそろです」

湯浅の前に、先ほど会った年配の女性がやってきた。

「分かりました。菅沼さん、すぐに行きます」

女性は菅沼と言うらしい。湯浅の秘書なのだろうか。

「湯浅社長のスピーチですか。真剣に拝聴します」

崎山が言った。

「湯浅さん、スピーチをするんですか？」

美保は訊いた。

「ぜひ、お聞きください。私の考え方をお話しします。私という人間をあなたに分かってもらいたいと思います」

湯浅は美保に微笑んだ。そしていきなり美保の腕を摑んだ。

「何をするんですか？」

「一緒に壇上に上がってください」

「嫌です」

美保は必死に湯浅の腕を振り払おうとする。しかし湯浅の力は強い。

「いいじゃないか。批判記事を書いた記者が社長と一緒に並ぶなんて面白いハプニングだ」

崎山がはやし立てると、周囲にいた者たちが笑いだす。

「さあ、見せしめだよ」

「いや、見せものだ」

「湯浅社長のスピーチに付き合え」

湯浅がぐいっと美保を引き寄せた。その思いがけないほどの力に抵抗できず、美保は湯浅の腕の中に取り込まれてしまった。

「取って食べようというんじゃありません。壇上から参加者の顔を見るのも一興です」

湯浅が、温かい息と共に囁いた。もう、どうにでもなれ。美保は心の中で呟いた。

美保は、壇上に上がった。これではまるで湯浅の妻か何かのようではないか。

湯浅が、マイクを握った。

「こちらは産業日報の記者さんで国本美保さんです」

湯浅が話しだすと、会場を埋め尽くした数百人の客たちが一斉に美保を見つめた。

「日頃、何かと私の悪口を書いておられる記者さんです。今日は、特別ゲストで来ていただきました。本当のユアサを見てもらおうと思っております」

会場が、笑いに包まれた。

「皆さん、一緒にこの日本に復讐しようじゃありませんか。いつまでも続く経済的低迷に打ちのめされているのは皆さんです。年金基金の運用資産は減少し続けています。皆さんはこのままでは受給者からも加入者からも詐欺で訴えられるでしょう。こういう事態を招いたのは政府の無策です。私は皆さんの資金をお預かりし、高利回りで運用することが、無策な政府に対する復讐だと思っています。どうですか！」

湯浅の呼びかけに、どっと会場が沸いた。

美保は、壇上から彼らの表情を見つめた。どの表情も喜びとでもいうのか、ある種の興奮に満ち足りていた。誰もが、湯浅を見つめている。

湯浅のスピーチが続く。皆、湯浅の話に笑い、泣き、怒る。湯浅はオーケストラの指揮者だ。彼が振るタクトに合わせて、客たちが表情を変えていく。

これはまるで湯浅の、いや金の狂信者だわ。

美保はそう思いながら、恐怖に満ちた表情で湯浅を見つめた。

4

「まずいなぁ」

三崎は独りごちた。

ユアサ投資顧問感謝の集いの会場に三崎は紛れ込んでいた。

美保が出席するというので、秘密裏についてきたのだ。招待状はないが、ホテル側に頼んで会場に入り、ホテルの従業員のような振りをして様子をうかがっていた。

会場を埋め尽くした客たちの多さに三崎は驚いた。それに加えて元首相の大隅たち政治家が招かれ、のこのこと壇上でスピーチする姿にも呆れ返った。彼らは票と金が欲しいだけだ。何のリスクも考えずに出席しているのだ。

「どいつもこいつも信者のように湯浅の言うことを信じている。これはおかしなことになるぞ」

三崎は客たちの妙に熱っぽい火照ったような表情を見つつ、会話を盗み聞きしている間に不安がじわじわとこみ上げてきた。

美保が、熱心に資料で説明してくれたが、その時はそうはいっても証拠がないと思っていた。でも彼女の言う通りユアサ投資顧問には疑問を抱かざるを得ない気持ちになってきた。

投資に「絶対」はない。それを信じるのは騙されている者だ。これは金融検査官としての三崎の常識だった。ところがここにいる客たちは、その「絶対」を信じているように見えた。

「あっ」

三崎は思わず声を発した。

美保が湯浅に腕を掴まれ、壇上に引き上げられていくではないか。

「あいつ、何をしやがるんだ」

三崎は、事の成り行きを心配そうに眺めていた。

第九章　大いなる野望

1

「皆さん」

湯浅は、静かに語り始めた。

美保は、既に湯浅の手から自由になっていたが、そのまま壇上に残っていた。すぐに降りればいいのに、そうしないのはなぜなのか。美保自身にも分からなかった。身動きができない。金縛りに遭ったようなものだ。

美保は、その場でじっと湯浅の横顔を見つめていた。

「二人の少年がいました。少年は何の憂いもない幸せな暮らしをしていました。広い庭、大きな屋敷、可愛いペットの犬と戯れ、何一つ不自由のない暮らし……」

湯浅は、時折、美保に視線を向けて話す。自分に語りかけているのではないかと誤解してしまうしぐさだ。しかし、よく観察すると、湯浅を見上げる聴衆にも同じしぐさをしているようだった。

スターは、舞台から観客一人一人に語りかけると言われる。観客は、スターがまるで自分だけに語りかけてくれているように感じて、彼が作り上げる世界に浸り切る。それと同じ光景が今、目の前に現れている。

湯浅は、聴衆の一人一人を見つめ、彼らの視界を支配し、聴衆を独り占めにする。聴衆は、視界を狭められ、彼しか見えなくなる。視界は、思考に繋がっている。視界が狭くなると、思考までが狭くなる。そうして人は彼に取り込まれていく。

それにしても湯浅は何を話そうとしているのか。彼なら、有利な投資の話とか、どうしたら儲けられるかなどを話しそうなものだ。その証拠に、スピーチの最初に聴衆に向かって「経済の低迷に復讐しよう」と威勢のいいことを言っていたではないか。それなのに今は、一変して、静かに、それでいて思い入れたっぷりに、少年の話を始めた……。

「しかし、少年の幸せは長くは続きませんでした。父親の事業が失敗したからです。父親は前途を悲観して、自殺。母親もその後を追うように死んでしまいました」

会場からどよめきが起こる。

「銀行や債権者は、容赦なく少年の家にやってきて、父や母の祭壇に手を合わせることもなく、家具や絵や、その他、換金性の高そうなものは全て強引に持ち去っていきました。がらんとして、冷たい空気が沈殿し、まるで湖の底のようでした。悲しいことにペットの犬とも別れざるを得ませんでした。少年が住んでいた屋敷が他人手《ひとで》に渡ってしまったからです」

湯浅は、記憶を辿るかのように目を閉じた。

自分のことを話しているのだろうか？　美保は湯浅から目を離せなくなった。

「この少年は、いったい誰でしょうか？」

「社長のことか？」会場から声が上がる。

湯浅は、ふっと寂しげにも見える笑みを浮かべた。

「いえ、残念ながら私ではありません。それは皆さんです」

ふたたび、会場がどよめいた。

「皆様方は、この少年のように純真無垢な人たちです。そして今まで成長の波に乗り、何不自由のない暮らしに到達されました。この幸せが永遠に続くものと信じて疑わなかったでしょう。ところがそれは瞬く間に消えてなくなり、皆様方は容赦なく身ぐるみを剝がれてしまったのです。それは皆様方の失敗ではありません。父親すなわち政府の失敗です。そして皆様方から何もかも奪おうとしているのが、外資系ファンドであり、大手金融機関です」

「そうだ！」「そうだ！」

会場のあちこちで声が上がる。

「外資系ファンドは、日本の株式市場を好き放題に弄《もてあそ》び、低迷させたまま放置しています。彼らが株価を高騰させ、そして暴落させたのです。日本の株式市場は、彼らの動き次第で暴騰、暴落を繰り返しています。それを陰で操るのが大手金融機関です。大手金融機関は外資ファンドに巨額の資金を提供し、彼らと共に暴利を貪っています。彼らはそうやって皆様方の財産を奪い取っていくのです。ところで皆様方は、なぜ運用が苦しい中で年金基金を維持されているのでしょうか？　コンサルタントの中には、早期の解散を勧めている人もいます。それは貧しい少年を増やさないためでしょう。その少年とは、皆様方であると申しましたが、実際は、皆様方が運営している年金を老後の当てにしている従業員の皆様でしょう？　そうではないのですか？」

「その通りだ！」

聴衆は、湯浅に煽られて徐々に興奮してきている。その様子を見ていた美保は、壇上に立っていることが段々と不安になってきた。

「代行のメリットがあったから、天下り先を確保しておきたいからなどという不埒な理由ではないはずです。年金基金から支払われる年金こそ、真面目に働いてくれている従業員に報いることができるただ一つのことだからでしょう！　それは皆さんの誠意でしょう！」

「そうだ！　その通りだ！」

聴衆には、社会保険庁や厚生労働省からの天下りの理事たちも多い。その彼らに向かって湯浅は堂々と天下りを不埒と言い切る。しかし、それは彼ら天下り官僚の怒りを買うこともなく、かえって彼らの自己正当化の欲求に応えていた。

「このままでは間違いなく厚生年金基金は全て廃止させられます。代行割れなどの資産のマイナスは、皆さんの責任で負担しなくてはならなくなります。政府は、甘いことを言ってくるかもしれない。例えば、解散要件を緩和する、公的支援をするなどです。しかし、そうなれば今までの皆様方の血の滲むような努力は、いったいどう報われるのですか！」

湯浅は、ここで美保を指差した。突然のことに、美保は緊張した。

「彼女は、私を詐欺師だと言った。皆様方の不安につけ込む詐欺師だとね。アメリカでは多くの運用詐欺事件が発生しています。例えば二〇〇二年には、ビーコン・ヒル・アセット。このファンドは、モーゲージ債権を運用すると言い、実際は運用していなかった。またシー・フォー・ティー・マネジメント。これは自動車担保ローンで運用すると言い、やはり実際は運用していなかった。そして最も巨額だったのがバーナード・マドフ事件。これは五百億ドル以上、日本円にしてなんと五兆円以上の損害を与えました。名誉なことにそれと私が同じだと彼女は言う。あり得ない！」

聴衆が、興奮した視線を美保に向けてきた。

美保は自分の表情が強張るのが分かった。このままここにいては身に危険が及ぶかもしれない。聴衆は、社会的に立場がある人たちだ。しかし、湯浅にコントロールされている。美保は気づかれない程度に舞台上をじりじりと後ずさりしていった。

「私が、運用方法をあまり開示しないからという理由だけで、詐欺だと言う。何もかも明らかにしないといけないのでしょうか。そんなことはない。本当に素晴らしい方法なら、誰でも秘密にするはずだ。それが当然でしょう」

「そうだ！」「そうだ！」

聴衆の言葉に熱がこもる。

「私は、皆様方に寄り添いたい。皆様方やその従業員の方々を貧しい少年にしたくはないのです。正直に言いましょう。実は、私がその貧しい少年なのです。身ぐるみ剝がされて、世の中に放り出されました。私は、そんな世の中に復讐することを誓いました。どのように復讐するか。それは皆様方を貧しい少年にしないことなのです。何もかも奪われ、貧乏のどん底に落とされてしまった少年にしないことです。市場の荒波から皆様方を守り、保護します。皆様方の豊かさを保証します。それが復讐の意味です。こんな私を信じてください！　ここまで言い切る私を信じてください！」

湯浅は、顔を紅潮させ、声高に叫んだ。

「その女に謝罪させろ！」

「もう記事を書かせるな！」

聴衆からも怒声が聞こえる。

湯浅が、美保に近づいてきた。美保は、かなり後ずさりして、壇上から降りる寸前のところまで来ていたが、湯浅に腕を摑まれた。

「やめてください」

美保は身体をよじり、腕を振り払おうとした。

「もう少しです。あなたの身を守るためです」

湯浅は真面目な表情で言った。

「訴えますよ」

「あなたは訴えない。彼らの表情を正面から見たら訴えることなどできない。私が、どれだけ信頼され、どれだけ期待されているか分かるだろうから」

湯浅は、美保の腕を握る力を強めた。身体ごと、湯浅の腕の中に引き込まれていく。まるで抱かれているようになってしまった。まずいと思ったが、どうしようもない。美保は、また舞台中央に連れてこられてしまった。

「もう風評は流さないと謝罪するんだ！」

「我々を苦しめるな！」

「生意気な女め！」

聴衆は、美保に向かって悪態をつき始めた。

「よく見なさい。その目で。ここにいる人たちは必死なのです。運用がうまくいかなければ、死ぬんですよ。そういう思いなんです。私は、そんな思いを受け止めているんです。どうしてこの人たちを騙すことなどできるんですか」

湯浅は、美保の顔を聴衆に向けた。そこには美保を憎々しげに見つめる多くの目があった。

「そんなことを言っても私は騙されない。私は、あなたの正体を必ず暴露する」

美保は、湯浅を睨んだ。

「残念だなぁ。私はあなたと分かり合えると思っていた。あなたがあのコラムを書く前から、ずっとあなたを見てきたんだ。あなたの行動、あなたの姿勢、あなたの友人、あなたの恋人も」

美保の顔が、瞬間に強張った。

「ずっと見ていました」

「あなた、まさか、慎……」

美保の目が泳ぐ。焦点をどこに合わせていいか分からない。

「もう少しで何もかも終わります。全てが終わったら、私という人間をぜひ認めていただきたい。あなたに認めていただきたいんです。それが私の望みです」

湯浅は、美保の腕を摑んでいた手を離した。

「あなた、いったい何を言っているの」

美保は、腕をさすりながら叫んだ。

湯浅は、美保に笑みを投げかけただけで、無言で聴衆に顔を向けた。

「彼女もようやく皆様の熱気を理解してくれました。もう、私の協力者です。市場の圧力に負けずに大いに運用成績をあげていきましょう。皆さんと一緒に市場を弄ぶ外資系ファンドと大手金融機関に復讐してやりましょう」

湯浅は、聴衆に向かって叫んだ。彼らの中の誰かが音頭を取ると、オーッという雄たけびが上がった。それに合わせて波のような拍手が会場を包んだ。湯浅は、満足そうに笑みを浮かべている。

あなたの恋人。

頭の中で湯浅の言った言葉が何度も繰り返される。湯浅は、慎平と自分との関係をずっと前から知っていたのだ。底知れぬ恐ろしさを覚えながら、美保は湯浅の横顔を見つめていた。

2

慎平と外とを繋ぐ唯一のドア。慎平は、それを思いっ切り叩いてみる。騒いだら、何か反応があるかもしれない。今日は、湯浅が主催するパーティの日だ。広報部長として出席しなければ、誰かが慎平の異変に気づいてくれるだろうか。

それにしても俺をこんなところに閉じ込めて何をしたいのだろう？　食べ物も何もかも潤沢に用意してあるこの部屋は、無理やり連れ込まれたのでなければ、快適そのものだ。

寝室はダブルベッド。応接フロアーがあり、バスルーム、トイレも完備している。テレビもある。ないのは電話だけだ。外部とは連絡がとれないようになっている。慎平の携帯電話もいつの間にか消えていた。

拉致される理由で思い当たるのは、湯浅の正体を探ろうとしたことに尽きる。正体を見破られたくない誰かが、拉致をしたのだ。このまま行方不明者の一人になってしまうのか。慎平は、不安になったが、殺すつもりなら、とっくに殺しているはずだ。そう勝手に思い込んだ。

今まで分かったことを整理してみる。湯浅晃一郎は、兵庫県の丹波市に生まれ、九七年に東大経済学部を卒業して、今は合併してみずなみ銀行となった第三銀行に入行し、アメリカ留学を勝ち取り、留学を果たす。そこで失踪、すなわち行方不明となり、そのまま無断欠勤扱いで解雇された。従って現在湯浅晃一郎は、みずなみ銀行に勤務していない。認知症を患った母親のことみには、行方不明の事実が伝えられたかもしれないが、彼女の残された記憶の中では、今も第三銀行に勤務しているのだろう。第三銀行に同期入行した榊原は、ユアサ投資顧問の湯浅の写真を見て、違う人物かもしれないと言った。彼に依頼すれば、どこかでユアサ投資顧問の湯浅晃一郎本人に会ってもらい、確認してもらうことも可能だろう。

それでも違うとなれば？　第三銀行にいた湯浅と、ユアサ投資顧問の湯浅とは別人だということになる。

ユアサ投資顧問の湯浅は、第三銀行の湯浅の経歴を借りているだけなのか？　なりすましなのかもしれない。そのタイミングがあるとすれば、それは本物の湯浅の留学中のことではないだろうか。本物の湯浅は、アメリカ西海岸の名門大学ＵＣＬＡに留学した。そこにもう一人の湯浅――本名は不明、がいた。一人は消え、一人は、帰国するなり〇一年にユアサ投資顧問として独立したのだ。

本物はどうなったのか？　今もアメリカにいるのか？　それとも消されたのか？　なぜ、入れ替わる必要があったのか？

こうなると、湯浅にこの事実を突き付けて、真実を語ってもらうしかない。ことみや丹波で出会った大沢たちのためにも真実を明らかにする必要があるだろう。

「とにかくここを出ないことにはどうしようもない」

慎平が諦め気味に呟いた時、ドアが開いた。慎平は身がまえた。いよいよ自分を拉致した相手が登場だ。そして自分の運命も決まるのか？

入り口に一人の男が立った。会ったことがある男だ。男は、明るいグレーのスーツにサングラス。

「中村……、確か中村敏行……」

慎平は言った。

中村は、サングラスに軽く手をやりながら、無言で近づいてくる。

「こんなところに閉じ込めて、いったいどうしようというんだ」

慎平は、中村に近づいて言った。

「まあ、そこに座ってください」

中村は、部屋のベッドを指差した。慎平が、寝ていたベッドだ。かけ布団が乱れている。

慎平は、言われるまま、そこに座った。

「聞かせてもらいましょうか」

慎平は中村を睨みつけた。

中村は、ベッド脇にあった椅子に腰掛け、足を組んだ。

「不自由な思いをさせて申し訳ありません」

「突然、ここに連れ込まれた。いったいどういうつもりなんだ」

慎平は、今にも摑みかからんばかりに前のめりになった。

「思いのほか、あなたの動きが早かったのです。それでやむを得ず……。済まないと思っています」

「俺の動き？」

「ええ、湯浅の正体を探ろうとする動きですよ」

中村は、口角を引き上げた。サングラスに隠されて、目の動きは分からないが、笑みを浮かべているようだ。

中村のことを湯浅は、有名なファンドマネージャーだと紹介したが、目の前にいるのは不気味で、怪しげな男だ。

「なぜ、そのことを知っているんだ」

「ずっと見ているからさ。君たちの動きをね」

中村は、人差し指と中指で椅子の端をしきりに叩いている。音は出ないが、何となく目障りだ。気ぜわしい感じがする。指の動きを見ていると、苛立ってくる。

「君たち……？　どういう意味だ」

慎平は、美保の顔を思い浮かべた。美保は、今日のパーティに参加しているはずだ。

「国本美保という記者さんさ。君の恋人だろう？」

「彼女に何かしたのか！」

慎平は、勢いよく腰を上げ、中村に向かっていった。

「そう、興奮するなよ。何もしていないから安心しろ」

中村は、手で慎平を払いのけた。

「なぜ彼女のことを知っているんだ」

慎平の問いに、中村は声を上げて笑った。

「何がおかしい」

「君のことを知る前に彼女のことを知っていたからね。湯浅は、彼女に興味を覚えたんだ。そしてずっとウォッチしていたら、君が現れたのさ」

「えっ」

「今、君は、自分がユアサ投資顧問に採用された理由について考えているね。君の推測の通りさ。彼女への関心から、君を広報部長に採用したんだ」

中村から、あっさり採用の裏事情を説明されると、慎平はいささか失望を覚えた。実力を評価して採用したわけじゃないと言われてしまったのも同じだからだ。

「馬鹿にしやがって」

慎平は、悔しくて歯ぎしりをした。

中村は、また笑った。

「そう、怒らなくていいさ。君もなかなか優秀だよ。湯浅は、変わった男でね。自分のことを壊したがるのさ」

「どういう意味だ」

「国本美保という記者が、ユアサ投資顧問をウオッチしているという情報は入っていた。金融庁や国税にも行き、摘発すべきだと主張していることもね。私たちは、それらに強い人脈を持っている。だから情報も入ってくるし、彼女が、期待するような動きをやめさせることも容易だ。だが、彼女は記事を書いた。それでいろいろと事態が動き始めた。すると彼は、思いがけないことを言いだしたんだ。おかしな奴さ」

「何を言いだしたんだ？」

「どんどん調べて、いろいろと書けばいいんだ、とね」

中村は、愉快そうに言った。

「都合の悪いことを書かれても平気だというのか？」

慎平は、中村の話に引き込まれた。

「何もかもがうまくいっている時、人間という奴は、不思議な動物でそれを壊したくなる感情を止められなくなるんだ。全員とは言わないが、そういう人間が少なからずいる。湯浅もその一人さ。破壊願望というんだろうか。何かに固定されてしまうのを嫌うのかな。もう少しで私たちの野望のワンステップが完成するというのにさ。それを彼女と君に壊して欲しくなったんだよ。危険だというのに止まらないんだ。そういう奴なんだ」

「湯浅晃一郎は、九七年に東大経済学部を卒業して、第三銀行に入行した。その後、カリフォルニア、ロスアンゼルスの大学に留学したんだが、その地で失踪してしまったらしい。その失踪した湯浅とユアサ投資顧問の湯浅は同一人物ではないのか？」

慎平は、身を乗り出した。

「よく調べたじゃないか。さすが兵庫まで各駅停車で行ったかいがあったね。それが正しいのかどうかは、もう少し後にしよう。いずれにしても湯浅は、自分のことを彼女や君に分かってもらいたいらしい。そしてこういう男が世の中にいたことを知らしめてもらいたいという強い願望を持っているんだ。その結果、何もかもが壊れてもいいと思っている。奴の強い願望だから、それは叶えてあげて欲しい。もう少しの辛抱だよ」

やはり、兵庫行きの電車に途中まで乗っていた男は関係者だったのか。

「自分が何者かを書いて欲しい？　知らしめてほしい？　俺には理解不能だ。ところであなたと湯浅はどういう関係なんだ？」

「あいつとはね、ロスアンゼルスの小さなアパートで出会ったんだよ。俺はレストランで働いていたが、貧乏で、どうしようもなく金が欲しい時にね」

「ロスアンゼルス？」

「そうさ、みんなロスアンゼルスでの出来事さ」

「いったいあんたは何者なんだ。湯浅は有名なファンドマネージャーだと言っていたが」

中村が、先ほどにも増して強い調子で指で椅子を叩き始めた。

「そんなことより、なあ、ファンドって金儲けに一番いいと思わないか」

「客の金を安全、有利に運用するんだろう？　金儲けをするのは、金を預けた客ではないのか」

慎平は、険しい表情で言った。

「ヘッジファンドは、年間で二兆ドルくらいの規模があるんだ。それがさ、ある年は一・四兆ドルにも減ることがある。そんなことはざらさ。その〇・六兆ドルは、運用の失敗で、解散してしまう。日本円にして六〇兆円だよ。それだけの規模のお金が運用の失敗という一言で、誰からも追及されることなく闇から闇に消えていくんだ。マドフなんて五百億ドルだ。日本円で五兆円にしか過ぎない。可愛いものさ」

中村の表情はサングラスに隠されてうかがい知ることはできない。しかし口元には絶えず薄笑いが浮かんでおり、自分の話す内容に酔っているように見える。

「金融庁が、ここ最近もキングダムインベスト・マネージメントやアバンス・キャピタル・マネージメントなどの投資顧問会社にデューデリジェンス体制、まぁ、言うなれば、投資内容などの調査体制ってことかな、それが不十分などの理由で行政処分を課したけど、それだけのことだ。彼らにとっては痛くも痒くもない。もしも解散を命じられれば、素直に解散して、またどこかで始めれば良いんだもの。損失は客に、利益は投資顧問に……。とにかくそれが投資なんだよ。欲の皮の突っ張った連中が、自分の金を、何の努力もしないで増やそうとするんだ。そんな金が消えたとしても誰も同情しない。真面目に事業を起こし、真面目に働いた者、それがたった一度の投資の失敗、市場の悪魔に魅入られただけで身ぐるみ剝がされ、命を絶たれることがある。家族は悲しみのどん底だ。それまでの豊かな生活が、一転して暗く惨めな生活になる。ペットの犬だって飼うこともできなくなる。貧乏のために学校では苛められ、友達もできない。世の中を恨んでも、解決するには自分が金持ちになるしかない。そしてどうせ金持ちになるなら、家族を貧乏に陥れた投資を利用すればいい」

中村は、強い口調で話し続けた。指先の動きはさらに激しくなった。中村を見ていて、ふと変な気になった。湯浅が、投資指南などと言っていたから、中年男性のように見ていた。しかし、声の調子、肌の艶などからして案外と若いのかもしれない。サングラスで目の辺りを隠しているのは、若さを気取られないためなのだろう。

「それは騙すために投資家を募るということで、最初から詐欺を働くことではないのか」

慎平の問いかけに中村はふたたび声を上げて笑った。

「じゃあ、詐欺かどうかなんてどうやって見抜くんだ？　もしも逮捕されたとしても騙すつもりはなかったと言えば詐欺にはならない。銀行も強引に投資信託などの価格変動リスクのある商品を客に売りつけている。中には、病院に入院して、意識も定かでない人の手を取って、契約書に判を押させ、投資させる真面目な銀行員がいる。そういう男が、詐欺罪に問われたことがあるか？　もしバレたとしても金融庁の行政処分くらいなものさ。ではその金は本当に商品説明に書いてあるような運用をしているのか。それはしていない。でも詐欺にはならない。人を騙すという意図を証明するのは極めて難しいからだ」

「ユアサ投資顧問は詐欺集団なのか？」

慎平は、中村に詰め寄った。もし詐欺集団ならば、それに関わっている自分も詐欺の一翼を担っていることになる。

中村は、慎平の問いには何も答えず、薄く笑みを浮かべ、椅子から離れた。

「今頃、湯浅は仕上げにかかっている。あいつの弁舌は、不思議と人を酔わせるんだ。あいつは自分が何者か、分かっていない。あいつの心の中には、何もない。空虚だ。だから何の逡巡もなく、迷いもなく、痛みもなく、人に対して進めと言うことができる。時々、あいつを見ていると、キリストはあんな男ではなかったのかと思うことがある。人々に天国の道だと言いながら、殉教という地獄の道を歩めと言い切るのだからね。ああいう人間と組まなければ、ビジネスは大きくならない」

中村は、まるで酔っているかのように高揚している。

「何をふざけたことを言っているんだ。いつ、ここから出られるんだ」

慎平は、中村に摑みかかろうとした。中村は、それを巧みに避けた。

中村の背後で音がした。半開きのドアの向こうに人がいる。姿はドアに隠れてはっきりと見えないが、女性のようだ。黒いスカートの先が、ドアから覗いている。

「もう、時間です」

冷めた、乾いた声がした。

その声には覚えがある。

「菅沼さん」

慎平が叫んだ。

その途端に中村は部屋の外に出てしまい、ドアがバタンと音を立てて閉まった。

3

三崎は、美保を抱えるようにしてパーティ会場を後にした。

ホテルの外でタクシーを捕まえ、二人で乗った。

「大丈夫ですか」

三崎は訊いた。美保は、肩を小刻みに震わせている。

「ええ」

「寒いですか」

「いいえ、大丈夫です」

美保は、真っ直ぐ前を向いている。唇がやたらと乾く。緊張がまだ続いている。

「大変な目に遭いましたね」

「ええ」

「彼は、何か言いましたか」

「それが……」

美保は、三崎の方を向いて、じっと見つめた。途端に涙が溢れてきた。美保は、三崎の胸に顔をうずめた。

「どうかしましたか」

三崎は、困惑の表情を浮かべながら、両手をそっと美保の背中に回した。

「湯浅は、私をずっと監視していたんです。ずっと……」

「えっ、どういうことですか？」

三崎は、もっと長い時間、美保に身体を預けていて欲しかったが、美保は、急に身体を起こし、手で乱暴に涙を拭った。

「泣いてなんかいられない。慎平が大変なんです」

美保は、涙を拭うと、本来の勝ち気な女性に戻ってしまった。

「三崎さんの情報で湯浅のことを調べてくれています」

「どうかしたんですか？」

「数日、行方不明なんです。湯浅のことを調べて……。何かを摑んだに違いない。だから拉致されたんだわ。どうしよう？　湯浅は、私と慎平が親しい関係だということを知っていました。慎平を助けなきゃ」

美保は、今にもタクシーを降りそうになった。こんなところでぐずぐずしていられないとばかりに。

「落ち着きましょう。どこかに寄って対策を練りましょう」

三崎は、窓の外を眺めた。ファミリーレストランが見えた。

「運転手さん、あのファミレスに止めてくれないか」

三崎が言った。ハンドルが切られ、タクシーはファミリーレストランの駐車場に入った。

美保は、タクシーを降りると、足早にファミリーレストランに入った。

足取りは、しっかりしている。三崎は、それを見て、安心した。とにかく今は、美保の支えにならなくてはならない。

ウエイトレスにテーブルに案内され、コーヒーを頼んだ。

夜のファミリーレストランは、昼間のような華やかさはない。昼間なら、若い主婦たちが、子ども連れでランチに忙しい。しかし、夜は、寂しげな中高年男性や孤独な老人が一人で夕食を摂る姿が目立つ。

美保は、慎平が湯浅の出生の秘密を探りに兵庫県に行ったことを話した。

「それでもう少し調べてみるという連絡を最後に音信が途絶えたってわけか。もしこのまま連絡がないようなら捜索願を出すことも考えましょうか」

「でも、彼のことだから、調査に熱中しすぎているだけかもしれない」

美保は、無理に楽観的な推測を口にしてコーヒーを飲んだ。

「ところで湯浅があなたのことを監視しているってどういうことですか」

「湯浅は、私の動きを全て把握しているというんです」

美保は、周囲に目をやり、肩をすぼめた。

「気味が悪いですね。まるでストーカーだ」

「慎平が、高額の報酬でユアサ投資顧問の広報に採用されたのも、おかしいなと思っていたんですけど、湯浅は何もかも承知で、私を監視するために雇ったのかも……」

美保の表情に不安そうな陰りが浮かんだ。

「湯浅が何を考えているのか分かりませんが、今日のパーティでは非常に危険な臭いを感じました。客の顔を見ましたか？」

三崎は美保を見つめた。

「ええ、壇上からはっきりと」

「彼らは完全に湯浅に取り込まれている。まるで新興宗教のようだ。湯浅の言うことなら何でも正しいと思わされている」

「その通りだと思います。極めて危険です」

美保は、三崎に顔を近づけた。三崎は、息遣いが感じられるほど近づいてきた美保にどきりとした。

「彼らは、高利回りを提供されています。他社がマイナスになっているにもかかわらず、プラスリターンを続けています。サブプライム、リーマンショック、東日本大震災があったのに。あんな偶発的なイベントをまるで事前に予測していたかのようです」

「あり得ない……」

「投資家がユアサに説明を求めると、日経225のオプションと未公開株を組み合わせていると言ったり、国債中心だと言ったり、言うことがその都度違うようです。運用残高から見ると、相当な日経オプションを購入しなければなりませんが、それほどの購入はない。場外で買っているのかもしれませんが、いずれにしても疑わしいことに変わりはないです。クレスベール証券やマドフ事件を想起させます。湯浅は、資金を預かり、全く運用していないのではないかという懸念があります」

「ネズミ講のようなものですね」

「資金を集めて、高利のリターンを実施する。これなら高利回りは思いのままですから。しかしこの仕組みは利息支払いと資金集めが順調な間は良いですが、その歯車が止まると、破綻する」

三崎の表情が暗く沈んだ。

「いったい、なぜこんなことをするんでしょうか？　必ず破綻するのに」

「多くの人は他人より楽して金儲けをしたいと思っています。そしてそういう機会に恵まれ、主催者から、このことを秘密にしておきなさいと言われれば、秘密にします。他人に知られて儲けを持っていかれたくないと思うからです。騙そうとする人間は、そうした人の心理につけ込むんです。お互い情報交換のない中で、いったん、騙された人は、なかなか気づかない。ずっと騙されたままになります。マドフ事件も、ユダヤ人の金持ちサークルの人たちが騙されました。今回の件も、年金基金というサークルで、その基金の責任者は、運用など知らないにもかかわらず、知らないとは言えない業界のボスだったり、ポスト維持に汲々とする天下り官僚だったり、彼らは、そのプライドをくすぐられたり、遊興の面倒を見てもらったりしています。とにかく訳が分からなくても運用さえうまくいき、自分の責任が問われないなら、それでいいのです。もっと厳しいことを言えば、徹底してうまく騙してくれた方がいい。騙された時に損害を受けるのは、基金の資金です。自分の資金ではない。そしてうまく騙してくれれば、防ぎようがなかったと言い逃れもできるんです」

「騙される人はそうでしょうが、騙す方は、どんなメリットがあるんでしょうか？」

「私設銀行を作って問題を起こす人がいます。無許可で自分で勝手に資金を集めたり、運用したりすることですが、ある主婦が、親しい友人に、有利な運用があると話を持ちかけたそうです。友人は、彼女に金を預けました。彼女は次々といろいろな人に話を持ちかけたのです。それでどうしていたかと言うと、お金を集めては、せっせと約束した利息をそのお金で支払っていたというのですね。捕まった時、彼女は疲れましたと言ったそうです。約束した利払いを実現するために、資金集めに走りまわっていたんです」

「何だかかわいそうですね」

「でも彼女は、人からお金を預けてもらうことで自己満足？　自己肯定？　そんな満足を得ていたんでしょう。マドフにもそんな面があります。貧しい中から成り上がってきたマドフは、アメリカで最も上流の東海岸のユダヤ人社会で認められていたんですから」

「湯浅もそうでしょうか？」

「彼は、復讐するんだと盛んに言っていましたね。あれは単なる修辞ではなく、何かルサンチマンを抱えているんだと思います。こういう人間は、自己満足より、より高く上りつめるために金を集めるんではないでしょうか？　復讐すると言っていましたが、市場で痛い目に遭ったことがあるんでしょう。外資などに支配されている市場で自分たちが、彼らの動きとは関係なく高利回りを実現することで復讐すると言っているのだと思われますが、市場は多くの参加者で成り立っていますから、全く無関係ではいられません」

いつの間にか、三崎のカップのコーヒーが飲みほされていた。

美保は、まだ残っている。

「コーヒー、頼みましょうか？」

「いえ、結構です。これ以上、コーヒーを飲むと寝られません。ただでさえこうやって美保さんと時間を過ごしているだけで興奮しているんですから」

三崎が笑みを浮かべた。

「湯浅は、今日のパーティを開いて、何を始めようというのでしょうか」

美保は、三崎の笑みを無視して、深刻な表情で言った。

「お付き合いのある年金基金の人たちに感謝するというような悠長な会の雰囲気ではなかったですね」

三崎も真剣な表情になった。

「ええ、壇上から見ていて怖いくらいでした。どの人の目も血走っていて、とことんいくぞ、どこまでもついていくぞっていう感じでした」

美保の話に三崎は腕を組み、しばらく考えていた。

「ひょっとしたら仕上げにかかっているのかもしれません。詐欺集団だとしてですが、最後に資金繰りがつかなくなって、より有利な運用を提示して資金を集める連中がいます。でもそれらはまだ真面目な方で最初はちゃんとやろうとしていたんだが、うまくいかなくなったので無理をしてしまうんですね。もう一つは、最初から詐欺をしようとしている場合です。彼らは、そろそろ潮時だと思うと、そこで大々的に高利回りを謳い、一気に資金を集め、ドロンしてしまうんです」

「湯浅はどちらですか？」

「私は、後者だと思っています。ここで一気に資金を集め、ドロン」

「じゃあ、何とか食い止めないといけない」

美保は、深刻そうに眉根を寄せた。

「私、すぐに検査局長と協議して、検査に入るように手配します」

「検査局は動いてくれるでしょうか」

美保は心配そうに訊いた。

「決定的な犯罪の証拠が必要ですね」

三崎は何かを考えているのか、無言になった。美保は三崎の言葉を待った。

三崎の表情が明るくなった。

「何かいい考えが浮かびましたか？」

美保は訊いた。

「以前、国本さんがアポロ証券の赤羽社長の経歴を問題にされましたね」

「ええ、刑事罰を受けた赤羽社長は、証券会社の取締役の適格要件を欠くのではないかという問題です。でも、それは三崎さんに問題ないと一蹴されましたが」

「もし検査局の腰が重ければ、あの問題を告発として受理します。まあ、任せてください。そこまで無理しなくても、私の力で検査局を動かしてみせます」

三崎は自信ありげに言った。

「期待しています。絶対に検査局を動かしてください。そうでないと私が鳴らした警鐘の意味がなくなってしまいます」

美保は、三崎の手を取り、頭を下げた。

三崎は、驚いたように目を見張り、「分かりました」と力強く言った。

美保は、慎平のことを思った。ひょいっと現れて、変わらない笑顔を見せてくれないかと願った。湯浅の話をそのまま受け止めると、慎平が、ユアサ投資顧問に入社したのも自分に責任がある。今回の問題に慎平を巻き込んでしまったのは自分だ。もしものことがあれば、どう償っても償い切れるものではない。

それにしても湯浅は、分からない人物だ。いったい何をして欲しいのだろうか。彼からは、自分の身を守るという保身の空気は感じなかったが……。

美保は、周囲を見渡した。

「どうしましたか？」

三崎が訊いた。

「ここも誰かに監視されていないかと思って」

美保は、不安げに呟いた。

4

「どういう反響ですか？」

湯浅は、アポロ証券社長の赤羽に訊いた。

「とてもいい反響です。やはりパーティが良かったと思います」

赤羽はやや興奮気味に言った。

「そうですか。それは何よりですね」

湯浅はほくそ笑んだ。

「S県土木建設業厚生年金基金は十三億円、中部段ボール厚生年金基金は三億円、Hエリアトラック厚生年金基金は十億円などです」

「ほほう、今までセールスに苦労していたところですね」

湯浅は、嬉しそうに微笑んだ。

「そうです。ところが先日のパーティで馬頭さんや崎山先生、西野理事長らが、そうとう熱心に口説いてくださったので、成約になりました。早速、泉部長や柘植部長と運用について協議します」

赤羽の言葉に、湯浅は表情を変えずに答えた。

「それはしなくていいです。まずはいつものようにその資金を香港のスタンダードチャータード銀行セントラル支店のユアサ香港の口座に移してください。運用の指示は私の方でやりますから」

赤羽は、不満そうに表情を歪め、意を決したように言った。

「社長、それはそうですが、彼らは、いつも決められた持ち分で運用を任されているだけです。それではモチベーションが上がりません。もっとやらせてみたらどうでしょうか」

赤羽の顔には、緊張が浮かんでいる。

湯浅は、赤羽の反応にそのまま答えることなくゆったりとした雰囲気を漂わせている。

「もちろんユアサ投資顧問のパフォーマンスがいいのは、社長の運用のお蔭だとは思っておりますが、どうも……」

赤羽の眉間には深く皺が刻まれた。頬が強張り、ぴくりと動いた。乾いているのか、しきりに舌で唇を濡らしている。

「どうしましたか？　赤羽社長？　どうもの後の言葉がありませんが」

湯浅が薄く笑っている。

「私は、湯浅社長には感謝しております。私は、以前勤務していた証券会社で刑事被告人であった過去があります。総会屋事件に絡んで利益供与罪で罰を受けました。しかしあれはサラリーマン役員としてやむを得ない罪であったと思います。上の指示に逆らうわけにはいかないからです。上司が総会屋と付き合っていることは知っておりましたが、それをやめさせることはできませんでした。今考えると、悔しさ、身をよじるような悔しさがあります。どうしてあの時、何も言わなかったのかと。それで結局、上司と連座する形で逮捕されてしまったのです」

赤羽は、興奮気味に湯浅を見つめている。

「ええ、承知しております。それで？」

湯浅は、退屈そうに気のない素振りを見せた。

「懲役八カ月、執行猶予三年の刑でした。もう二度と証券界とは関わるものかと思いましたが、やはり舞い戻ってしまいました。そしてアポロ証券を作りましたが、所詮、負け犬の仕事です。うまくいかなかった。その時、社長に救っていただきました。中村さんの紹介でお会いしましたが、すぐに買収を決めていただきました。あの時の嬉しさは忘れられません。

二度も証券界で失敗することは許されません。それを寸前のところで食い止めていただきました」

「そうでしたね。それで、何をおっしゃりたいのですか？」

湯浅は、赤羽ににじり寄った。

「私は、大恩のある社長に逆らおうというのではありませんが、もう少し私どもにも運用実態を教えていただけたらと考えております」

赤羽は、そこまで言うと上目づかいに湯浅の反応を探った。

「言いたいことはそういうことですか」

「私たちは、社長が運用されるファンドを自信を持って販売しております。他のファンドにはない安定した高利回りには、どの顧客も喜び、満足しております」

「それならそれでいいではないですか？　どこに問題がありますか」

湯浅の目が冷たく光る。

「ええ、問題がないと言えば、ないですが、でもあのような……」

赤羽は言いにくそうに身をよじるようにした。

「あの国本記者が書いた記事にあなたも影響されているのですね。でも彼女は、パーティで、多くの熱心な客の姿を見て、納得してくれたようです。もう何も書きませんよ」

「それならよろしいですが、私どもは、香港上海銀行、HSBCから届けられる純資産総額、NAVの書類を見ることもできず、菅沼役員経由で知らされるだけです。営業マンは、菅沼役員から教えられた数字で営業しておりますが、運用実態を教えていただけたら、もっと自信を持って営業できると思うんですが」

赤羽は、弱々しく笑った。彼が、ここまで湯浅に意見を言ったのは、初めてのことだ。

湯浅は、無言で赤羽の目をじっと見つめている。薄く笑っているように見える。

赤羽は、湯浅の無言に堪えられなくなって、ふたたび口を開いた。

「あの記事が出て、解約の申し出が増えた時は、必死でした。解約を止めるのを諦めて、解約をさせたいと申し入れましたが、社長は、激しくダメだと申されました。しかたなく、再度、交渉し、相対取引で何とかいたしましたが、あの時、無理に相対取引をした先については、今も不安がよぎってならないのです。どうして素直に解約に応じなかったのかと今は後悔しております」

赤羽は目を伏せた。

「なぜ、そう思うのですか」

湯浅の声は、穏やかに聞こえるものの、冷たい響きがあった。

「私は、証券会社時代にも同じような経験があります。解約したいと言う客に、無理やり違う株を買わせました。そうすることが善と教えられたからです。ところが、そうした客は、全てと言っていいほど最後に大きな損失を被りました。あの時、解約をさせてくれていれば、と罵倒されました。ある客は、絶望して自殺をしました。そんな経験があるのです。それで解約には素直に応じた方が、息長く取引できると思っております」

「赤羽社長は、お優しい。でもその優しさが、会社をダメにしたんではないですか。そんなのは自己責任ですよね。いくら営業に言われても最後に判断するのは、客です。証券の世界は、自己責任ですよ。得も、損もね」

湯浅は、視線を赤羽から外した。

「その通りではありますが……」

「もうよろしいでしょう。解約の動きも収まり、新しい取引の申し込みも増えてきました。順調です。何か、文句はありますか」

湯浅は、突き離したように言った。

「分かりました。もう、何も申し上げませんが、最後に一言だけ。せめて菅沼役員経由ではなく、信託銀行から送られてくるＮＡＶを見せていただけませんか。それで運用ノウハウが、外部に流出するなどということはあり得ません。それさえ見せていただければ、私は、安心して部下にファンドを販売させます」

赤羽は、頭を下げた。

「検討しておきます。でも、誰がリーマンショックを、東日本大震災を予言できますか？ それができなければ、本当に安定的な運用などできないんですからね」

湯浅は、怒りを込めて言った。

「いろいろ申し上げて失礼しました。ご検討、よろしくお願いします」

赤羽は、社長室を出ようとして、ふと立ち止まった。

「社長」

赤羽は言った。

「まだ何かあるんですか？」

湯浅は、もはや赤羽には何の関心もない風情で振り返った。うんざりした表情だ。

「ここのところ堤広報部長がお見えになっていないようなのですが。パーティにもご欠席でしたが……」

湯浅は、赤羽に笑みを浮かべ、「ご心配には及びません。彼には、ちょっと別のことをやってもらっています」と答えた。

赤羽は、納得していない様子で首を傾げながら、社長室から消えていった。

入れ替わりに菅沼が入ってきた。

「如何なされましたか。少し浮かない顔をされていますが」

「ああ、先生」

湯浅は菅沼に言った。

菅沼は、途端に厳しい表情になった。

「あっ、すみません。つい、出てしまいました」

「もう、いいです。でも何があったのですか？」

「赤羽が、疑問を持ったようです」

湯浅が言うと、菅沼は、何回も頷いた。

「証券会社に勤務していた者が、私のような素人同然の女性が作るNAVを見せられて、それに合わせてセールスするのですから、不満は出るでしょうね」

「そういうことです」

「構いやしないですよ。気にしないでいいでしょう。万事、中村がうまくやってくれますからね。あなたは彼に任せていればいい。余計なことさえしなければ、全て順調です」

菅沼は、無表情に言った。

湯浅は、不安げな様子だ。先ほどの赤羽に見せていた冷徹な表情とは違い、物悲しささえ漂っている。

「中村さんから、余計なものに関心を持ちやがってと叱られました」

「国本記者のことですね。しかたありませんわ。美しい方ですから」

菅沼は淡々と話す。

「それも理由の一つですが、彼女ほど、真剣に私のことに関心を抱いてくれた人間はいなかったように思えます。それが嬉しかった。私は、自分が、何者か知りたいという気持ちを消すことができないんです。いったい自分は誰なんだろうかと……」

湯浅は、一瞬、うつろな表情になった。

「それで国本記者や堤部長を動かしたのですか。自分で自分を探ろうとされたのですね」

菅沼は湯浅に近づき、頬を平手で軽く叩いた。乾いた音がした。

「何を寝ぼけたことを言っているのですか？　あなたは湯浅晃一郎です。それ以外の何者でもありません。彼らを遊ばせすぎたのではありませんか」

湯浅は、叩かれた頬を押さえ、うなだれた。

「しっかりしなさい。もう少しですからね」

菅沼は、薄く笑い、湯浅を励ますように言った。

湯浅は顔を上げた。その顔は、冷たさが感じられるいつもの表情になっていた。

「そうそう、それでいいのです。あなたは堂々としていればいいのですから。全ては、私と中村でやりますからね。はい、これをどうぞ」

　菅沼が、渡したのはNAVのデータだった。

　これはHSBCなどファンドの受託銀行代理人から送られてくる、ファンドを構成するサブファンドの毎月末時点の純資産残高のデータだ。

「これが送られてきたデータです。こちらが中村の指示で訂正したものです」

　菅沼は、説明した。

「大分、乖離が激しくなりましたね」

　湯浅は、データを見つめたまま言った。

「当然です。でも気にすることはありません。客に対してありのままに報告するかしないかなんて、どうでもいいことです。客は、とりあえず損をしていなければ、満足なのですから」

　菅沼は、薄く笑った。

「でも、もう少ししたら大損をさせることになります」

　湯浅が、真面目な顔で言った。

「でも、その時、私たちは大きな利益を得ることになるのです。それは次の夢へのステップですよ」

　菅沼は、しっかりせよとばかりに、湯浅の手を、自分の手で包むように握った。

5

ドアを押すと何の抵抗もなく開いた。慎平は、恐る恐る部屋を出た。締め忘れたのか、それともまた何か罠があるのだろうか。

第十章　狂信者の夢

1

三崎は、相当な覚悟でこの場に臨んでいた。

「ここがユアサ投資顧問の入居しているビルですね」

三崎は、主任検査官に言った。

「十階がオフィスです。十一階にアポロ証券が入っています」

彼の背後には、十一人の金融庁の検査官が並んでいた。通常は六人程度で検査に入る。主任検査官を含め十二人というのは倍の人数で臨んでいることになる。

金融庁監督局に勤務する三崎が金融庁検査局の検査官たちと一緒に検査の現場に入ることなど絶対にない。

監督局の三崎の役割は、金融庁検査局が検査してきた内容に基づき、処分や監督指導をするというものだからだ。

しかし、今回は、金融庁長官に特別の許可を得て、検査に参加した。それは、この検査が自分の進言によって行われたからだ。

三崎は、再三にわたり、美保からユアサ投資顧問に検査に入るようにと言われていた。ぐずぐずしていると被害が拡大するだけだとも責められていたが、なかなか踏み切れないでいた。しかし、湯浅が主催するパーティで美保が晒し者になる姿や湯浅に熱狂する人々の姿を見て、決意した。このままではいけない。間違いなく被害が拡大する。元首相まで招くという派手なパーティが三崎の不安を確かなものにした。

これは最後の花火ではないか？

終わりを迎える時に一段と派手な演出をする。詐欺師ならば、絶対にそういうことをするだろう。最後の勝負に出て、後は雲散霧消させてしまうつもりなのだ。絶対にそうに違いない。

三崎は、今までも多くの金融詐欺事件に遭遇し、対処してきた。銀行を舞台にした横領事件なども経験した。それらの事件に共通することを挙げろと言われれば、被害は最終段階で一気に拡大するということだ。

最近では肉牛の飼育詐欺事件があった。安全安心牧場事件だ。肉牛に投資させ、それを高額で販売することで高配当を約束するものだ。あの会社は肉牛という相場で価格変動するものに対して利回り保証していたがそんなことは不可能だ。三崎も金融庁も早くから警察庁や国税庁に調査すべきと警告を発していたが、彼らは腰が重かった。すると牧場はさらに高利回りで資金集めを始めた。この情報を得た際、危険だと思った。ようやく刑事事件化した時は手遅れだった。被害の拡大を食い止められなかった。

　事件において初期段階の被害額はたいしたことはない。早い段階で食い止めておけば、被害は当然小さくなる。しかし、どの事件も発覚直前に被害額が何倍にも膨らんでしまう。それはまるで詐欺師が、発覚するタイミングを事前に知り、最後の荒稼ぎを狙ったかのようだ。最終段階で詐欺師の餌食になった者たちが、いつも本当の被害者となる。初期段階で手を引いた者たちは、大きな利益を勝ち得ることもある。だから詐欺事件はなくならない。なぜ騙されるのか。それは自分だけは騙されない、騙されていないと思い込むからだ。そう思った時には既に騙されている。どれだけ多くの人たちが詐欺師の言葉やしぐさに酔い、金を巻き上げられたことだろうか。詐欺師は、彼の狂信者の死骸の上で全身を揺すりながら大きく笑う。累々たる死骸を踏みにじりながら……。

　湯浅も同じではないか。湯浅が詐欺師ならば、そろそろ潮時と考えたのではないか。そして最後の荒稼ぎに出た。それがあの派手なパーティだ。あの後、ユアサ投資顧問には多くの資金が集まっているという情報がある。まさに最後の花火だ。そんな直感が三崎に働いていた。何としてでも湯浅を追い詰めてやる。三崎は、強い決意に溢れた表情で、唇を引き締めた。

主任検査官が、部下に指示を与えている。十一階のアポロ証券に入検するチーム、十階のユアサ投資顧問に入検するチームに分け、それぞれの役割を伝えた。

湯浅を確保しろ。それが至上命令だ。そして、一気にユアサ投資顧問の運用の全貌を解明する。それが検査チームの任務だ。

主任検査官の指示を仰ぐ検査官たちの表情は厳しい。三崎も彼ら以上に厳しい表情になっているに違いない。

三崎は、かつて検査局に所属したことがある。検査の現場も少なからず経験した。緊張するはずはないのだが、今回は緊張を隠せない。どこかに湯浅に対する私憤が入っているからだろうか。美保をなぶり者にした湯浅に対する怒りだ。

「三崎さん、そろそろ行きますよ。大丈夫ですか?」

主任検査官が訊いた。

「ええ、幾分、緊張しているというか、興奮してますね」

三崎は強張った笑みを浮かべた。

「ちょうどそれくらいの方がいい仕事ができます。何せ、今回は三崎さんの熱意に動かされて入検するようなものですからね」

「恐れ入ります」

三崎は頭を下げた。

「みんな今回は通常検査ではない。犯則調査だ。心してやれ」

主任検査官が検査官たちに言った。通常の金融検査は、指導的な意味合いが強い。しかし、犯則調査は、金融庁に与えられた差し押さえなどの強い権限を行使できる。これは金融犯罪が疑われている場合の金融検査なのだ。

検査官たちが、深く頷いた。

犯則調査となると、検査官たちはいつも以上に気合いが入る。不正を発見できれば東京地検特捜部や国税庁に告発して、事件化できるだろう。ユアサ投資顧問の預かり資産は四千億円にも膨らんでいるため、もし事件化すればマスコミを大きくにぎわすことになる。そのことを考えると、気合いが入らない検査官はいない。

「時間を合わせておきましょうか」

主任検査官が腕時計を確認する。

「入検時間、十時一分十五秒。オーケーか？」

検査官全員がオーケーと言った瞬間、主任検査官が、ビルに足を踏み入れた。

エレベーターに乗り込む。三崎は十階に向かう。ユアサ投資顧問のオフィスがある。

三崎と主任検査官を含む七人の検査官たちは、十階で降りた。他は十一階に向かう。十一階には、ユアサ投資顧問の営業部隊であるアポロ証券がある。

三崎の前にユアサ投資顧問のオフィスの入り口が現れた。透明なガラスドアの向こうに受付が見える。木目調の看板を背景にして受付の女性が座っている。輝くような白色の受付は、いかにもおしゃれで現代的で、訪問してきた者を信頼させる効果がありそうだ。

自動ドアが開く。

受付の女性が、三崎たちを見て驚いて弾かれたように立ち上がった。今にも悲鳴を上げそうだ。黒いスーツの険しい表情をした男たちが集団で押し寄せてきたのだ。驚かない方がおかしい。

「金融庁です。検査を行います」

主任検査官が声を張り上げた。

「は、はい」

彼女は魂が抜かれたような表情で、目を見開き、すとんと腰を落とした。

主任検査官は、彼女に身分証を提示したが、彼女には、そんなものを確認する余裕もない。まだ何が起きたのか理解できないでいる。口を半開きにし、焦点の定まらない目が泳ぐように視界を探っている。

「大丈夫ですか？」

主任検査官は、優しい口調で彼女に問いかけた。

「はい、はい」

彼女は、瞬きもせず、唾をごくりと飲み込んだ。

「オフィスに入りたいのですが、ドアを開けてくださいますか」

「ちょっとお待ちください。上司に確認を取ります」

彼女は立ち上がろうとして、ふらふらとよろめいた。主任検査官は突然、「その必要はない。すぐ開けなさい」と声を荒らげた。彼女は、その声に鋭く突き刺され、身体を硬直させ、「はい、すみません」と答えた。

彼女は、ようやく立ち上がり、受付を離れ、首から下げたカードをセキュリティシステムに接触させた。

ドアが静かに開いた。

三崎は、検査官たちに遅れないようにオフィスに飛び込んだ。

少し気になって背後を振り向いた。受付の女性が気が抜けたように両手をだらりと下げて、その場にしゃがみ込んでいるのが見えた。

オフィスは、廊下と執務スペースが、上半分がガラスになっているパーティションで区切られている。そのため執務の様子を廊下から見ることができた。

運用企画部と表示のある部屋の前に立った。

ドアにはやはりロックがかかっている。セキュリティシステムを解除するカードが必要だ。

「受付にいた女性のカードを借りれば良かったですね」

三崎は主任検査官に言った。

「大丈夫です」

主任検査官は、にやりと笑って、ドアを叩いた。かなり力を込めている。音が響く。かなり乱暴な男のようだ。

室内には三人の男がいた。一人の小柄な男が振り向き、三崎たちに気づいた。目を大きく見開いている。主任検査官が、身分証を男に見せ、ロックを解除しろと声を張り上げた。男には、ガラス越しなので聞こえていないかもしれないが、そんなことはお構いなしに、また叫んだ。男は、隣に座っている上司らしき人物に何か言うと、腰を上げて、ドアに近づいてきた。

いよいよ始まったと思うと、三崎は、いやがうえにも高ぶってくる気持ちを抑えられなかった。

2

美保は慎平のことが心配でいつの間にかユアサ投資顧問のビルの近くに来ていた。ここに来れば慎平に会えるかもしれない。ビルの前に立っている若い男の後ろ姿が目に入った。

「慎平！」

美保は悲鳴に似た声を上げた。

目の前に慎平がいる。どれだけ心配したことか。突然、連絡が途絶えて、四日も過ぎていた。いったい何をしていたというのか。

少しやつれた感じがするが、何があったのか教えて欲しい。

「美保、久しぶり」

慎平は軽く笑みを浮かべた。

「何が久しぶりよ」

美保は、慎平の顔や首や胸を両手で確かめるように触った。

「やめてくれよ。くすぐったいじゃないか」

慎平が身体をよじった。

「何言っているの。本当に慎平かどうか心配だから確かめているのよ」

美保は真剣だ。

「分かった、分かった。本物の慎平です。もう、いいでしょう」

「どうしてたのよ！　突然、連絡しなくなって！」

「ごめん、詳しいことは後で」

「何が後でよ。いい気なものね。慎平がいない間にもいろいろあったのよ。私は湯浅のパーティで、舞台に上げられて大変な目に遭ったり。聞いて、湯浅はね、絶対おかしい。私のことを前から知っていたようなの。知った上で私や慎平を何かの目的のために動かしていたの」

美保は一気に話した。慎平が、人差し指で美保の口をふさいだ。

「知っているよ。湯浅は君の動きを知りたくて、俺を雇ったらしいからね。俺の実力じゃなかったんだ。ちょっと情けないよね」

慎平は自虐的に言った。

「えっ、それ本当のこと？」

美保は驚いて慎平の顔を見返した。

「本当さ」

「詳しく話してくれない」

「後でね。それより本当に心配した？」

慎平が照れくさそうに笑っている。その顔を見ると、涙が出てきた。

「何言っているの。いい加減にしてよ」

優しい声をかけたいのだが、それができない。

「ごめんね。ちょっと閉じ込められていたんだ」

「どういうこと？」

「拉致さ」

物騒なことを楽しそうに笑みを浮かべて話す慎平の気が知れない。

「どういうこと？」

「それも後で話すから。今は急ぐんだ」

「急ぐって何。ここはユアサ投資顧問のビルよ。ここで何かあるの？」

美保はビルを見上げた。

「俺は、今日、解放された。何かされたわけじゃない。ただ閉じ込められていただけだ。そして解放された。それも自然にだよ。ということは時間稼ぎだと思うんだ。奴らには時間が必要だった。俺たちが、奴らが思った以上に真実に近づいたのかもしれない。それで俺の動きを止めた。俺の動きを止めたってことは、美保の動きも止めたってことになる。急がないと、湯浅を捕まえないと、彼はどこかに行ってしまうかもしれない。中村と一緒にさ」

慎平がビルの中に入ろうとした。

「ま、待ってよ。散々、心配をかけといて何も説明せずに、湯浅がどこかに行く？　何よ、それ？　中村？　誰、いったい誰のことを言っているの」

美保は興奮気味に言った。

「とにかく十階に急がなくちゃ。湯浅に会わなければ」

慎平が走りだした。

「待って！」

美保は慌てて、その後を追いかけた。

エレベーターに乗り、十階に着いた。受付が見えた。

「あれ、おかしいな」

慎平が言った。

「どうしたの？」

美保が訊いた。

「受付の女性がいないんだ」

いつも受付に座っている女性がいない。

慎平は受付に近づいた。

「堤部長……」

オフィスに通じるドアが開いた。受付の女性が現れた。今にも泣きだしそうな顔をしている。

「いったい、どうしたの？」

「検査、検査が入ったんです。いっぱい男の人がやってきたんです。いったいどうしたんですか？　この会社！」

彼女は、とがった声で言った。

「金融庁の検査が入ったんだわ！　やった！」

美保の顔が明るくなった。

「検査ってそんなに嬉しいことなんですか？」

受付の女性が、美保の顔を見て、首を傾げて怪訝そうな顔をした。

「そりゃ、嬉しいわよ」

「じゃぁ、検査っていいことなんですね」

「そうよ、いいことよ。やったわね。これで湯浅の悪事が白日の下にさらされる。三崎さん、検査局を動かしてくれたんだ。さすがね」

「その三崎っていうのは誰なんだ？」

今度は慎平が首を傾げた。

「金融庁のキャリア。私がユアサに検査に入るべきだとずっと説得していたの。慎平がいない間、私は何もしていなかったわけじゃないのよ。それに三崎さん、私が湯浅にとんでもないことをされた時も慰めてくれたんだからね」

美保の目が、得意そうにキラリと光った。

「とんでもないことって？」

慎平の顔が曇った。

「そんなことは後、後。今は検査の方が大事よ。早く湯浅のところに行きましょう」

美保が、慎平の話を遮った。

「本当にいろいろあったみたいだね」

慎平は、美保の態度に不満げな顔をした。

「そう、いろいろね。後から、お互い、話すことが多そうね」

美保が、少し得意げに、小鼻を膨らませた。

「あのぉ、堤部長もオフィスに入られますか？」

彼女が訊いた。

「入ります。ＩＤカード忘れたんで、開けてくれますか？」

慎平に言われて、彼女は胸から下げたカードをセキュリティシステムに接触させた。

「ありがとう」

慎平は彼女に笑顔を向けた。

「この会社どうなるんでしょうか？　やっと派遣先として落ち着いたのに……」

肩を落とした彼女に慎平は、

「僕も、これから先のことはよく分からないけど、この会社と離れた方がいいと思う。悪いけどね。じゃあ、行くね」と声をかけた。

「えーっ、ホントですか？」

「私も、そんな気がするわ。じゃあね、ありがとう」美保も後を追ってオフィスに入った。

3

「運用企画部長の泉です」

派手なストライプ柄のスーツを着た、一見すると陰険そうな男が主任検査官に言った。

「ただ今から金融検査を実施します。ただちに持ち場を離れて、こちらに集まってください」

主任検査官が指示した。小柄な男が、パソコンの電源を切ろうとした。

「そのままにするんだ！」

検査官が鋭い声で言い、すばやく小柄な男の手を摑んだ。

「電源を落とすだけですよ」

男は、顔をしかめた。

隣に座っている体格の良い男が両手を挙げて、立ち上がった。まるで銃でも突き付けられているかのような格好だ。

「一切、何もしてはいけない」

検査官は摑んでいた小柄な男の手を放した。

「佐藤も鎌倉も、指示に従うんだ」

泉が険しい顔で言った。

小柄な男は、佐藤、大柄な男は鎌倉だ。

「金融検査って事前に通告があるんじゃなかったんですか。こんな検査って乱暴でしょう」

泉が主任検査官に食ってかかった。

「あなた方に不正の疑いがあるから、緊急で検査に入った。何もなければそれでいい。大人しく指示に従いなさい。ところで湯浅は？」

「ここにはいません。そう言えば、今日は見ていないな」

泉の言葉で、主任検査官は、一人の検査官に「ここを頼む。書類やデータは残らず押さえるんだ」と言った。

「ええっ、仕事できなくなるじゃないですか？」

佐藤がじだんだを踏むように両足をばたつかせた。

「しばらく休業だ」

主任検査官がにやりとした。

「休業、そんなことできるか。客の金を預かってんだぞ」

佐藤が乱暴な口調で主任検査官に立ち向かった。

「検査に協力するんだ。逆らったり、妨害することは許さない」

主任検査官は佐藤を睨みつけた。

「佐藤、黙るんだ。逆らうんじゃない」

泉が佐藤を制止した。佐藤は「くそっ」と言い、拳で机を叩いた。

「急ぎましょう。早く湯浅を見つけないと」

三崎は主任検査官を急がせた。

「そうしましょう」

主任検査官は三人の検査官を運用企画部に残し、他を引き連れて、三崎と共に廊下に出た。

「次は資金運用部ですね」

三崎は言った。

資金運用部のドアが開き、執務スペースから男が出てきた。腹が出た太った男だ。

「金融庁だ。そのまま、そこで動くな！」

主任検査官が叫んだ。男は、驚き、とっさに踵を返して、執務スペースに逃げ込もうとした。

「おい、待て、待つんだ！」

三崎は、駆け寄って男の襟首を摑んだ。男は、反り返り、バランスを崩して倒れた。三崎も一緒に倒れてしまった。

「大丈夫ですか」

主任検査官が、慌てて三崎に近づいた。

「ええ、大丈夫です」

三崎は、男の襟首を摑んだまま立ち上がった。

「おい、立てよ。なぜ逃げたんだ」

三崎に襟首を摑まれ、男は、青ざめた顔で立ち上がった。

「資金運用部長の柘植と言います。すみません。何事かと思って、驚いたものですから」

「我々は金融庁だ。今日から検査に入る。あなたが資金運用の責任者なんだな」

主任検査官が鋭い目つきで睨んだ。ユアサ投資顧問の疑わしい資金運用をこの太った男が担っているのだろうか。見たところ、それほど運用に長けた男には見えない。

「私、資金運用の責任者じゃありません」

柘植は、情けない顔で言った。三崎は、襟首を摑んでいた手を離した。

「何を言っているんだね。あなたは資金運用部長だと言ったじゃないか？」

主任検査官は苛々とした口調で言った。

「私は、ほんの少しポジションをもらって、その範囲内で運用しているだけです。この部には、私と五人の部下がいますが、それぞれわずかな資金ポジションを与えられているだけで、ユアサ投資顧問の本流の運用ではありません」

「それじゃあまるでおもちゃを与えられた子どもじゃないか」

子どもと言われて、怒るのかと思われたが、案に相違し、安心したような顔になった。

「そうです。そうなんです。私は、ここでは何もまともな運用はしていないんです。何も知らないんです」

柘植は、主任検査官に媚びるような顔つきで言った。

「ふざけていますね」

三崎は憤慨した。

「この事実だけでも湯浅を詐欺罪に問いたいくらいです。彼らを客に見せて、さもまともな運用をしているかのように見せかけていたのでしょう」

主任検査官は、そう言うと、柘植に向き直り、厳しい顔で「じゃあ訊くが、運用の全体のことは誰が把握しているんだね。まさか湯浅社長だけだと言うんじゃないだろうな」と訊いた。

「そのまさかですよ。社長です。湯浅社長です。湯浅社長だけが運用の全体をご存じです」

柘植は、もはや開き直ったように言った。

「社長はどこにいる。この中にはいないようだが」

主任検査官が訊いた。

柘植は首を傾げ、「今日は見ていませんね。いつもはひょっこりと顔を出すんですが……」と言った。

主任検査官は、部下の検査官に資金運用部のデータや資料を押さえるように指示した。

「我々は行きましょう。湯浅を見つけましょう」

主任検査官は、三崎を促した。

「はい。もう社長室、応接室しかありませんね。そこにいるのでしょうか」

三崎は、ふと湯浅はもうここにはいないのではないかという気になった。

あの男は、今日の検査を予測していたかもしれない。

三崎は、主任検査官と二人で社長室に向かった。

室内には小太りの女性が一人で座って書類を見ている。「開けなさい」と主任検査官が大声で怒鳴りながらドアを叩く。室内の女性が驚いた顔で立ち上がり、セキュリティを解除し、ドアを開けた。

三崎と主任検査官が一緒に中に入った。

「金融庁です。検査に入りました」

三崎が彼女に向かって言った。

女性が顔を上げた。三崎を振り向き、何が起きたのか理解できないという顔をしている。

「金融検査です。総務部の書類などを押さえます。責任者はいらっしゃいますか」

主任検査官が言った。

女性は、不安そうな顔を三崎に向けたまま、固まっている。

「あなたが責任者ですか？」

三崎は優しく訊いた。

「ち、違います」

彼女は震え声で言った。

「あなたのお名前は？」

「宇野、宇野君江です」

「では宇野さん、責任者は誰で、どこにいらっしゃいますか」

「責任者は、菅沼役員ですが、どこにいらっしゃるか分かりません」

君江は、腰が抜けてしまっているのか、立とうともしない。

「どこに行かれたのか分からないのですか」

三崎の問いに、君江は、何度も縦に大きく首を振った。

「責任者が誰もいないなんて会社の体をなしていないな」

主任検査官が憤慨したように呟いた。

「湯浅社長はどこにおられますか？」

三崎が、君江に訊いた。

君江は、おどおどした態度で「応接室ではないかと思います」と十一階に続く階段を指差した。

「三崎さん！」

背後から声がかかり、三崎は振り向いた。

「美保さん、どうしてここに」

三崎は、驚いた。同時に心が弾むのを抑えきれないのか、一瞬だけ表情が緩んだ。

美保の隣に若い男がいる。あれが堤慎平だろうか。なかなかすっきりした雰囲気の男だ。

美保と並んでいるのを見て、三崎の心にさざ波が立った。

「彼が堤慎平君です。一応、ユアサの広報部長。しかし、なぜだかここ数日、行方不明でした。拉致されていたんですって」

美保が慎平を一瞥する。

三崎が驚いて、「拉致？」と声を発する。

「ご心配かけました。堤です。拉致の話は、後でしますから。早く湯浅に会いましょう。三崎さんの目的も、そうでしょう？」

「そうです」

三崎は、主任検査官を慎平に紹介した。

「あなたはユアサ投資顧問の広報部長なのですか？」

主任検査官は訊いた。

「ええ、名ばかりですが」

「でもポストからすると、湯浅社長の居所を知っていないといけないですね」

主任検査官の視線が鋭くなった。

「それが、知らないんです」

慎平は申し訳なさそうに言った。

「この会社の連中は、誰も彼も何も知らないと言う連中ばかりだ」

主任検査官は苛々として、顔を歪めた。

「それがこのユアサ投資顧問の実態なんでしょうね」

美保がしたり顔で言った。

慎平は、君江に近づいた。

「宇野さん、社長は？」

慎平が君江に訊いた。

君江は、まだ事態を飲み込めないのか、強張った顔を慎平に向けた。

「堤部長、今までどこにいたんですか？」

「話せば長いんだけど、社長に会いたい。菅沼さんはいないの？」

「社長も菅沼役員も、朝は、お見かけしましたが、その後は分かりません。応接室にこもっておられるのではないでしょうか」

「分かった。行ってみるよ」

　慎平は、美保と三崎に向かって「応接室に行きましょう」と声をかけた。

「堤部長、いったい検査って何ですか？　私どうしたらいいんですか？」

　君江が、うろたえている。

「大丈夫だよ。この人の指示に従って書類を出したり、データを見せたりすればいいからね」

　慎平は、主任検査官を君江に紹介した。

「心配しないでいいですよ。日常のお仕事を調査するだけですからね」

　主任検査官は君江に言った。

「分かりました。堤部長、もういなくならないでくださいね」

　君江は半泣きだ。

「随分、慕われているのね」

　美保が笑みを浮かべた。

「まあね。それじゃあ、宇野さん、この人の言う通りに、何もかも隠さず、素直に対応してね」

「十一階に応接室があるんですね」

　三崎が階段を見つめた。

「ええ、素晴らしい部屋ですよ」

　慎平は、取材時に案内されたウォールナットの板材で埋め尽くされた部屋を思い浮かべた。今、湯浅は、あの部屋で何か思いに耽っているのだろうか？

「三崎さん、行ってください。私は、ここの書類を押さえますから」

　主任検査官が言った。

　三崎は、頷き、「それじゃ堤さん、案内してください」と慎平に言った。

「私もついていくわ」

　美保が言った。

　慎平と三崎、美保の三人は、緩やかなカーブの階段を上っていく。階段を上り終え、廊下を歩くと、ウォールナットの木目が美しいドアが見えた。

　慎平は、ゆっくりとドアを開け、室内に足を踏み入れた。美保も三崎も慎平に続く。

「素晴らしいわね」

　美保が天井を見上げた。ウォールナットの板材が隙間なく貼られていて、まるで木の洞窟の中にいるような気持ちにさせられる。

「誰もいないなぁ。ちきしょう、どこへ行きやがったんだ」

三崎が、悔しそうに呟いた。

4

都内のホテルの一室にいたT県建設業厚生年金基金理事長の西野は、電話を置いた瞬間に青ざめた。傍らには銀座のクラブ「ミューズ」のミユキがいた。

「どうしたの？　深刻な顔をして」

ミユキは、昨夜の酒が抜けきっていないのか、腫れぼったい顔をベッドの中から覗かせていた。

ベッド脇のテーブルの上には、ワインの空きビンが並び、摘みに頼んだオードブルの食べ残しが、重く、甘ったるい匂いを漂わせていた。

「旅行だ。すぐ出発だ」

西野は、下着姿でクローゼットに向かった。

「何よ、突然、どこに行くの」

ミユキが不機嫌そうに言った。頭を押さえている。アルコールが残っていて、頭が痛いのだろう。

「タイだ、タイ。すぐ行くぞ。プーケットに連れていってやるぞ」

西野は、ワイシャツに袖を通している。

ミユキが身体を覆っていた布団を翻した。下着だけの露わな姿が現れた。

「タイ？　何よ、それ」

ミユキは、突然、口を押さえて、ベッドから飛び降り、トイレに駆け込んだ。便器に顔をうずめ、腹がよじれるような呻き声を発している。

「そんなところでゲロっている暇はないぞ。すぐに出発だ」

西野は言った。

「いったい誰からの電話だったのよ。ウッ、グエッ」

ミユキは、便器を抱え込んだまま、呻き声と共に叫んだ。

「湯浅だよ。湯浅が全てうまくやってくれているはずだ。タイに行けば王侯貴族の生活が待っているぞ」

西野は、自暴自棄になったように言った。

一昨日のことだ。西野は、数人の理事に詰め寄られた。

厚生年金基金の銀行口座に金がないと責められたのだ。銀行が、口座残高の急減を心配して報告してきたのだ。

「運用している。心配するな」

西野は抗弁した。

「運用先は、ユアサ投資顧問か」

理事は訊いた。

「そうだ。そこしかない。金はユアサ投資顧問にあり、十分な利回りで回っている」

「理事長とユアサ投資顧問との間の悪い噂があるんだよ。癒着しているのではないのかってね。まさか理事会の承認のない運用をしていないだろうね」

「そんなことはない」

西野は、即座に否定したが、すぐ脳裏にあの日の出来事がよぎった。

ユアサ投資顧問のパーティの日のことだ。

西野は、湯浅に近づき、金がいると言った。ミユキと付き合っていくのに金がいくらあっても足りないのだ。湯浅は、余裕のある笑みを浮かべて、それではもっと大きな儲けのある投資をしないかと言ってきた。

「理事会の承認が得られない」

西野が言った。

「大丈夫。安心していいですよ。すぐに高利回りで運用して元金を戻しますから。理事長は、きっと感謝されます。今日のパーティを見たでしょう。これだけの多くの人たちがユアサ投資顧問を信頼してくれています。理事会には、後から承認してもらえばいいでしょう」

「その高利回り運用をすれば、私に金が入るのかね」

西野は訊いた。湯浅は、にっこりと笑い、「私たちの運用口座に二十億円振り込んでください。いつでも理事会の要求があれば、返却しますから。その資金は、理事長用に私どもが運用します」と言った。

「私の金として二十億円も運用してくれるのか」

西野は心臓が高鳴った。

厚生年金基金の金を私的に流用するという罪悪感はない。湯浅のゆとりある笑顔を見ていると、何もかもうまくいくように思えてくるから不思議だ。二十億円を自分の金として使える。心が動かないはずがない。

「本当にいつでも返してくれるんだろうね。でないと私の首が飛ぶから」

西野は手で刀を作り、首を刎ねる真似をした。

「私が、今まで理事長にご迷惑をかけたことがありますか？」

湯浅は、不敵な笑みを浮かべた。

西野は、すぐに湯浅が指定する香港の銀行口座に二十億円を振り込んだのだった。

しかし、理事たちの追及は思いのほか厳しく、性急だった。

西野は、すぐにユアサ投資顧問から運用資金を引き揚げ、厚生年金基金の銀行口座の残高を元通りにするようにと要求された。もし、それが叶わなければ、理事会の承認なしに金を動かした罪で刑事告発するという。

西野は、慌てて湯浅に連絡した。湯浅はなかなか捕まらない。何度も何度も彼の携帯電話に連絡を入れた。

ユアサ投資顧問で運用している資金は、全部で五十億円にはなるだろう。今までの三十億円は、とりあえず理事会の承認は得ているが、この間の二十億円は自分の一存だ。これだけでも何とかしなければ、やばいことになる。西野は焦った。

ようやく湯浅と連絡がとれた。西野は、状況を説明した。そしてすぐに二十億円だけでも返して欲しいと言った。

湯浅は笑って、「それは無理です」とあっさり否定した。

「何を言っているんだ。いつでも返すと言ったじゃないか」

「確かにそう言いましたが、あまりにも急です。もう少し待ってください」

「いや、待てない」

西野は必死で食い下がった。湯浅の口調は、冷静そのものだ。焦っている自分がおかしいのではないかと思うほどだ。

「実は、ちょっと状況が悪くなりましてね」

「どういうことだ」

「金融検査が入るんです。それで金は当面、動かせません」

湯浅は、あっさりと悪びれずに言った。金融検査？　それでどうして資金を凍結することになるのか？

「金融検査と私の金とは関係ないだろう？」

西野は言った。

「ねえ、西野さん、そんなに興奮しないでください。それよりしばらくタイにでも行かれませんか？　以前、プーケットに行きたいと言われていましたよね。私が全部手配しておきます。二十億円もあれば、一生、遊んで暮らせますよ。まあ、そうでなくても理事会には少しの間、留守にすると言えばいいでしょう。金融検査が終われば、金は元通りにしますから。その間、ミユキとでも一緒に旅行を楽しんでください」

「タイ？　今すぐタイに行けというのか？」

「ええ、悪いようにはしませんから。理事の皆さんには、私から説明します。しばらく時間を稼いでください。二十億円は、ちゃんと運用しています。安心してください」

湯浅は落ち着きはらっていた。

「分かった。今から私は、どうすればいいんだ」

西野が訊くと、湯浅は、都内のホテルの名前を挙げた。そこに部屋を手配するので、ミユキと一緒に泊まればいい、そう言うと、また連絡するからと電話は切れた。

西野は、腹を決めた。湯浅は、時間稼ぎをしろと言うが、理事たちはそれでは収まらないだろう。この際、二十億円の金で、ミユキと優雅に海外で暮らすのもいい。

思えば、真面目一筋の人生だった。社会保険庁のうだつの上がらない官僚として暮らしてきた。それが湯浅と会って以来、銀座の女との遊びを覚えてしまった。今さら、昔のような真面目で堅い生活には戻れない。

理事たちは、湯浅との癒着を疑っていた。調べれば、その通りの事実が出てくるだろう。湯浅から自分に還流した金は間違いなく厚生年金基金に入るべき金の一部に違いない。厚生年金基金の理事は、公務員と同じ立場だ。湯浅との癒着が発覚すれば、逮捕される可能性もある。そう考えれば、どっち道、後戻りはできないのだ。疑われる前に、何事もなかったかのように装い直せば、良かったが、もはや手遅れだ。

タイか……。しばらく身を潜めるにはいい国だ。そのうち何かいい解決策が見つかるだろう。

西野は、湯浅に言われた通り、ミユキを誘って、ホテルに宿泊した。

昨夜は、ワインを空け、年甲斐もなく興奮し、何度もミユキの中で果てた。ミユキが、驚くほどだった。

そして今、湯浅の秘書と名乗る女性から連絡があった。羽田空港の航空会社のカウンターにタイ行きの航空券とタイでのホテルの宿泊券が用意してあると言う。

「ミユキ、行くぞ」

「嫌よ。タイなんかに行かないわ。勝手に行ったら」

ミユキは下着姿のまま、洗面所で口をすすいでいる。

「なあ、頼むよ。お前、行きたいって言ってたじゃないか。一緒に行ってくれよ。タイで暮らそう。私は、もう、お前なしでは生きていけないんだ」

西野は、スーツのズボンのベルトを締めながら、ミユキに近づいた。

ミユキは洗面所から出て、ベッドの脇のテーブルの側にあった椅子に腰を下ろした。

「嫌よ。私は東京がいい。銀座で店を持つのが夢なんだから」

「金ならある。店なんか二軒でも三軒でも持たしてやるから」

「絶対に嫌！　店は自分の力で持つから結構よ」

「そう言うな。頼む。もう航空券も何もかも用意してあるんだ」

西野は、両手を挙げて、ミユキを捕まえるかのような態度で近づいた。

「絶対に嫌！　一人で行って。もう、終わりよ。実は私、好きな人がいるの。悪かったわね、黙ってて。いつか言わなくちゃと思っていたけどさ。だから悪いけどタイには行けない。ごめんなさい。身体に気をつけてね。じゃあ、私、帰るから」

ミユキは立ち上がった。

「ダメだ。勝手なことばかり言いやがって。俺がどれだけお前に金を使ったと思っているんだ。一緒に行くんだ」

西野は、ミユキの腕を摑んだ。細い腕だ。

「やめて。放して」

ミユキがもがいた。

「さあ、ぐずぐずしないで、着替えるんだ。出発するぞ」

「痛い！　放してよ」

「絶対に放さない。お前をどんなことをしてもタイに連れていく。殺してでも連れていくぞ」

西野は、大きく右手を振りかぶり、ミユキの頰を叩いた。乾いた音がし、ミユキの頰が赤く染まった。

「何すんのよ。この変態野郎！」

ミユキが憎しみを込めた目で西野を睨んでいる。

「何だと！」

「変態に変態と言って何が悪いのよ」

「この野郎！」

また西野の右手がミユキの頬を打った。

その瞬間、西野は、何が起きたか分からなくなった。頭が割れるように痛い。目の前が、一瞬、暗くなった。頭に手を置いた。生温かい感触がある。その手を目の前に持ってきた。視界は、ほとんどないに等しいが、それが血だということだけは分かった。

「貴様……」

ミユキを見た。ワインボトルを持って、ぼんやりと立っている。

西野は、両手を振り上げて、ミユキに近づいた。ミユキの首を絞めようと腕を伸ばした。

ミユキは、恐怖に慄いた顔でワインボトルを振り上げた。今まで聞いたことがないような音が、頭の中に響いた。目の前が完全に暗くなり、何も見えなくなった。膝ががくりと折れ、床に倒れた。

ミユキの悲鳴が耳元で聞こえる。何でこんな結末を迎えることになるんだ。西野は、遠くなる意識の中で、自分の愚かしさを呪った。

5

応接室にある大きな木のテーブル。これも湯浅が自慢げに話していたジョージ・ナカシマが製作したものだ。

「何もないわね。落ち着くけど、ここは仕事をする部屋じゃない」

美保が呟いた。

「湯浅はどこに行ったのか。手がかりくらい摑まないと……」

三崎が焦っている。湯浅を探し出し、尋問しなければ、何も分からないからだ。

「菅沼さんも一緒かも」

慎平が独りごちた。

「誰なの、その菅沼って」

美保が訊いた。

「ユアサ投資顧問の取締役だけど、湯浅との関係はまだよく分からないんだ。だけどね、俺が閉じ込められていた場所に、彼女、いたんだ。間違いなくね」

「菅沼って、私がパーティで見たあの女性ね」

美保は、パーティで見かけた湯浅の側にいつもたたずんでいた女性を思い出した。

「ああ、おそらく。湯浅とは随分、長い関係らしいんだ」

　慎平が言った。

「あれ？」

　三崎がテーブルの下にかがみ込んだ。

「どうかしましたか？」

　慎平が訊いた。

「こんなものが」

　三崎が拾い上げたのは写真だ。それもかなり古い。

「見せて」

　美保がそれをテーブルの上に置いた。

　写真には、洋館の前に広がる庭で家族がくつろいでいる姿が写っていた。洋館は、家族の自宅のようだ。写真の右側に海が写り込んでいる。港なのだろうか、船が停泊している。

「両親と少年、そして犬、少年の側に黒服の女性……。これは湯浅の子どもの頃の写真なのかな」

　三崎が言った。

「すると、この少年は湯浅なの？」

美保が言った。

慎平は、何かが胸の奥につかえてしっくりしない。違う。ことみに見せられた写真と違う。

「俺が調べに行った湯浅晃一郎の故郷は山の中だよ。海なんかない。これはあの湯浅の故郷の景色じゃない。いったいどこだろう？」

慎平の胸はざわざわと騒ぎだした。つかえているものが、溶けだしていくのが分かる。そして疑問が、徐々に形を整え、真実の姿を形成しつつあるのを感じる。

「ねえ、この黒服の女性、どこか菅沼という人に似ていない？　私は、パーティでちょっと会っただけだけど、雰囲気がね。そんな気がするんだけど」

「ああ、似ている。このどことなく無表情のところなんて、そっくりだ。これは菅沼さんに間違いない。それにこの海……」

慎平の中で何かが確実に実を結んだ。

「慎平、どうかしたの？」

急に慎平が黙ったので、美保が心配そうに言った。

「湯浅は、なぜ、この写真をここに置いていったのか？」

慎平は美保の顔を見つめた。

「置いていったんじゃなくて落としていったのか、忘れたんでしょう？」

三崎が慎平の問いかけに不思議そうな顔をした。

「違います。これは置いていったんです」

慎平は断定した。

「なぜ？」

三崎が訊いた。

美保が慎平を見つめた。その目は、慎平の考えをはっきりと理解していた。

「私たちに自分のことを調べて欲しいからでしょうね。自分が何者か、湯浅はどうしても教えて欲しいのよ。それが湯浅の願いであり、彼が私をつけ狙っていたのはそのためよ。そうでしょう？　慎平」

美保は言った。慎平が頷いた。

「ではこの写真は、湯浅が私たちに見せるためにわざと置いていったというのですか」

三崎が信じられないという顔をした。

「そうに違いありません。湯浅は、今、俺たちを待っています。俺の口から、俺が調べてきたことを聞きたいのでしょう。行きましょう」

慎平は言い、歩きだした。

「堤さん、どこへ行くのです」

三崎が慌てた。

「この写真の場所は、きっと宇野さんが知っているはずです」

慎平は、小さく笑みを浮かべた。

「宇野さんが？」

美保が訊いた。

「彼女は、この場所に行ったことがあるからだよ」

6

「大変です」

十階に下りた慎平たちに、主任検査官が声を張り上げた。

「どうしました」

三崎が答えた。

「アポロ証券に入った検査官から連絡があり、赤羽が自殺を図ったようです」

「何だって！」

三崎が緊張した顔を慎平に向けた。

「すぐに行きましょう」

慎平が言った。

「アポロ証券は、十一階ね」

美保が言った。

慎平は、急いで君江の側に駆け寄り、「宇野さん、君に尋ねたいことがあるんだ。後で来るから、ここにじっとしていて欲しい」と言った。

「堤部長、何が起きているんですか。ここにいるのは嫌です。一緒に行かせてください」

君江は涙を流している。興奮して気持ちを乱している。

「赤羽さんが、自殺を図ったらしい。様子を見に行かねばならないんだ」

「私も行きます」

君江は涙を拭って、立ち上がった。

「ぐずぐずしないで行きましょう」

主任検査官が慎平たちを促した。

「では宇野さんも一緒に来てください」

慎平は、主任検査官の後に続いて君江の手を握り、廊下に出た。

美保や三崎も続いた。エレベーターは使わない。非常階段を上り、十一階に行く。ドアを開けると、目の前にアポロ証券の表示が見えた。

「こっちです」

主任検査官が、慎平たちを先導する。社長室という表示が見える。主任検査官が、ドアを勢いよく開けた。

一瞬、生臭い臭いが鼻についた。血の臭いだ。慎平は、顔をしかめた。

男が、執務机の上にうつぶせになっている。机の上は、真っ赤な血で染まっている。それが流れ出し、床に滴り落ち、床も赤く染まっている。おびただしい血の量だ。

君江が、「きゃっ」と叫んで、慎平の身体にすがりついた。

「どうしてこんなことに……」

慎平は絶句した。

「突然でした。机の中から、カッターナイフを取り出して、首をえぐるように切りました。止めましたが、間に合いませんでした」

検査官の一人が、うなだれた。

「救急車は？」

美保が訊いた。

「呼びましたが……。もう手遅れだと思います」

検査官は小さな声で答えた。

慎平は赤羽に近づいた。彼はいつでも上品な公家のような雰囲気を漂わせていた。物静かで、一言も余計な口出しはしまいと決めているかのようだった。総会屋事件に巻き込まれ、刑事被告人になった過去を引きずっていたためか、湯浅の後ろに隠れているように見えた。

「彼は、ユアサ投資顧問が詐欺だと証言しました。そして多くの人にご迷惑をかけましたと、涙ながらに謝罪していました」

検査官は、全ての供述を引き出せなかった無念さを滲ませた。

「どんなことを言いましたか」

慎平は訊いた。

「ユアサ投資顧問は、NAVを偽造し、客に運用成績を過大に示していたそうです。それで資金を集め、全く運用している気配はなかったと……。解約を申し出た客があれば、そのファンドを別の客に引き取らせることで解約を回避していたようです。解約すれば、ファンドの現在残高などの実態が信託銀行から報告されます。さすがに全てをごまかすことは不可能ですので、相対で客を見つけてきていたのでしょう。信託銀行からの報告書類や監査書類も全て湯浅に直接届けられ、赤羽も実態は何も知らされなかったと言っていました。しかし、このままではいずれ多くの人に迷惑をかけるのではないかと心配になり、湯浅に実態を正直に明らかにしようと言っていたそうです」

「しかし、湯浅は聞き入れない」

　慎平は怒ったように呻いた。赤羽は、一度、証券の世界で躓いた。失地回復を図るべく、若い湯浅にかけた。そして裏切られた。どれほど悔しかったことだろう。

「赤羽社長の言ったことが事実なら、相当ひどい詐欺集団ね。集団というより、湯浅一人が完全な詐欺師ということになるわね。このオフィスも従業員も詐欺をカモフラージュするためだけのものなのね。私が想像していたよりもずっと悪質だわ」と美保は、慎平を見て「さて、肝心の湯浅はどこにいるのかしら」と言った。

「詐欺師は湯浅だけじゃない。黒幕は別にいる」

　慎平は、遠くを見つめる目になった。

「どういうこと？」

　美保が慎平に食い下がるように訊いた。

「黒幕って誰のことですか」

　三崎が訊いた。

「もうすぐ分かります。ユアサ投資顧問は彼らにとって役割を終えたんでしょう。今頃、集めた資金と共に逃亡を図ろうとしているはずです」

　慎平は、静かに言い、君江に近づいた。

「宇野さん」

慎平に呼びかけられて、君江はびくっと反応して、慎平を見上げた。

「この写真を見てください。あなたはこの場所を知っているでしょう？　いつだったか、湯浅社長と神奈川県に行った時、海が見える場所の話を聞いたと言っていましたね。その場所を思い出してください。湘南とか言ってませんでしたか？」

慎平は、写真を君江に見せた。

君江は、うろたえた。知らないとばかりに首を振った。

「いや、あなたは知っているはずです。それに湯浅社長は、まだ完全に逃亡したのではない。私たちに会いたがっているはずです。あなたがここに残っているということは、あなたが彼の行き先を知っているからに違いない。彼は、いつも痕跡を残している。それは宇野さん、あなたですよ。思い出してください」

慎平は言い聞かせるように話した。

君江は、唇を嚙みしめて、じっと写真を見つめていたが、やがて静かに目を閉じた。記憶を探り始めたのだろう。

湯浅、もうすぐ会いに行ってやる。

慎平は心の中で呟いた。

7

現代年金研究所の崎山は、事務所で数人の厚生年金基金関係者を前にして年金運用の講演を行っていた。

「ユアサ投資顧問のアポロ・ミレニアム・ファンドはいいですよ」

崎山は、今までの運用成績のグラフを示しながら、熱のこもった説明をしていた。関係者は、熱心に耳を傾けていた。

崎山の携帯電話が鳴った。

「ちょっと失礼」

崎山は携帯電話を持つと、席を外して部屋の外に出た。

携帯電話の液晶画面には、湯浅晃一郎の名前が表示されていた。

「はい、崎山です」

「ああ、先生」

「湯浅君、どうしたの？」

「ちょっとお話、いいですか？」

「いいよ。でも今、アポロ・ミレニアム・ファンドの説明をしていたところだから、あまり長くは困るよ」

「ははは、先生にはいつもお世話になりますね」

湯浅の声はいつになく明るい。

「話は何だね」

「もう、アポロ・ミレニアム・ファンドのセールスは結構です。そのことを言いたかったのです。先生には、本当にお世話になりました」

「そうか……。もう終わったのかね」

崎山は静かに言った。

「先生、お気づきだったのですか？」

湯浅の声が、少し困惑しているようだった。

「ああ、薄々ね。あの国本記者の記事を読んでからね。どうも怪しいと思っていたよ」

崎山は愉快そうに言った。

「そうですか。申し訳ありません」

「投資家には資金の返却はできるのかね」

崎山の質問に、湯浅は沈黙した。

「どれくらいになるんだね。投資家の損失は？」

「……四千億円近くになります」

「ほほう、それはすごいね。それは大事件になるね。その割に私の報酬は少なかったな」

崎山は皮肉っぽく言った。

「申し訳ありません。いずれほとぼりが冷めましたら、先生には改めてお礼をたっぷりさせていただきます。先生のご推奨がなければ、ここまで運用資金を集めることはできませんでした」

湯浅は淡々と言った。

「随分、義理堅いね。それで君はどうするんだ」

「もう、お会いすることはないと思います」

「どこかへ行くのか。いや、消えるのか」

「お知りにならない方がいいでしょう。先生は、あくまで私に騙された被害者ですから」

「ではお互い健康に気をつけようじゃないか。人生は短いからね。お世話になったね。また仕事をする機会があれば、声をかけてくれたまえ」

崎山が、話し終えると、携帯電話は切れた。

「さて仕事に戻るか」

崎山は携帯電話をポケットにしまい込むと、ふたたび部屋に戻った。そこには少しでも高利回りの運用を探し回っている欲深い人間たちが待っていた。

お前ら、あまり欲張ると、痛い目に遭うぞ。そう思い切り言ってやりたかった。

欲望が人を狂わせるのは、いつの時代も真実だ。湯浅たちは、人の欲望に取り入る連中だが、それにしても国は彼ら以上の詐欺師だ、と思う。年金なんてものは、国が、庶民に幻想をふりまいているだけじゃないか。完全に破綻しているにもかかわらず、まだまだ大丈夫だと言い、勧誘を続けている。これを詐欺と言わずして何を詐欺と言うのだろう。

私は、厚生労働省、社会保険庁そして今日までずっと詐欺の片棒担ぎをしている。

「私もひどい人間だな」

崎山は、湯浅の端整な顔を思い浮かべ、薄く笑みをこぼした。

8

君江が、写真の場所を思い出した。湘南ではなく、横浜の港の見える丘公園近くの高台だ。今、そこにはマンションが建っている。湯浅は、神奈川県に行くと、必ずと言っていいほど、そこに立ち寄る。君江が同行したのは、一度きりだが、何度か湯浅に連絡した時、どこにいるのですかと訊くと、その場所を告げられた。よほどお気に入りなのですね、と君江は湯浅に言った。すると湯浅は、マンションの敷地内の小さな公園のベンチに腰掛けて、瞑想に耽るのがとても安らぐんだと答えたという。

主任検査官にユアサ投資顧問や赤羽の自殺の処理を任せて、慎平と美保と三崎は、タクシーを飛ばして、横浜に向かった。

「本当にそこにいるんですか」

三崎は半信半疑で訊いた。

「間違いないです。湯浅は、そこで美保と俺を待っています。もし俺たちが時間内に辿り着かなければ、諦めるでしょうが……」

慎平は言った。

「湯浅に会ってどうするの？　捕まえることなんかできないのよ。まだ犯罪になっていないんだから」

美保が言った。

「俺は、今まで調べたことを湯浅に話す。それを聞いてどういう行動をするかは湯浅次第だ」と慎平は神妙な顔で言った。

「すっ飛ばしてください」

三崎は運転手に言った。

タクシーは、高速道路を猛スピードで走る。渋滞はない。この速さだと、思ったより早く現地に到着するだろう。湯浅、待っていてくれ。慎平は祈るような気持ちになった。

湯浅の正体を探っているうちに、いつの間にか湯浅に取り込まれてしまった。もともと魅力的な男だと思ったからこそ、誘いに乗り、入社してしまったのだ。魅力を感じなければ、誘いに乗ることはない。湯浅を憎む気持ちは、不思議なほどない。この気持ちを喩えるなら湯浅の追っかけだ。スターを追っかけるのと同じだ。多くの投資家が湯浅に取り込まれた。彼らも慎平と同じように湯浅という男の不思議な魅力に取り込まれたのだろう。湯浅には、彼の話を聞く人たちを狂信させる何かがある。それを詐欺師の特質だというのは、ちょっと違うのではないか。もっと宗教的な感じがする。

宗教家に説得されて、全財産を教団に寄付する人がいる。彼らは騙されたのだろうか。それともそれが信仰なのだろうか。湯浅が逃亡してしまったら、投資家たちは夢から覚めて、騙されたと騒ぐのだろうか。それともしばらくは幸せな夢を見させてもらったと諦めるのだろうか。

「ねえ、慎平。もうそろそろ湯浅の正体を話してくれてもいいんじゃない？」

美保が肘で慎平をつついた。

「まだ確信を持つまでには至っていないんだけどね。湯浅も被害者かもしれないんだ」

「何ですって」

美保が飛び上がるほど驚いた。

「それは本当のことですか？」

助手席に乗っている三崎が振り向いた。

「俺は美保から提供してもらった湯浅晃一郎の情報を頼りに兵庫県に行った」

「その情報は私が提供したんです」

三崎が口をはさんだ。

「それはありがとうございます」

「話を先に進めて」

「俺は、湯浅の故郷を訪ねて、兵庫県の丹波市のW町、O村まで行った。そこには確かにかつて湯浅晃一郎が存在していた。彼は村が生んだ神童だった。何せ東大に合格したんだからね。彼の母親、ことみさんていうんだけどね、会ったよ」

「母親がいたの！　それなら三崎さんがくれたリストにあった九七年東大卒の湯浅は、ユアサ投資顧問の湯浅晃一郎に決まりじゃない」

「それがそうでもないんだ。まあ聞けよ」

慎平が性急さを諫めると、美保は大人しくなった。

「ことみさんは、残念ながら認知症が進んで、湯浅のことを覚えていなかった。だけどそこで一枚の写真を手に入れた。それは湯浅が第三銀行に入行した時に同期と一緒に写したものだ」

「現在のみずなみ銀行ですね」

三崎が前を向いたまま言った。

「俺は、みずなみ銀行に行った。取材と偽って人事部員に会うことができたんだ」

「私に言ってくだされば、頭取でも会わせましたのに」

三崎が、慎平を振り向いた。その顔にわずかに官僚の傲慢さが浮かんでいた。

「今度、お願いします」

慎平は、軽く言った。

「それで？」

美保が苛ついたように言った。もうすぐ目的地に着く。

「そこにも湯浅は確かにいた。しかも彼はエリートで、入行してすぐにアメリカに留学を命じられたんだ。ロスアンゼルスのＵＣＬＡさ」

「すごいね」

「ああ、すごい。ところが留学先のロスアンゼルスで消えてしまったんだ」

「失踪したの？」

　美保は目を丸くして慎平を見た。

「理由は分からないが、そこから湯浅の足取りはふっつりと消えた。同期の人間にユアサ投資顧問の湯浅の写真を見せた。彼は、これは自分が知っている湯浅晃一郎ではないかもしれないと言った。彼が記憶している湯浅と違いユアサ投資顧問の湯浅には、欲望が満ちているからだろうね。彼の思い出の中で湯浅はもっと素直な人間だったんだ」

「堤さんの話を総合すると、湯浅晃一郎は確かに存在するが、ユアサ投資顧問の湯浅と兵庫県で生まれ育った湯浅とは同じ人物なのか、そうではないのかはっきりとしないということですね」

　三崎が言った。

「それなのに湯浅も被害者だというのはどういうことなの？」

　美保は首を傾げた。

「俺は、失踪した湯浅に誰かがなりすましたのかと思ったんだ。ところが連中は、俺の動きを探っていて、思いのほか早く真実を突き止めると焦ったんだろうね。このままだと、計画に支障をきたすと考えて俺を拉致したんだ」

「計画というのは？」

「ユアサ投資顧問を舞台にした金の詐取だよ。彼らはそろそろ仕事を終える時だと考えていた。それがパーティだ。あれが総仕上げなんだ。パーティまでに、あるいはパーティの最中に真実が暴露されてしまうと、大失敗だからね」

「それでずっと私たちを監視していたんだ」

美保の目に恐怖の色が見えた。

「いざとなれば、何をするか分からない。目的は、金だけだから」

「その真実というのがなりすましなのですか？」

三崎が訊いた。

「いろいろ考えた。なりすます必要は何だろう。そうなると兵庫県の湯浅はどこに行ったのか……。やはり兵庫県の山奥に生まれた湯浅が、ユアサ投資顧問の湯浅になったと考えた方が自然だと思ったんです。なぜなら俺は調査の過程で、いろいろな人に会いましたが、何となく調査をさせられているという感じがあったからです。だって、調査の糸口も、僕の取材で答えてくれた『東大卒』という一言だった。それまで、一切公開していなかったのに。湯浅の正体を突き止めて欲しいと考えていたのは湯浅自身ではないかということです」

慎平の話に美保は、大きく頷いた。

「湯浅は、全てが終わったら自分を認めてもらいたいと言ったわ。私に……。認めてもらいたい、それが望みだと。それって自分が何者か知りたいってことよね」

美保が興奮気味に言った。

「そうなんだよ。湯浅は、俺と美保を利用して自分探しをしているんだ。湯浅晃一郎という人間に、まるで恋焦がれているかのように執心している俺と美保にね。俺と美保こそ、湯浅の純粋な狂信者だってことさ。あの欲望にまみれた投資家たちは、金の匂いに惹きつけられているだけだ。だけど俺と美保は、純粋に湯浅に惹きつけられているからね」

「私たちも狂信者……」

美保は気が抜けたように呟いた。

「着きました」

運転手が言った。

目の前に三十階以上はあるだろうと思われるマンションが建っていた。

「堤さん、それで結論は？」

三崎が、タクシーから降りるのを躊躇した。

「結論は、湯浅に会ってからです」

9

慎平たちは、タクシーを降りた。マンションに向かって歩く。君江が話していた小さな公園が見える。

「あれだわ、あの公園よ」

美保が指差した。

「本当にあそこに湯浅はいるんですか」

三崎は言った。

「彼らの時間に間に合っていればいいのですが」

慎平は、公園に向けて歩きだした。

「ブランコがある」

美保が駆けだした。

「誰もいませんね」

三崎が残念そうに呟いた。

公園には、誰も遊んでいない。マンションの住人の姿もない。静かだ。

慎平は、周辺に目を光らせながら慎重に歩いた。

「あっ、誰か来ます」

三崎が、公園の隅を指差した。男が一人、歩いてくる。慎平も美保も、男をじっと見つめている。

「湯浅よ」

美保が言った。

男は、細身の身体に濃紺のスーツをまとっている。ゆっくりとした歩みで近づいてくる。

ユアサ投資顧問の湯浅晃一郎だ。薄く笑みを浮かべているように見える。

「湯浅、金融庁だ。金融検査に入った。協力するんだ」

三崎が、一歩前へ進み出た。

「三崎さん、ちょっと待ってください」

慎平が三崎を制した。三崎は、不満げにその場に立ち止まった。

湯浅は、慎平たちの前に立った。

「よくここに来てくれましたね」

湯浅は満足そうな笑みを浮かべ、口を開いた。

湯浅は、歩みを進めた。周囲は時間を止めたようにあらゆる音がなくなった。公園には、彼の登場を待って、遠慮したかのように誰もいない。

湯浅は、黙ってブランコに腰掛け、自ら揺らし始めた。

「美保さん、そして堤さん、ありがとう。よく来てくれました。皆さんがここに辿り着けないのではと思って不安でした」

湯浅は、美保と慎平を交互に見つめて、小さく頭を下げた。

「あなたが少しずつヒントをバラまいてくれていましたからね」

慎平は言った。

「どうしてここなの？」

美保が訊いた。

湯浅が振り向いた。

「ここは私の思い出の場所です。ここで私は育ちました。ここには私の家があり、威厳のある父と優しい母が一緒でした。芝生が青々と茂り、愛犬のマック、愛きょうのあるフレンチブルドッグなんですがね。幸せでした」

湯浅は、ブランコを揺らしながら、静かに話した。

「あの写真の家族ですね」

三崎が我慢しきれないといった調子で話した。慎平は、また三崎を制した。三崎は、眉根を寄せた。

「その幸せは、長く続きませんでした。父は事業に失敗し、自殺しました。その時のことを思い出すと、今も私は辛くてしかたがありません。父の後を追うように母が死に、私は愛犬のマックとも別れなくてはならなくなりました。私の家庭教師だった菅沼と一緒に暮らしましたが、苦労の連続でした。私は、私や私の家族を苦しめた世間に復讐を誓いました。それは金に対する復讐でもありました」

三崎が、突然、飛び出した。湯浅の前に立つと「それが詐欺をして厚生年金基金を騙して、金を奪うことなのか」と眉を吊り上げて叫んだ。

湯浅は、三崎を黙って見上げた。そして一瞬、小馬鹿にしたような薄ら笑いを浮かべた。

「欲望に駆られ、父に襲いかかり、父の頭を喰らい、腹をえぐる奴らばかり。父は、のたうち回り、苦しみと汚辱にまみれ、そしてそれに耐えられず自ら死を選んだ。私の周りに集まる人間たちは皆、同じだ。父の肉を喰らうために集まった連中と同じだ。そんな連中を滅亡させるのに何の躊躇がいるものか」

湯浅は、ブランコから離れ、三崎の襟首を掴むと、憎しみに満ちた顔で叫んだ。

「かわいそうな人ね」

美保が呟いた。

湯浅が美保を振り向いた。三崎の襟首を掴んでいた手を離し、美保に一歩だけ近づいた。

「あなたが私を追及しているのを知った時、不思議な安心感を覚えた。自分に関心を向けてくれる人がいる。こんなことは初めてだった。父が死に、母が死んで、マックと別れ、一人になって以来、私は誰からも相手にされていないという思いを抱いていた。勿論、菅沼という世話をしてくれる人はいた。だが、孤独だった。成功すればするほど、さらに孤独になった。誰もが、私の金を目当てに集まってくるだけだ。その中で、あなたは違った。私に純粋に関心を持ち、その上、私を滅ぼそうとした。何だか不思議な快感を覚えた。美保さん、きっと私はあなたを愛したのだろう。そんな気持ちを抱いた時、私の奥底から消えない違和感が湧いてきたんだ」

美保は湯浅から「愛したのだろう」と言われ、複雑な顔になった。その言葉に動揺してはならないと耐えているような顔だ。

湯浅は顎を上げ、遠くを見つめる目になった。

「その違和感とは、自分が何者であるかということですね」

慎平が湯浅を見つめて言った。

湯浅は、慎平に顔を向け、頷いた。

「あなたは、ここに来て、ブランコに揺られながらも本当は別の景色を見ていたのです。それは海ではない、山の景色です。だから違和感が拭えなかったのです」

「慎平、それ、どういうこと？」

美保が驚いたように訊いた。

慎平は、美保には何も答えず、湯浅を見つめていた。

湯浅は、首を傾げた。

「ある少年が、兵庫県丹波市のO村という山間の小さな村で生まれた」

慎平の話に湯浅は真剣に耳を傾けていた。

「父親は早く亡くなり、母が一人で手塩にかけて育てた。少年は、もの静かで思慮深く、優しかった。しかし、家は貧しく、母子家庭の少年は、差別され、苛められた。悔しさを勉強にぶつけた。きっとこの村、そして村の人々を見返してやると固く誓った。少年は必死で勉強し、東京大学に合格した。東京に出てきた少年は、嫌な思い出のある故郷の記憶を忘れようとし、実際に故郷を捨てた……」

慎平は、湯浅から目を離さず、淡々と語りかけた。

湯浅の目にうっすらと涙が浮かび始めた。

「その村で少年のことを覚えている人に会った。その人は、聡明だった少年のことをよく記憶していて、少年は村を捨てたのだろうと悲しそうに話していた。少年は、大学を卒業し、大手銀行に就職した。そしてアメリカ留学というエリートコースに乗った。そこで運命が変わった。少年は、ある人間に出会った。彼も少年と同じように故郷に嫌な思い出を持っていた。そこで何らかの事故が起きた。その結果、少年は自分が望んでいた通り、故郷の嫌な記憶を消すことができた。ところがその穴埋めをするかのように、出会った男の記憶が入り込んだ」

　慎平は、強い口調で言った。

「記憶がすり替わったということですか」

　三崎が、驚いた様子で言った。

「そうだと思います。何らかの事故でその少年の記憶が消え、そこに別人が記憶を吹き込んだ。そして少年は別人になったのです」

　慎平は湯浅を見つめた。

「その少年は湯浅晃一郎。そうすると、あなたが今、語ったのは別人の記憶なのね」

　美保が憐れむように湯浅を見つめた。

　湯浅は、しばらく慎平を見つめていた。そして顔を伏せた。

「私は、湯浅晃一郎で間違いがないのですね」

　湯浅は、喉から絞り出すように言った。

「あなたはその名の通り湯浅晃一郎です。しかしあなたの記憶は、全て中村敏行氏のものです。中村敏行氏は、あなたが尊敬するファンドマネージャーだということになっています。表向きはユアサ香港の代表者ですが、彼が実質的なユアサ投資顧問の経営者なのです。あなたは単なる演技者、表面上のユアサ投資顧問の代表に過ぎない。あなたは中村氏の振り付けで、代表を演じているだけなのです」

慎平は、言い切った。

美保と三崎は、飛び上がるほど驚き、お互いを見た。

湯浅は、顔を上げ、慎平を見つめている。その顔はどこか悲しげで、それでいて満足感も滲んでいた。

10

公園の入り口にタクシーが止まったのが慎平の視界に入った。

「いよいよ真打の登場のようです」

慎平の言葉に美保らは公園の入り口に視線を向けた。

タクシーから二人の男女が降りてきた。

ゆっくりと歩いてくる。中村と菅沼だ。中村は、トレードマークのサングラスをかけている。菅沼は、喪服のような黒いロングドレスだ。無表情なその顔からは、一切の感情を読み取ることができない。

「やっぱりここでしたか」

中村が、薄く笑った。

湯浅は、「もう時間ですか？」と消え入るような声で言い、中村の方に歩いていく。

「中村さん、あなたが本当のユアサ投資顧問の代表ですね。実際に全てを取り仕切っていたのはあなただ。詐欺的な運用も何もかも。ある意味では、本物の湯浅晃一郎はあなただと言っていい。彼は、傀儡《かいらい》です。今、彼にそのことを申し上げたところです」

慎平は、まっすぐに中村を見つめた。中村の薄笑いは消えない。

「金融庁の三崎と言います。本日、ユアサ投資顧問に金融検査に入りました。あなたの協力を求めたいのですが、よろしいでしょうか」

三崎が前に進み出た。

「堤さんでしたね。あなたが何を考え、何をおっしゃったか知りませんが、私はユアサ香港の代表に過ぎません。会社にユアサの名前は冠してますが、実際は資本上も全くユアサ投資顧問と関係はありません。私はユアサ投資顧問とは無関係なのです。従って、金融庁の三崎さん、協力はできませんね」

「詐欺的な事実が判明すれば、刑事事件に発展します。ですから、中村さん、湯浅さん、菅沼さん、あなたがたは絶対に協力してください」

三崎は食い下がった。

中村は、湯浅を見て、「どうしますか？　湯浅君？」と訊いた。それはまるで先生が生徒に言うような口調だった。

湯浅は、中村ではなく菅沼を見て「先生、どうしましょうか」と訊いた。

菅沼は、無表情なまま「私たちと一緒に行くのです」と言った。

湯浅は、頷いた。肩を落としている。その後ろ姿は悲しく、切ない。

「ねえ、いい加減にしたら。湯浅さんを弄ぶのはやめなさい」

美保が、湯浅のスーツの裾を摑んだ。湯浅が驚いて、振り向いた。

「湯浅さんは、自分が何者か知りたくて、私や慎平を利用しようとした。そして今、自分が何者か、ようやく分かった。彼は、あなた方のおもちゃじゃない。湯浅さん、あなたは本当の自分の記憶を取り戻したくないの！　それにあなたを信じて投資した多くの人に対する責任をどう考えているのよ！」

美保は厳しい口調で言った。

「先生、私の記憶は、すべて中村さんの記憶だそうです。堤さんの調査結果です。私も薄々、感じていました。どうしてもしっくりこないことがあったからです。堤さんのインタビューで、彼が母子家庭だという話を聞いた時も、なぜか心がざわつきました。そういう時は、ここに来て、いつも海を見ていました。堤さんの言われたことは本当だと思います。それでも私は、一緒に行かねばなりませんか？」

湯浅は、菅沼に訊いた。

慎平は、「ああ」と大きく声を出した。

「どうしたの？　慎平」

美保が驚いて、慎平を見た。

「全ては、あなた、菅沼さん、あなたの振り付けなのですね。中村氏も湯浅社長もあなたの支配の下にあるんだ！　あなたが真の黒幕。みんなあなたが仕組んだことだ」

慎平が叫んだ。

初めて菅沼の表情が動き、頬がほのかに赤くなった。

「先ほどの湯浅社長の話も合わせると、あなたは中村氏の幼い頃からの家庭教師。中村氏と二人でロスアンゼルスにいる時、湯浅社長が、あなたがたの手に落ちた。それからあなたは、彼らに詐欺投資顧問を運営させたのでしょう」

慎平の言葉に菅沼は何も答えない。

中村がサングラスを取った。その顔を見た時、慎平は、はっと息を呑んだ。右目の傍らに大きな痣があったのだ。

「これは火傷の痕だよ。ここにあった我が家が燃えた際、金の亡者たちにつけられたものだ」

中村は、痣を指差した。

「実は、我が家に火をつけたのは私なんだ。幸い、罪に問われることなく逃れられたが、金の亡者たちは怒って、私に真っ赤に焼けた鉄材を押しつけやがった……」

中村の隣に立っていた菅沼の顔が、一層、赤くなった。涙がすっと流れた。

「中村さん」と慎平は呼びかけた。

中村は無言で慎平と対峙した。

「あなたは湯浅社長とロスアンゼルスで入れ替わったのですね。あなたはレストランで働いていたとおっしゃった。そこに留学中の湯浅社長が来たのでしょう。お二人は年齢、体型ばかりでなく、不遇な少年時代という境遇も似ていました。それで意気投合されたに違いありません。夢も語り合われたでしょう。

しかし、決定的に違うのは、湯浅社長は東大卒の大手銀行マンというエリートですが、あなたはそうではない。あなたはさぞかし羨ましかったことでしょう。その時、何か事故が起きて、湯浅社長は記憶のすべてを失った。それは、あなたが仕組んだ事故かもしれないし、湯浅社長自身の責任による事故かもしれません。ロスアンゼルスは犯罪の多い街です。暴漢に頭を強打され、記憶を失う人もいると聞きます。そこで菅沼さんの登場ですね」

慎平が菅沼を見ると、厳しい目で睨んでいる。その目は涙のせいか、赤く充血している。

「菅沼さんは、中村さんをどんなことをしても成功者にしたかった。それは、不幸にも自殺という形で亡くなった中村さんの父上の願いでもあったのでしょう。家庭教師だった菅沼さんは孤児になった中村さんを親代わりで育ててこられた。きっと二人で、毎日、中村家の再興を夢見て暮らしておられたのでしょう。それは中村さんの父や母を死に追いやった世間に復讐することでもありますからね。そこで記憶を失った湯浅社長の東大卒の学歴を利用することにした。どんな事業を興すにも、特に金融の世界では、東大卒の学歴は有効です。きっと取引先の年金基金に『湯浅は東大卒だ』と囁けば、信用されるでしょうからね。菅沼さんは湯浅社長に中村さんのストーリーを教え込み、湯浅社長に中村さんの影武者として世に出てもらうことを計画した。そして誕生したのが、ユアサ投資顧問ですね。ここを舞台に大金を摑んで中村家の再興を図ろうとされたのですね。菅沼さん、そして中村さん」

慎平は二人に呼びかけた。

「先生、そろそろ時間です」

中村は、慎平の推理には何も答えず、ふたたびサングラスをかけ直した。

「自分の人生を弄ばれて、湯浅さん、あなたはそれでいいの？」

美保は激しく言った。

「もう手遅れです。私はもはや先生や中村さんなしでは生きられません。でもありがとう。

私の過去を調べてくださって……」

湯浅は、美保を見つめた。悲しそうな、力のない目つきだった。

「さあ、行きましょう」

中村は、湯浅に言った。

「検査に協力しないなら、あなたがたを検査忌避で逮捕するぞ」

三崎が怒ったように言った。

「三崎さんの能力からすれば、ユアサ投資顧問が何をしていたか、手に取るように分かりますよ。しっかり証拠を摑んだ時は、私たちを国際手配でも何でもすればいい」

中村は薄く笑みを浮かべ言い放った。

三崎が悔しそうに顔を歪めた。証拠も自白もないので、彼らを見逃すしかない。

「湯浅さん、お待ちください。もう一つ、大事なことを言い忘れていました」

慎平が呼びかけた。湯浅が振り向き、慎平を見つめた。

「湯浅ことみさんを覚えていますか？」

慎平の問いかけに湯浅は首を傾げた。

「覚えておられませんか？　自分の記憶をゆっくりと辿ってみてください。きっと思い出されるはずです。湯浅ことみさんは、あなたのお母様です。残念ながら認知症を患い、また身体の具合も悪く、兵庫県丹波市のW町にある介護付き老人ホームにおられます。そこで今もあなたの帰りを待っておられます。ずっと、ずっと待っておられます。あなたは湯浅晃一郎です。中村の傀儡ではありません。湯浅ことみさんの愛情で育てられたのです。どうか湯浅ことみさんに会ってあげてください。一度だけでも訪ねてあげてください。その時、あなたは、きっと全ての記憶を取り戻し、本物の湯浅晃一郎に戻るでしょう」

慎平は、湯浅にゆっくりした足取りで近づいた。

「これを見てください」

慎平は湯浅に一枚の写真を見せた。それには、少年時代の湯浅晃一郎の姿が写っていた。少年は母親のことみの手をしっかりと握っていた。

湯浅は、じっと写真を見つめていた。悲しげな表情を浮かべていたが、写真を慎平に返すと、ふたたび背を向けて、歩き始めた。

「おい、待つんだ。待てよ」

三崎が、追いかけようとしたが、三人は待たせていたタクシーに乗り込んだ。

タクシーが動きだした。

三崎が、走って、その後を追ったが、みるみるうちにタクシーの姿は小さくなった。

「ちきしょう。検査結果次第では国際手配でも何でもしてやるぞ」

三崎が、怒りに任せて地面を蹴った。

「巨額詐欺事件の主犯がいなくなっちゃった」

美保が力なく呟いた。

「湯浅は、必ず帰ってくるさ。きっとね」

慎平は、湯浅が揺らしていたブランコをじっと見つめていた。

エピローグ

一人の若い男が、兵庫県丹波市のW町にある介護付き老人ホームを訪ねてきた。手に提げているのは、土産のカステラと花束。

彼は受付に立ちより「こちらに湯浅ことみさんという方が入所されているとお聞きしたのですが」と尋ねた。

「ことみさんですか？」

珍しいこともあるものだと受付にいた杏子は思った。以前、若い男性ジャーナリストが訪ねてきたことがあったが、ことみにはめったに来客がないからだ。

また若い男の人だわ。

杏子は、彼をしげしげと見つめた。ふと、似ていると思った。目元のすっきりしているところなど、ことみを彷彿とさせる顔立ちだ。

ドキドキした。まさか、行方不明になっていることみの息子、晃一郎ではないのか。まさかではない。きっとそうに違いない。

杏子は、受付を飛び出して、「あのぉ、失礼ですが、晃一郎さんですか」と彼に訊いた。

彼は、はにかんだような微笑みを浮かべて、頷いた。

「大変だわ、ことみさん！　ことみさん！」

杏子は、駆けだした。

彼は、杏子の驚き振りに苦笑した。そして遅れないように杏子についていった。

杏子が、ことみの部屋のドアを荒々しく開けた。

「ことみさん、ことみさん、晃一郎さんが帰ってこられたわよ」

杏子は、ベッドに寝ていることみを揺すった。ことみは、うっすらと目を開けた。

彼は、ことみの部屋に足を踏み入れた。途端に、滝のような涙が流れてきた。手で拭っても拭っても涙は指の間から溢れ出てきた。

部屋の中には、懐かしさを感じさせる匂いが充満していた。それはまさしく記憶している母の匂いだった。ベッドに女性が横になっている。髪は白くなり、顔もやつれている。しかし、その顔に見覚えがあった。ものすごいスピードで記憶の小さなピースが合わさり、一つの絵を作り上げていくように彼女の顔が、彼の記憶の中で再生されていく。それはいとおしく、温かく、優しく、母、そのものだった。

女性が、彼を見つめている。その目に涙が光っていた。それを見ると彼の目からふたたび涙が溢れ出してきた。

「母さん……」

彼の口から、言葉が発せられた。

それは長い間、彼が忘れていた言葉だった。

参考文献

『バーナード・マドフ事件――アメリカ巨大金融詐欺の全容』アダム・レボー　副島隆彦監訳・解説　古村治彦訳　成甲書房
『巨額年金消失。――AIJ事件の深き闇』九条清隆　角川書店
『会社の年金が危ない！――厚生年金基金・適格退職年金はこうして減らされる／そして会社は行き詰まる』奥村佳史　生活情報センター
『年金倒産――企業を脅かす「もう一つの年金問題」』宮原英臣　プレジデント社
『実録！　厚生年金基金脱退とM&A・ICのはなし――ある社労士の告白』野中健次　日本法令
『行列のできる人気セミナー講師が書いた世界一やさしい年金の本』井戸美枝　東洋経済新報社
『野村證券――元営業マンから見た40年』池田有三監修　阿部芳郎編著　本の泉社
資産運用と退職給付制度の専門誌「年金情報」多数　格付投資情報センター

解説

土屋直也

『狂信者』は、二〇一二年二月に発覚した投資顧問業のＡＩＪ事件をベースにしている。ＡＩＪが預かって運用した資産の九五％が消えた空前の経済事件だった。消失額二〇〇〇億円というのは当時、日本経済新聞の編集委員をしていて、巨額不正にはある程度慣れっこになっていた私にとっても信じられない額だった。

当時、報道はＡＩＪ事件一色となったが、事件発覚から五年がたった。過去の経済事件と同様に風化している。だが、忘れてしまうには惜しい事件であり、見直したい時期にいまの日本はある。

アベノミクスの結果、金融緩和は長期化し、不動産ミニバブルの様相を呈している。私は二〇一四年に日本経済新聞社を辞して、「ニュースソクラ」という、インターネット専門のニュースサイトを起業した。縦割りでカバー範囲が狭かった大新聞に勤めていた時以上に日々のニュースの最前線に接することになった。

今年に入ってから、地面師といわれる大掛かりな犯罪集団が上場企業から不動産取引などでカネを巻き上げるなど、バブルにつきものの事件が日常化し始めた。それを肌で感じている。

そんな折に、巨額詐欺の原型ともいえるＡＩＪ事件を扱った『狂信者』が文庫化された。改めて事件が問い直されるきっかけになるのは極めてタイムリーだと思う。

事件は、証券取引等監視委員会が立ち入り検査で暴き、詐欺と金融商品取引法違反として起訴された。ＡＩＪの浅川和彦元社長はいま獄中にいる。事件は一応の決着をみている。だが、運用実績の水増しなどの不正は判明したものの、当事者の横領は実証できなかった。

二〇〇〇億円という巨額な資金、それも運用額のほぼすべてが運用失敗だけで消えてしまうものなのか。いまも謎の多い奇怪な事件だった。巨額不正事件につきものなのは古今東西、女と闇勢力の介入だ。

ＡＩＪ事件もご多分にもれず、愛人と長年つきあった女性秘書の存在が明らかになっている。だが、闇の勢力が顔を出すことはなかった。とても不自然だった。そこに、作家に転じる前は銀行マンとして、闇の勢力とも立ち回りを演じたこともあった江上剛氏が興味を持ったのではないだろうか。

『狂信者』では、中村という黒幕の存在が描かれ、闇とのつながりをにおわす構成になっている。江上氏らしい真実への肉薄を試みているといえるだろう。当時の私自身の取材メモにも、なぜ闇の勢力が顔を覗かせないのか、不審に思っているのがうかがえる。

ひとつの仮説は、この事件での闇の勢力が、米国のマフィアで、なかなか捜査が及ばなかったのではないかというものだ。ＡＩＪの運用はＡＩＡという実態がない会社を形式的に使って行われていた。ＡＩＡの住所はタックスヘブンとして有名な英領ヴァージン諸島の「私書箱九五七」に置かれていた。

この私書箱九五七は後から見ると「不正の温床」といわれるほど悪名が高い。証券取引等監視委員会が摘発に動いた背景に、米連邦捜査局（ＦＢＩ）からの通報があった可能性も捨てきれない。

事件は、証券取引等監視委員会の検査を踏まえ、日本経済新聞がスクープしたことで世に知られることになった。その記事はその年の新聞協会賞の候補にもなった大スクープだった。

だが、これには前史がある。

直接不正を暴いたのは証券取引等監視委員会だが、その三年も前、二〇〇九年はじめの段階で不正に気付いて、それに警鐘を鳴らす記事を書いた記者たちがいた。

　二〇〇八年九月のリーマンショック。その後は世界の金融市場は荒れ、ほとんどの投資顧問会社が巨額の損失を計上したが、ＡＩＪだけは良好な投資収益を計上し続けていた。

　そのため、ＡＩＪの浅川社長は運用のカリスマとして小説のタイトルにもあるような「狂信者」たちに囲まれていた。裏返していえば、低金利でリーマンショックがなくても立ち行かなくなっていた企業年金基金には、わらにもすがるような思いでＡＩＪに資金を委託する人々がいたのである。

　悪くいえば、だまされたがっていた「狂った信者」なしでは、事件はありえなかった。大型金融事件につきもののこうした「信者」を、過剰接待や、天下り官僚をたらしこんでいく姿などとともに書き込んでいるところに、この小説の醍醐味はある。

　もちろん、熱狂や狂気の裏では「こんな神業できるはずがない」と冷静に見ている専門家もいた。それを摑《つか》んで、あえて記事にしたのが日経グループの格付投資情報センター（Ｒ＆Ｉ）のニューズレター「年金情報」だった。

　二〇〇九年二月に掲載した「消えない日本版『マドフ』の影、金融庁も関心」という小さな記事だった。『マドフ』とは二〇〇八年末に運用成績を偽ることで史上空前の証券詐欺事件を引き起こした米国の経営者の名前だ。

この記事にはＡＩＪ投資顧問の名前は出てこない。だが、年金業界ではＡＩＪであることは一目瞭然で、記事をきっかけにＡＩＪには解約が相次いだ。だが、ＡＩＪの浅川社長は人脈を駆使した巧みな営業力で、数か月後にはＶ字回復を果たして乗り切ってしまう。悪事が露見するまでにそれからなんと三年もかかってしまった。

証券取引等監視委員会が最終的に動いた背景には、「年金情報」のある記者がその後も取材を続け、証拠を丹念に拾い、監視委員会に持ち込んで背中を押したことがある。専門性の高い記者のしつこい追跡が、大きく貢献している事案だった。

私はこの記者を、江上氏に紹介した。小説『狂信者』のなかで、江上氏が、新聞記者とフリーの記者を主人公のひとりとして登場させているのは、そうした経緯があったからだ。『狂信者』のなかでも、「年金詳報」という情報誌が「消えない日本版『マドフ』の影、金融庁も関心」という記事を掲載する箇所がある。重要な舞台回しは実際にあった「事実」に基づいて構成されている。だからリアルでもある。

経済小説のなかには、ノンフィクションとしては書けない事実を小説というスタイルにすることで世に出そうとするものもある。たとえ真実であっても、関係者があらゆる手を使って否定し、場合によっては訴訟も辞さないケースが多いからだ。真実を伝える手法として「小説」という隠れ蓑《みの》を使うということだ。

江上氏は経済小説の作家だが、氏の小説は一貫してこうした隠れ蓑小説の手法は取っていない。訴えたいのが、事件の細部やそこに宿る真相ではなく、登場する人の人間性や正義感、あるいは犯人のサガのようなものだからなのだろう。

それが最も表れているのは、小説のなかでの投資顧問の社長、湯浅晃一郎が、モデルのAIJの浅川元社長とは似ても似つかぬ人物に描かれている点だ。『狂信者』は多くの点でAIJでの事実を捉えながら、やはり人間の描き方は小説家の想像力、構想力の産物になっている。

小説のなかの湯浅は東大卒で銀行マンを経てユアサ投資顧問を創業する三〇歳代の若手経営者だ。一方、モデルの浅川元社長は横浜市立大卒で事件発覚のころですでに六〇歳。野村證券で営業の天才と呼ばれ、結構アクの強い、バリバリの証券マンだった。食べるものの好き嫌いも激しい。魚や刺身はまったくといっていいほど手を付けず、揚げ物などを好んだといわれる。

実在の浅川元社長も、ある種のキャラがたっているのだが、それを使わない。そして、ちょっとさわやかにも見える湯浅という主人公のキャラを作り上げている。江上氏の作品の持つ不思議な魅力はこうしたモデル事件と少し距離を置き、換骨奪胎している点にあるだろう。

実は江上氏とは、氏が作家に転じるはるか前、一九九〇年代半ば以来二十年以上のつきあいになる。当時は江上氏が第一勧業銀行（合併を経て現在は、みずほ銀行）の広報部次長で、私は日本経済新聞社の日銀クラブ（金融担当取材班）のキャップを務めていた。

彼の広報担当時代の最大の修羅場は、一九九七年の総会屋への利益供与事件だった。私は強制捜査前に気づいて、江上氏と話し込んだことがある。捜査を受けた時の覚悟を問うと、「会長・頭取には辞任も覚悟してもらっている」と語った。

培っていた情報力で、役員でもない広報マンが、トップに引導を渡し、銀行の行方の舵を取っていた。後に、映画『金融腐蝕列島　呪縛』の主人公のモデルとなり、その人を役所広司が演じていた。

事件が収まったあと、頭取の腹心として経営企画部など経営中枢に座るのだろうと思っていたら、自ら希望して総会屋や暴力団などを排除する部署に異動し、反社会勢力との関係断絶に携わった。事件収拾の功績に比べ、あまりにも汚れ役を引き受けたので驚いたが「ほかのひとには押し付けられないから」と淡々と語っていた。

この時に、暴力団など闇の勢力と対峙した経験が、江上氏の経済小説の原点になっていると思う。江上氏の多くの作品のなかでも、『狂信者』は、多くの日本の病巣が見て取れるAＩＪ事件を舞台にしている点で、いまの日本を振り返るのに格好の小説だ。日本では経済的な行き詰まり感が出てきているだけに、おもしろい読書体験になると思う。

――「ニュースソクラ」編集長

この作品は二〇一四年十一月小社より刊行されたものです。

幻冬舎文庫

狂《きょう》信《しん》者《しゃ》

江《え》上《がみ》剛《ごう》

平成29年10月10日　初版発行

発行人――石原正康
編集人――袖山満一子
発行所――株式会社幻冬舎
〒151-0051東京都渋谷区千駄ヶ谷4-9-7
電話　03(5411)6222(営業)
03(5411)6211(編集)
振替00120-8-767643
印刷・製本―図書印刷株式会社
装丁者――高橋雅之

幻冬舎文庫

ISBN978-4-344-42653-5　C0193　え-6-7

幻冬舎ホームページアドレス　http://www.gentosha.co.jp/
この本に関するご意見・ご感想をメールでお寄せいただく場合は、
comment@gentosha.co.jpまで。